Gabriel García Márquez (1928) is geboren in
Aracataca, Colombia. Hij publiceerde vele
romans, verhalen, essays, filmscripts en
journalistiek proza. In 1955 verscheen zijn
eerste roman *Afval en dorre bladeren*, die werd
gevolgd door onder meer *Honderd jaar
eenzaamheid, De kolonel krijgt nooit post, De
herfst van de patriarch* en *Over de liefde en
andere duivels*.
Gabriel García Márquez werd in 1982 voor zijn
gehele oeuvre bekroond met de Nobelprijs
voor literatuur.
Als Rainbow Pocketboek verscheen eerder zijn
veelgeprezen roman *Kroniek van een
aangekondigde dood*.

D0877394

Gabriel García Márquez

De generaal in
zijn labyrint

Vertaald door Mieke Westra

Rainbow Pocketboeken
Meulenhoff Amsterdam

Rainbow Pocketboeken ® worden uitgegeven door
Uitgeverij Maarten Muntinga bv, Amsterdam

Uitgave in samenwerking met
uitgeverij J.M. Meulenhoff bv, Amsterdam

Eerste druk 1989, derde druk 1996
Oorspronkelijke titel: *El general en su laberinto*
Copyright © 1989 Gabriel García Márquez
Copyright Nederlandse vertaling © 1989 Mieke Westra en
J.M. Meulenhoff bv, Amsterdam
Omslagontwerp: Dooreman
Foto achterzijde omslag: Ronald Hoeben
Typografische verzorging: Studio Cursief, Amsterdam
Zetwerk: Stand By, Nieuwegein
Druk: Ebner Ulm
Uitgave in Rainbow Pocketboeken februari 1996
Alle rechten voorbehouden
ISBN 90 417 1019 1 CIP NUGI 301

Voor Álvaro Mutis, die me het idee cadeau deed
dit boek te schrijven

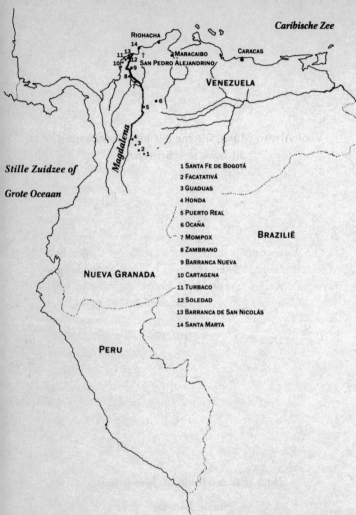

Caribische Zee

RIOHACHA
14
11 13 †
10 12 MARACAIBO
9 San Pedro Alejandrino
8 CARACAS

VENEZUELA

5 6

Magdalena

4
3
2
1

Stille Zuidzee of

Grote Oceaan

1 SANTA FE DE BOGOTÁ
2 FACATATIVÁ
3 GUADUAS
4 HONDA
5 PUERTO REAL
6 OCAÑA
7 MOMPOX
8 ZAMBRANO
9 BARRANCA NUEVA
10 CARTAGENA
11 TURBACO
12 SOLEDAD
13 BARRANCA DE SAN NICOLÁS
14 SANTA MARTA

BRAZILIË

NUEVA GRANADA

PERU

SCHEMATISCHE KAART VAN DE LAATSTE REIS VAN BOLÍVAR, 1830

JOSÉ PALACIOS, zijn oudste dienaar, zag hem naakt en met wijdopen ogen ronddrijven in het zuiverende water van de badkuip en dacht even dat hij verdronken was. Hij wist dat dit een van zijn vele methoden van nadenken was, maar de toestand van vervoering waarin hij ronddobberde, leek op die van iemand die al niet meer van deze wereld was. Hij waagde zich niet dichterbij, maar riep hem zachtjes omdat hij de opdracht had gekregen hem vóór vijf uur te wekken zodat ze bij het ochtendgloren konden afreizen. De generaal kwam los uit zijn betovering en ontwaarde in het schemerduister de blauwe, doorzichtige ogen, het kroezige, eekhoornkleurige haar en de onverschrokken, majestueuze gestalte van zijn persoonlijke bediende, die het kopje met het aftreksel van klaprozen met Arabisch gom in zijn hand had. De generaal greep zich krachteloos vast aan de handsteunen van de badkuip en verrees met de onstuimigheid van een dolfijn uit het geneeskrachtige water, wat men van zo'n mager lichaam niet verwacht zou hebben.

'Laten we gaan,' zei hij. 'Als de weerlicht, want niemand hier houdt van ons.'

José Palacios had hem dat al zo vaak en bij zoveel verschillende gelegenheden horen zeggen dat hij nog niet kon geloven dat het waar was, ook al werden de lastdieren

7

gereedgehouden in de stallen en begon het officiële gevolg zich te verzamelen. Hij hielp hem haastig zich af te drogen en trok de dikke poncho over zijn naakte lichaam, want hij beefde zo dat het kopje in zijn handen rinkelde. Maanden geleden, toen hij een gemslederen broek aantrok die hij sinds de frivole avonden in Lima niet meer had gedragen, had hij ontdekt dat hij naarmate zijn gewicht afnam ook kleiner werd. Zelfs zijn naaktheid was anders, want zijn lichaam was bleek en zijn hoofd en zijn handen waren als het ware verschroeid door het meedogenloze klimaat. In juli van dat jaar was hij zesenveertig geworden, maar zijn stugge Caribische krulhaar was al asgrauw en zijn botten zaten scheef door het vroegtijdige verval, en hij bood zo'n uitgeteerde aanblik dat het er niet naar uitzag dat hij volgend jaar juli zou halen. Zijn besliste gebaren leken echter bij iemand anders te horen die minder beschadigd was door het leven, en hij drentelde voortdurend rusteloos rond. Zijn eigen natte voetsporen op de rafelige matten ontwijkend, dronk hij de kruidendrank in vijf gloeiendhete slokken op waardoor hij bijna zijn tong verbrandde, en het was of hij de drank van de herrijzenis dronk. Maar hij zei geen woord voordat de klok van de naburige kathedraal vijf uur had geslagen.

'Zaterdag acht mei van het jaar dertig, dag van de Allerheiligste Maagd, middelares van alle genade,' meldde de dienaar. 'Sinds drie uur vanochtend regent het.'

'Sinds drie uur in de vroege ochtend van de zeventiende eeuw,' zei de generaal met een stem die nog verward klonk door de scherpe adem van de slapeloosheid. En hij voegde er ernstig aan toe: 'Ik heb de hanen niet gehoord.'

'Hier zijn geen hanen,' zei José Palacios.

'Hier is niets,' zei de generaal. 'Dit is een land van on-
gelovigen.'

Ze waren immers in Santa Fe de Bogotá, zesentwintig-
honderd meter boven het niveau van de verre zee, en het
enorme slaapvertrek met kale muren dat was blootgesteld aan de ijzige winden die door de slechtsluitende ramen binnendrongen, was voor niemands gezondheid erg
gunstig. José Palacios zette het scheerbekken en het
roodfluwelen etui met het scheergerei van verguld metaal op het marmer van de toilettafel. Hij plaatste de kandelaar met de kaars op een richel dicht bij de spiegel,
zodat de generaal voldoende licht zou hebben, en schoof
de vuurpot dichterbij om zijn voeten te verwarmen. Vervolgens gaf hij hem een bril met vierkante glazen en een
fijnzilveren montuur, die hij altijd voor hem in zijn vest-
zak bij zich droeg. De generaal zette hem op en schoor
zich even behendig met zijn rechter- als met zijn linkerhand, omdat hij van nature zowel links- als rechtshandig
was, en met een verbazingwekkende beheersing van dezelfde hand die hem een paar minuten geleden in de steek
had gelaten toen hij het kopje moest vasthouden. Het
eindigde ermee dat hij zich op het gevoel schoor en door
het vertrek bleef rondlopen, want hij probeerde zo min
mogelijk in de spiegel te kijken om niet geconfronteerd te
worden met zijn eigen ogen. Vervolgens trok hij met
korte rukjes de haren uit zijn neus en zijn oren, poetste
zijn volmaakte tanden met houtskoolpoeder op een zijden tandenborstel met zilveren steel, knipte en polijstte
de nagels van zijn handen en zijn tenen, trok ten slotte de
poncho uit en goot de inhoud van een fles eau de cologne
over zich heen, zijn hele lichaam met beide handen mas-
serend tot hij uitgeput was. Die ochtend droeg hij de da-

gelijkse mis van zijn reiniging met een koortsachtiger verbetenheid dan gewoonlijk op, omdat hij zijn lichaam en
ziel probeerde te zuiveren van twintig jaar zinloze oorlogen en teleurstellingen van de macht.

Het laatste bezoek dat hij de vorige avond had ontvangen, was dat van Manuela Sáenz geweest, de onverschrokken *quiteña* die hem liefhad maar hem niet tot de
dood zou volgen. Zij bleef achter om zoals altijd de generaal goed op de hoogte te houden van alles wat er in zijn
afwezigheid gebeurde, want sinds enige tijd vertrouwde
hij niemand meer behalve haar. Hij liet een paar relikwieën onder haar hoede achter die geen enkele waarde
hadden behalve dat ze van hem waren geweest, evenals
een paar van zijn meest geliefde boeken en twee koffers
met persoonlijke paperassen. Toen ze de vorige dag kort
en formeel afscheid namen, had hij tegen haar gezegd: 'Ik
hou heel veel van je, maar ik zal nog meer van je houden
als je nu nog verstandiger bent dan anders.' Zij vatte dat
op als een huldeblijk, een van de vele die hij haar in acht
jaar vurige liefde had gegeven. Van al zijn bekenden was
zij de enige die het geloofde: ditmaal vertrok hij inderdaad. Maar zij was ook de enige die tenminste een reden
had om te hopen dat hij terug zou komen.

Ze dachten niet dat ze elkaar voor de reis nog een keer
zouden zien. Maar de gastvrouw wilde hun een laatste
heimelijk vaarwel schenken en liet Manuela in rijkleding
via de poort van de stallen binnen om de puriteinse plaatselijke gemeenschap met haar vooroordelen om de tuin te
leiden. Niet omdat zij clandestiene geliefden waren,
maar om tegen elke prijs de goede naam van het huis te
bewaren. Hijzelf was nog banger, want hij droeg José Palacios op om de deur van de aangrenzende zitkamer,

waar het huispersoneel altijd doorheen moest en waar de adjudanten van de wacht tot lang na het bezoek bleven zitten kaarten, niet te sluiten.

Manuela las hem twee uur lang voor. Ze was tot voor kort jong gebleven, maar nu begon haar omvang de overhand te krijgen op haar leeftijd. Ze rookte een zeemanspijp, parfumeerde zich met verbenawater dat een lotion voor militairen was, kleedde zich als een man en trok met soldaten op, maar haar hese stem was nog steeds volmaakt voor de schemerdonkere uren van de liefde. Ze las bij het schaarse licht van de kandelaar, zittend op een stoel waar nog het wapenschild van de laatste onderkoning op was afgebeeld, en hij luisterde naar haar, liggend op zijn bed, in de burgerkleding die hij binnenshuis droeg en met de poncho van *vicuña*-wol over zich heen. Slechts het ritme van zijn ademhaling wees erop dat hij niet sliep. De titel van het boek was *Lección de noticias y rumores que corrieron por Lima en el año de gracia de 1826,** van de Peruaan Noé Calzadillas, en zij las met een theatrale nadruk die heel goed bij de stijl van de auteur paste.

Het volgende uur was in het sluimerende huis alleen haar stem te horen. Maar na de laatste ronde barstte er opeens een unaniem en bulderend gelach van veel mannen los, waardoor de honden in de buurt in rep en roer raakten. Hij deed zijn ogen open, meer nieuwsgierig dan ongerust, waarop zij het boek sloot dat op haar schoot lag, terwijl ze de pagina met haar duim markeerde.

'Het zijn je vrienden,' zei ze tegen hem.

---

* Relaas van tijdingen en geruchten die in het jaar onzes Heren 1826 door Lima gingen (vert.)

'Ik heb geen vrienden,' zei hij. 'En mocht ik er nog een paar hebben, dan zal dat niet voor lang zijn.'

'Ze zijn daar om jou te bewaken zodat men je niet kan vermoorden,' zei ze.

Op die manier vernam de generaal iets wat de hele stad al wist: niet één maar verschillende aanslagen werden tegen hem beraamd en zijn laatste aanhangers zaten daarbinnen te wachten om die aanslagen te verijdelen. Het voorportaal en de gaanderijen rondom de binnentuin waren bezet door de huzaren en de grenadiers, allen Venezolanen, die hem zouden begeleiden tot de haven van Cartagena de Indias, waar hij aan boord van een zeilschip met bestemming Europa zou gaan. Twee van hen hadden hun slaapmatten uitgespreid om dwars voor de toegangsdeur van het vertrek te gaan slapen en de adjudanten zouden in de aangrenzende zitkamer blijven kaarten wanneer Manuela ophield met lezen, maar de tijden waren er niet naar om ergens zeker van te zijn te midden van zoveel manschappen van onduidelijke herkomst en verschillend allooi. Zonder van zijn stuk te raken door het slechte nieuws, gebood hij Manuela met een handgebaar verder te gaan met lezen.

Hij had de dood altijd beschouwd als een onontkoombaar risico van het vak. Hij had al zijn oorlogen in de gevarenlinie gevoerd, zonder ooit een schrammetje op te lopen, en hij bewoog zich met zo'n roekeloze kalmte te midden van het vijandelijk vuur, dat zelfs zijn officieren genoegen namen met de voor de hand liggende verklaring dat hij zichzelf als onkwetsbaar beschouwde. Hij was ongedeerd gebleven in alle aanslagen die tegen hem beraamd waren en verschillende keren was zijn leven gered omdat hij niet in zijn eigen bed sliep. Hij liep zonder lijfwacht rond en hij at en dronk alles wat hem waar dan ook werd aangeboden. Alleen Manuela wist dat zijn onverschilligheid geen onnadenkendheid of fatalisme was, maar de weemoedige zekerheid dat hij arm en naakt en zonder de troost van de publieke dankbaarheid in zijn bed zou sterven.

De enige opmerkelijke verandering die hij die laatste avond in de riten van de slapeloosheid aanbracht, was dat hij voor het slapengaan geen bad nam. José Palacios had het al vroeg voor hem klaargemaakt, met water van geneeskrachtige bladeren om zijn lichaam te versterken en het slijm los te maken, en hij had het op de goede temperatuur gehouden zodat hij erin kon wanneer hij het wilde. Maar hij wilde niet. Hij nam twee laxeerpillen voor zijn chronische verstopping en maakte zich klaar om in te dommelen op het geroezemoes van de pikante roddelpraatjes van Lima. Plotseling werd hij, zonder duidelijke oorzaak, overvallen door zo'n hevige hoestbui dat het huis op zijn fundamenten leek te schudden. De officieren die in de aangrenzende zitkamer aan het kaarten waren, wisten niet wat ze moesten doen. Een van hen, de Ier Belford Hinton Wilson, verscheen in de deuropening van de slaapkamer om te zien of ze hem nodig hadden, en hij zag hoe de generaal op zijn buik dwars over het bed lag terwijl hij zich bijna het hart uit het lijf braakte. Manuela hield zijn hoofd boven het wasbekken. José Palacios, de enige persoon die toestemming had om zonder kloppen het slaapvertrek binnen te gaan, bleef gealarmeerd naast het bed staan tot de crisis voorbij was. Toen haalde de generaal diep adem en met zijn ogen vol tranen wees hij naar de toilettafel: 'Dat komt van die grafbloemen,' zei hij.

Zo ging het altijd, want altijd vond hij wel iemand die onvoorzien schuldig kon zijn aan zijn rampspoed. Manuela, die hem beter kende dan wie ook, beduidde José Palacios dat hij de vaas met de verlepte lelies van die ochtend mee moest nemen. De generaal strekte zich weer met gesloten ogen op het bed uit en zij ging op dezelfde toon als daarvoor verder met lezen. Pas toen ze de indruk had dat hij in slaap gevallen was, legde ze het boek op het nachttafeltje, drukte een kus op zijn door koorts verschroeide voorhoofd en zei fluisterend tegen José Palacios dat ze vanaf zes uur die ochtend voor een laatste afscheid bij het gehucht Cuatro Esquinas zou zijn, waar de koloniale weg naar Honda begon. Vervolgens sloeg ze een veldcape om zich heen en liep op haar tenen de slaapkamer uit. Toen deed de generaal zijn ogen open en zei met een zwakke stem tegen José Palacios: 'Zeg tegen Wilson dat hij haar begeleidt tot haar huis.'

Het bevel werd uitgevoerd tegen de zin van Manuela, die vond dat ze alleen beter af was dan onder begeleiding van een piket lanciers. José Palacios ging haar met een olielamp voor tot de stallen, die rondom een binnentuin met een stenen fontein lagen waar de eerste lelies van de vroege ochtend begonnen te bloeien. De regen hield even pauze en de wind was opgehouden met tussen de bomen te fluiten, maar aan de ijzige hemel was geen ster te bespeuren. Kolonel Belford Wilson bleef het wachtwoord van die nacht herhalen om de schildwachten die op de matten in de gaanderij lagen, gerust te stellen. Toen hij langs het raam van de grote zitkamer liep, zag hij dat de gastheer bezig was koffie in te schenken voor de groep vrienden, militairen en burgers die zich gereed maakten om de wacht te houden tot het moment van vertrek.

Toen hij in de slaapkamer terugkwam vond hij de generaal ten prooi aan ijlkoortsen. Hij hoorde hem onsamenhangende woorden brabbelen die in een enkel zinnetje waren samen te vatten: 'Niemand begreep er ook maar iets van.' Zijn lichaam lag te gloeien op de brandstapel van de koorts en hij liet een paar knetterende, stinkende winden.

De generaal zou de volgende dag zelf niet kunnen zeggen, en zou het zich evenmin weten te herinneren, of hij in zijn slaap had gepraat of wakker had liggen ijlen. Het waren wat hij zelf 'mijn dementiecrisissen' noemde. Die niemand meer verontrustten omdat hij er al ruim vier jaar aan leed, zonder dat ook maar één dokter het gewaagd had er een wetenschappelijke verklaring voor te zoeken, en men hem bovendien de volgende dag met zijn verstand onaangetast uit zijn as zag herrijzen. José Palacios wikkelde hem in een deken, liet de olielamp op het marmer van de toilettafel branden en verliet het vertrek zonder de deur te sluiten om in de aangrenzende zitkamer te blijven waken. Hij wist dat hij zich op elk moment van de ochtend kon herstellen en in het koude water van de badkuip zou stappen om te proberen zijn krachten, die waren aangetast door de verschrikking van de nachtmerries, te herwinnen.

Het was het einde van een rumoerige dag. Een garnizoen bestaande uit zevenhonderd negenentachtig huzaren en grenadiers was in opstand gekomen, onder het voorwendsel dat ze de betaling van drie maanden achterstallige soldij eisten. Dat was echter niet de werkelijke reden: de meesten van hen kwamen uit Venezuela en velen hadden aan de oorlogen voor de bevrijding van vier staten deelgenomen, maar in de afgelopen weken waren ze het slachtoffer van zoveel beledigingen en provocaties op straat geweest, dat ze goede redenen hadden om zich zorgen te maken over hun lot wanneer de generaal het land eenmaal verlaten had. Het conflict werd geregeld door proviand voor onderweg te verschaffen en duizend *goudpesos* uit te betalen in plaats van de zeventigduizend die de opstandelingen eisten, zodat dezen tegen de avond naar hun land van herkomst waren vertrokken, met in hun kielzog een ordeloze menigte lastdraagsters met hun kinderen en huisdieren. Het lawaai van de militaire trommels en koperen blaasinstrumenten kon niet het geschreeuw overstemmen van het gepeupel dat honden tegen hen ophitste en trossen voetzoekers naar hen gooide om hun mars te verstoren, iets wat ze nooit tegen vijandelijke soldaten hadden gedaan. Elf jaar eerder, na drie lange eeuwen van Spaanse overheersing, was don Juan Sámano, de woeste onderkoning, vermomd als pelgrim langs dezelfde straten gevlucht, maar met zijn hutkoffers boordevol gouden afgodsbeelden en onbewerkte smaragden, heilige toekans en glazen kasten die schitterden van vlinders uit Muzo, en vanaf de balkons vergoten velen tranen, wierpen hem een bloem toe en wensten hem uit het diepst van hun hart een kalme zee en een voorspoedige reis toe.

De generaal had in het geheim deelgenomen aan de onderhandelingen over het conflict, zonder het huis te verlaten dat hem in bruikleen was gegeven en dat het eigendom was van de minister van oorlog en zeevaart, en ten slotte had hij generaal José Laurencio Silva, zijn aangetrouwde neef en meest vertrouwde adjudant, met de opstandige soldaten meegestuurd, als garantie dat er zich tot de grens met Venezuela geen nieuwe onlusten zouden voordoen. Hij zag de stoet onder zijn balkon niet, maar hij had de klaroenen en de trommels gehoord en het rumoer van de menigte die op straat samendromde en wier kreten hij niet kon verstaan. Hij vond het zo onbelangrijk dat hij onderwijl met zijn schrijvers de achterstallige correspondentie doornam en een brief dicteerde aan Grootmaarschalk don Andrés de Santa Cruz, president van Bolivia, waarin hij hem meedeelde dat hij afstand deed van de macht, maar zich er niet zo zeker van toonde of hij naar het buitenland zou reizen. 'Ik zal de rest van mijn leven geen enkele brief meer schrijven,' zei hij toen hij klaar was. Later, terwijl hij de koorts van de siësta lag uit te zweten, drongen de kreten van een ver tumult tot in zijn dromen door en schrok hij wakker van een reeks knallen van donderbussen die evengoed door opstandelingen als door vuurwerkmakers konden zijn afgestoken. Maar toen hij ernaar informeerde, antwoordden ze hem dat het feest was. Meer niet: 'Het is feest, generaal.' Zonder dat iemand, zelfs José Palacios niet, het had gewaagd hem uit te leggen wat voor feest dat wel was.

Pas toen Manuela het hem tijdens haar bezoek van die avond vertelde, begreep hij dat het zijn politieke vijanden waren, de mensen van de demagogische partij zoals hij ze noemde, die door de straten trokken en met instemming van het openbaar gezag de gilden van handwerkslieden tegen hem opzetten. Het was vrijdag, marktdag, wat de chaos op de Plaza Mayor in de kaart speelde. Tegen het invallen van de duisternis werd de opstandige menigte uiteengedreven door een regen die heviger was dan gewoonlijk en gepaard ging met bliksemschichten en donderslagen. Maar het kwaad was al geschied. De studenten van het San Bartolomé-college hadden de kantoren van het hooggerechtshof bestormd om een openbaar proces tegen de generaal af te dwingen en ze hadden een manshoog portret van hem in olieverf, geschilderd door een voormalige vaandrig van het bevrijdingsleger, met een bajonet doorstoken en van het balkon gegooid. De rumoerige menigte, die dronken was van het maïsbier, had de winkels in de Calle Real en de dranklokalen in de buitenwijken die niet tijdig hun deuren hadden gesloten, geplunderd en ze had op de Plaza Mayor een generaal van zaagselkussens gefusilleerd die geen blauwe kazak met gouden knopen nodig had om door iedereen herkend te worden. Ze beschuldigden hem ervan dat hij in het geheim de aanstichter van de militaire ongehoorzaamheid was, in een late poging zich weer meester te maken van de macht die hem door het congres eenstemmig was ontnomen, nadat hij haar twaalf jaar lang onafgebroken had uitgeoefend. Ze beschuldigden hem ervan dat hij een presidentschap voor het leven wilde om vervolgens het veld te ruimen voor een Europese prins. Ze beschuldigden hem ervan dat hij voorwendde een reis naar het buitenland te maken terwijl hij in werkelijkheid naar de grens van Venezuela trok, met het voornemen om vandaar aan het hoofd van de opstandige troepen terug te keren en opnieuw de macht te grijpen. De openbare muren waren overdekt met libellen, zoals de beledigende schotschriften in de volksmond werden genoemd, en zijn meest uitgesproken aanhangers zaten elders ondergedoken tot de gemoederen weer zouden zijn bedaard. De pers, die op de hand was van generaal Francisco de Paula Santander, zijn voornaamste vijand, had voedsel gegeven aan het gerucht dat zijn vage ziekte waarover met zoveel tamtam werd gesproken en de hinderlijke ophef over zijn vertrek

simpele politieke manoeuvres waren waarmee hij wilde
bereiken dat men hem zou verzoeken te blijven. Terwijl
Manuela Sáenz hem die avond de details van de roerige
dag vertelde, probeerden de soldaten van de waarnemend president een met houtskool geschreven opschrift
op de muur van het aartsbisschoppelijk paleis·uit te wis-
sen: 'Hij gaat niet weg en hij gaat niet dood.' De generaal
slaakte een zucht. 'Het moet er wel slecht met de wereld
voorstaan en met mij nog erger,' zei hij, 'dat dit alles zich
op een paar honderd meter van hier kon afspelen en dat ze
me wijsmaakten dat het een feest was.'

Feit is dat zelfs zijn beste vrienden niet geloofden dat
hij zou vertrekken, noch als president noch uit het land.
De stad was te klein en de mensen waren te nieuwsgierig
om de twee zwakke punten van zijn onzekere reis niet te
onderkennen: dat hij niet genoeg geld had om waar dan
ook met zo'n omvangrijk gevolg heen te gaan en dat hij als
gewezen president niet het land kon verlaten zonder de
toestemming van de regering, toestemming die hij uit
boosaardigheid zelfs niet had gevraagd. Het bevel om de
bagage in gereedheid te brengen, dat hij ostentatief gaf
zodat het gehoord kon worden door wie maar wilde, werd
zelfs door José Palacios niet als een doorslaggevend bewijs aanvaard, omdat hij bij andere gelegenheden, onder
het mom dat hij zou vertrekken, zo ver was gegaan een
huis te ontmantelen en dan bleek het steevast een trefzekere politieke manoeuvre te zijn. Zijn adjudanten hadden het gevoel dat de symptomen van ontgoocheling zich
het afgelopen jaar maar al te duidelijk bij hem hadden ge-
manifesteerd. Het was echter vaker gebeurd, en op het
moment dat ze het het allerminst verwachtten zagen ze
hem met nieuw elan wakker worden en de draad van het

leven onstuimiger dan tevoren opnemen. José Palacios, die deze onvoorziene veranderingen altijd van nabij kon volgen, gaf er zijn eigen draai aan: 'Wat meneer denkt, weet meneer alleen.' Zijn herhaaldelijke aankondigingen dat hij zou terugtreden waren in de volksliederen ingelijfd, meteen al toen hij in dezelfde rede waarmee hij het presidentschap aanvaardde in dubbelzinnige bewoordingen verklaarde: 'Mijn eerste dag van vrede zal de laatste zijn van de macht.' In de daaropvolgende jaren trad hij zo vaak en onder zulke verschillende omstandigheden terug, dat men nooit meer zeker wist wanneer het waar was. De meest opzienbarende aankondiging had hij twee jaar geleden gedaan, op de avond van de vijfentwintigste september, toen hij ongedeerd ontkwam aan een samenzwering om hem in zijn slaapkamer in het regeringsgebouw te vermoorden. De delegatie van het congres die hem vroeg in de ochtend bezocht, nadat hij zes uur lang in nachtkleding onder een brug had gezeten, vond hem in een wollen deken gewikkeld en met zijn voeten in een bak heet water, meer geveld door teleurstelling dan door koorts. Hij deelde hun mee dat er geen onderzoek naar de samenzwering zou worden ingesteld, dat er niemand berecht zou worden en dat het congres, dat tegen nieuwjaar zou samenkomen, onmiddellijk bijeengeroepen moest worden om een nieuwe president van de republiek te kiezen.

'Daarna,' besloot hij, 'verlaat ik Colombia voorgoed.'

Maar het onderzoek werd ingesteld, de schuldigen werden met ijzeren hand gestraft en veertien van hen werden op de Plaza Mayor gefusilleerd. De wetgevende vergadering die op 2 januari bijeen zou komen, kwam pas zeventien maanden later bijeen en niemand repte meer

over aftreden. Maar er was in die periode geen buitenlandse bezoeker, toevallige stamtafelgenoot of vriend die
hem bezocht, tegen wie hij niet had opgemerkt: 'Ik ga ergens heen waar ze van me houden.'

De publieke berichten dat hij doodziek was werden
evenmin als een geldige aanwijzing beschouwd. Niemand twijfelde aan zijn kwalen. Integendeel, sinds hij de
laatste keer van de oorlogen in het Zuiden was teruggekeerd, constateerde iedereen die hem onder de erebogen
van bloemen door zag gaan verbaasd dat hij alleen maar
was teruggekeerd om te sterven. In plaats van op Palomo
Blanco, zijn historische paard, reed hij op een kaal muildier met rieten dekkleden; zijn haar was vergrijsd en zijn
voorhoofd doorploegd met talloze rimpels, en hij droeg
een smerige kazak met een uitgescheurde mouw. De
roem had zijn lichaam verlaten. Tijdens de sombere
feestavond die hem in het regeringsgebouw werd aangeboden, zat hij de hele avond in zichzelf gepantserd, en het
is nooit duidelijk geworden of het politieke verdorven-
heid was of een simpele vergissing toen hij een van zijn
ministers aansprak met de naam van een ander.

Dat de dood hem op het gezicht geschreven stond was
niet voldoende om de mensen te doen geloven dat hij vertrok, want al zes jaar lang werd er beweerd dat hij stervende was en toch bleef hij onverminderd gezag uitstra-
len. Het eerste bericht was afkomstig van een officier van
de Britse marine, die hem toevallig ontmoette in de woestijn van Pativilca, ten noorden van Lima, terwijl de oorlog voor de bevrijding van het Zuiden in volle gang was.
Hij trof hem aan in een armzalige hut die als geïmproviseerd onderkomen diende voor het hoofdkwartier, op de
grond en in een wollen cape gewikkeld, met een lap om

zijn hoofd omdat hij de kilte van zijn botten in de moordende hitte midden op de dag niet verdroeg en zelfs te
zwak was om de kippen te verjagen die om hem heen liepen te pikken. Na een moeizaam gesprek dat doorsneden
was met vlagen dementie, nam hij met een hartverscheurende dramatiek afscheid van zijn bezoeker: 'Ga en vertel
de wereld hoe u mij op deze onherbergzame zandvlakte,
midden in de kippestront, zag sterven,' zei hij.

Men vertelde dat hij een zonnesteek had die hij onder
de kwikzilverachtige zon van de woestijn had opgelopen.
Men vertelde later dat hij in Guayaquil en vervolgens dat
hij in Quito op sterven lag, waar hij geveld was door buik-
griep, met als meest onrustbarende symptoom onverschilligheid voor de wereld en absolute zielerust. Niemand wist op wat voor wetenschappelijke basis die berichten berustten, maar hij was altijd wars van de kennis
van artsen en stelde zelf de diagnose en schreef zichzelf re-
cepten voor op grond van *La médecine à votre manière*, van
Donostierre, een Frans handboek voor huismiddeltjes
dat José Palacios overal mee naartoe sleepte, als een orakel om elke stoornis van het lichaam of de ziel te begrijpen
en te genezen.

Hoe dan ook, er was geen vruchtbaarder doodsstrijd
dan dè zijne. Want terwijl men dacht dat hij in Pativilca
op sterven lag, trok hij opnieuw over de toppen van de
Andes, behaalde hij de overwinning in Junín, voltooide
hij de bevrijding van heel Spaans-Amerika door in Ayacucho te zegevieren, stichtte hij de republiek Bolivia en
was ook nog, bedwelmd door de roem, in Lima zo gelukkig als hij nooit was geweest en ook nooit meer zou zijn.
Zodat de herhaalde aankondigingen dat hij zich vanwege
zijn ziekte ten slotte zou terugtrekken uit de regering en

uit het land, en de officiële handelingen die dat leken te bevestigen, niet meer waren dan de vicieuze herhalingen van een drama dat men te vaak had gezien om het nog te geloven.

Enkele dagen na zijn terugkeer nam hij, na een wrange bijeenkomst van de ministers, maarschalk Antonio José de Sucre bij de arm. 'U blijft hier bij mij,' zei hij. Hij voerde hem mee naar zijn werkkamer, waar hij maar heel weinig uitverkorenen ontving, en dwong hem bijna om in zijn eigen leunstoel plaats te nemen. 'Deze plaats behoort u nu meer toe dan mij,' zei hij.

De Grootmaarschalk van Ayacucho, zijn dierbare vriend, was heel goed op de hoogte van de situatie in het land, maar de generaal deed deze nog eens uitvoerig uit de doeken voordat hij met zijn voorstel op de proppen kwam. Over een paar dagen zou de wetgevende vergadering bijeenkomen om de president van de republiek te kiezen en een nieuwe grondwet goed te keuren, als een laatste poging om de gouden droom van een verenigd continent te redden. Peru, dat in handen was van een aristocratie die de klok wilde terugzetten, leek voorgoed verloren. Generaal Andrés de Santa Cruz hield Bolivia bij de halster en leidde het een eigen weg op. Venezuela had zojuist, onder leiding van generaal José Antonio Páez, zijn onafhankelijkheid afgekondigd. Generaal Juan José Flores, algemeen prefect van het zuiden, had Guayaquil en Quito verenigd en de onafhankelijke republiek Ecuador gesticht. De republiek Colombia, eerste embryo van een onmetelijk, verenigd land, was teruggebracht tot het vroegere onderkoninkrijk Nueva Granada. Zeventien miljoen Zuidamerikanen, die amper van het leven in vrijheid hadden geproefd, waren overgeleverd aan de willekeur van hun plaatselijke leiders.

'Kortom,' besloot de generaal, 'alles wat we met onze handen hebben opgebouwd, wordt door de anderen met hun voeten vertrapt.'

'Een speling van het lot,' zei maarschalk Sucre. 'Het lijkt wel of we het ideaal van de onafhankelijkheid zo diep hebben ingezaaid dat deze volken nu proberen zich van elkaar los te maken.'

De generaal reageerde heftig. 'Laat me niet nog eens de schurkenstreken van de vijand aanhoren,' zei hij, 'zelfs wanneer ze zo doeltreffend zijn als deze.'

Maarschalk Sucre verontschuldigde zich. Hij was een intelligente, ordelijke, verlegen en bijgelovige man, en de zachtmoedigheid van zijn gezicht was zelfs niet door de oude littekens van de pokken aangetast. De generaal, die toch zeer op hem gesteld was, had gezegd dat hij veinsde bescheiden te zijn zonder dat hij het was. Hij was de held van Pinchincha, Tumusla en Tarqui en hij had toen hij amper negenentwintig jaar oud was de roemrijke slag in Ayacucho geleid, waardoor het laatste Spaanse bolwerk in Zuid-Amerika werd vernietigd. Maar meer dan om zijn uitnemende staat van dienst stond hij bekend als een grootmoedig overwinnaar en als een talentvol staatsman. Op dat moment had hij afstand gedaan van al zijn functies en liep hij rond zonder enig militair vertoon, in een zwarte kamgaren overjas die tot op de enkels reikte en steevast met opgeslagen kraag om zich tegen de snijdende, ijzige winden uit de nabije bergen te beschermen. Zijn enige en, volgens zijn wens, laatste toezegging aan de staat was dat hij als afgevaardigde voor Quito zitting zou nemen in de wetgevende vergadering. Hij was vijfendertig jaar, had een ijzeren gezondheid en was dolverliefd op doña Mariana Carcelén, markiezin van Solanda, een beeldschone en schalkse quiteña, bijna een meisje nog, met wie hij twee jaar geleden bij volmacht was getrouwd en bij wie hij een dochtertje van zes maanden had.

De generaal kon zich niemand voorstellen die beter gekwalificeerd was dan hij om hem als president van de republiek op te volgen. Hij wist dat hij vijf jaar jonger was dan de voorgeschreven leeftijd, een grondwettelijke beperking die door generaal Rafael Urdaneta was ingevoerd om hem de pas af te snijden. De generaal was echter in het geheim bezig stappen te ondernemen om die wijziging terug te draaien.

'Stem toe,' zei hij, 'en dan zal ik als opperbevelhebber aanblijven en om de regering heen draaien als een stier om een kudde koeien.'

Hij zag er verzwakt uit, maar zijn vastbeslotenheid was overtuigend. De maarschalk wist echter al geruime tijd dat de stoel waarop hij zat nooit de zijne zou zijn. Kort geleden, toen men hem voor het eerst de mogelijkheid bood om president te worden, had hij verklaard dat hij nooit een land wilde besturen met een systeem en een koers die met de dag wisselvalliger werden. Hij meende dat de eerste stap in de richting van de zuivering moest inhouden dat de militairen van de regering werden uitgesloten, en hij wilde aan het congres het voorstel doen dat geen enkele generaal in de volgende vier jaar president zou kunnen worden, misschien met de bedoeling om op zijn beurt Urdaneta de pas af te snijden. Maar de sterkste tegenstanders van deze wijziging zouden ook de sterksten blijken: de generaals zelf.

'Ik ben te moe om zonder kompas te varen,' zei Sucre. 'Bovendien weet u net zo goed als ik, excellentie, dat we hier geen behoefte hebben aan een president, maar aan een onderdrukker van opstanden.'

Hij zou natuurlijk deelnemen aan de wetgevende vergadering en hij zou het zich zelfs tot een eer rekenen als voorzitter op te treden als hem dat werd aangeboden. Maar meer niet. Veertien jaar oorlogen hadden hem geleerd dat er geen grotere overwinning bestaat dan het er levend af te brengen. Het presidentschap van Bolivia, het uitgestrekte, onbekende land dat hij had gesticht en met wijsheid bestuurd, had hem inzicht gegeven in de wisselvalligheden van de macht. Zijn verstand had hem inzicht gegeven in de zinloosheid van de roem. 'Dus nee, excellentie,' besloot hij te zeggen. Op 13 juni, de feestdag van de heilige Antonius, wilde hij bij zijn vrouw en dochter in Quito zijn, om samen met hen niet alleen die naamdag te vieren maar alle naamdagen die de toekomst hem schonk. Sinds vorig jaar Kerst stond zijn besluit vast om alleen voor hen, maar dan ook uitsluitend voor hen te leven en samen gelukkig te zijn. 'Dat is alles wat ik van het leven vraag,' zei hij.

De generaal was verbijsterd. 'Ik dacht dat niets me meer zou verbazen,' zei hij. Hij keek hem recht aan. 'Is dat uw laatste woord?'

'Het voorlaatste,' zei Sucre. 'Mijn laatste is dat ik u eeuwig dankbaar zal zijn voor uw goedheid, excellentie.'

De generaal sloeg zich op zijn dij om zich los te maken uit een vervlogen droom. 'Goed,' zei hij. 'U heeft zojuist voor mij de laatste beslissing van mijn leven genomen.'

Die avond schreef hij zijn ontslagbrief terwijl hij onder de demoraliserende invloed verkeerde van een braakmiddel dat hem door een of andere arts was voorgeschreven om zijn gal te kalmeren. Op 20 januari installeerde

hij het congres met een afscheidsrede waarin hij de voorzitter, maarschalk Sucre, lof toezwaaide en hem de voortreffelijkste generaal van allen noemde. Zijn lovende
woorden ontlokten een ovatie aan het congres, maar een
afgevaardigde die dicht bij Urdaneta zat, fluisterde hem
in het oor: 'Dat betekent dat er een generaal is die voor-
treffelijker is dan u.' De woorden van de generaal en de
boosaardige opmerking van de afgevaardigde bleven als
twee gloeiende naalden in het hart van generaal Rafael
Urdaneta steken.

En terecht. Hoewel Urdaneta niet zoals Sucre een man
van immense militaire verdiensten was en evenmin over
dezelfde grote magnetische kracht beschikte, was er geen
reden om aan te nemen dat hij minder voortreffelijk was.
De generaal had hem zelf geprezen voor zijn kalmte en
standvastigheid, zijn trouw en zijn genegenheid voor
hem waren onloochenbaar en hij was een van de weinigen
op deze wereld die hem in zijn gezicht de waarheid durf-
den te zeggen die hij liever niet onder ogen wilde zien. De
generaal, zich bewust van zijn vergissing, probeerde deze
in de drukproeven recht te zetten, en veranderde 'de
meest voortreffelijke generaal' eigenhandig in: 'een van
de voortreffelijkste generaals.' Die verbetering kon zijn
rancune niet verminderen.

Dagen later, tijdens een bijeenkomst van de generaal
met bevriende afgevaardigden, beschuldigde Urdaneta
hem ervan dat hij voorwendde te vertrekken terwijl hij in
het geheim aan zijn herverkiezing werkte. Drie jaar geleden had generaal José Antonio Páez met geweld de macht
overgenomen in het departement Venezuela, in een eerste poging het land van Colombia af te scheiden. De generaal begaf zich toen naar Caracas en verzoende zich

met Páez door hem onder jubelzangen en klokgebeier in het openbaar te omhelzen, en hij stelde een op maat gesneden uitzonderingsregering voor hem in, waardoor hij het land naar eigen goeddunken kon besturen. 'Daar begon de ellende,' zei Urdaneta. Want zijn toegeeflijkheid zorgde er niet alleen voor dat ten slotte de verhouding met de Granadijnen werd verstoord, maar besmette hen ook met de ziektekiem van de afscheiding. De beste dienst die de generaal het land nu kon bewijzen, besloot Urdaneta, was zonder uitstel afstand doen van zijn verslaafdheid aan de macht en het land verlaten. De generaal diende hem even heftig van repliek. Maar Urdaneta was een onkreukbaar persoon en gold als een welbespraakt en gepassioneerd spreker, en bij iedereen bleef de indruk achter dat ze getuige waren geweest van de ineenstorting van een oude en diepe vriendschap.

De generaal verklaarde opnieuw dat hij afstand deed en wees don Domingo Caycedo als waarnemend president aan tot het congres een opvolger zou hebben gekozen. Op 1 maart verliet hij het regeringsgebouw via de dienstingang om niet de gasten tegen het lijf te lopen die zijn opvolger binnenhaalden met een glas champagne, en hij vertrok in een geleende karos naar het buitenhuis in Fuchá, een idyllisch oord in de omgeving van de stad, dat hem door de voorlopige president ter beschikking was gesteld. De wetenschap alleen al dat hij slechts een gewoon burger was, verergerde de verwoestingen van het braakmiddel. Hij verzocht José Palacios, terwijl hij wakker lag te dromen, schrijfbenodigdheden klaar te leggen zodat hij aan zijn memoires kon beginnen. José Palacios bracht hem inkt en voldoende papier om veertig jaar herinneringen mee te vullen, en hij liet Fernando, zijn neef en schrijver, weten dat hij van zijn goede diensten gebruik wilde maken vanaf de volgende maandag vier uur 's ochtends, de tijd die voor hem, met zijn wrokgevoelens als een open wond, het gunstigst was om te denken. Hij wilde, zoals hij vaak tegen zijn neef zei, beginnen met zijn vroegste herinnering, een droom die hij vlak na zijn derde verjaardag op de San Mateo-haciënda in Venezuela had gehad. Hij droomde dat een muildier met gouden tanden was binnengekomen en het hele huis was doorgelopen, vanaf de grote salon tot de provisiekamers, en dat hij terwijl de familie en de bedienden siësta hielden doodkalm alles opvrat wat hij tegenkwam, en dat hij ten slotte de gordijnen, de tapijten, de bloemenvazen, het servies en de couverts in de eetkamer, de heiligenbeelden op de altaren, de klerenkasten en de hutkoffers met inhoud en al, de potten en de pannen in de keukens, de deuren en de ramen met hun scharnieren en kloppers en alle meubels vanaf de gaanderij tot de slaapkamers had opgevreten, en het enige dat hij onaangeroerd liet was, drijvend in de ruimte, de ovalen spiegel op de toilettafel van zijn moeder.

Maar hij voelde zich zo goed in het huis in Fucha en de atmosfeer was zo ijl onder de lucht met voortjagende wolken, dat hij niet meer van de memoires repte maar de vroege ochtenden benutte om over de geurige paden van de savanne te wandelen. Wie hem in de daaropvolgende dagen bezocht, kreeg de indruk dat hij was hersteld. Vooral de militairen, zijn trouwste vrienden, die er bij hem op aandrongen om, al was het via een staatsgreep, president te blijven. Hij ontmoedigde hen met het argument dat het zijn roem onwaardig was om met geweld de macht te grijpen, maar hij leek niet de hoop te hebben opgegeven dat hij wettig door het congres gekozen zou worden. José Palacios herhaalde: 'Wat meneer denkt, weet meneer alleen.'

Manuela woonde nog steeds dicht bij het San Carlos-paleis, het presidentiële verblijf, en lette scherp op wat ze op straat hoorde. Twee- of driemaal per week, en vaker als er iets dringends was, kwam ze naar Fucha, beladen met stukken marsepein, warme zoetigheden uit de kloosters en met kaneel gevulde brokken chocola voor de *merienda* van vier uur. Zelden nam ze kranten mee, want de generaal was zo gevoelig geworden voor kritiek dat elke triviale opmerking hem van streek kon maken. Maar ze lichtte hem wel in over de kuiperijen van de politiek, de intriges in de salons en de voorspellingen aan de stamtafels, en al waren het rampspoedige berichten, hij moest ze met pijn in zijn buik aanhoren omdat zij hem als enige de waarheid mocht zeggen. Wanneer ze elkaar niet veel te vertellen hadden, namen ze de correspondentie door, las zij hem voor of legden ze een kaartje met de adjudanten, maar altijd gebruikten ze samen het middagmaal.

Ze hadden elkaar acht jaar geleden in Quito leren kennen op een galabal ter ere van de bevrijding, toen zij nog de vrouw was van James Thorne, een Engelse gentleman, die zich in de laatste jaren van het onderkoninkrijk te midden van de Limeense aristocratie had genesteld. Behalve dat zij de laatste vrouw was met wie hij sinds de dood van zijn echtgenote, zevenentwintig jaar geleden, onafgebroken een verhouding had gehad, was zij daarbij zijn vertrouwelinge, de bewaakster van zijn archieven en degene die hem het gevoelvolst voorlas, en ze was met de rang van kolonel aan zijn generale staf toegevoegd. Het was lang geleden dat zij op het punt had gestaan hem tijdens een ruzie uit jaloezie een stuk uit zijn oor te bijten, maar hun oppervlakkigste gesprekken konden vaak nog uitlopen op de uitbarstingen van haat en de tedere capitulaties van een grote liefde. Manuela bleef niet slapen. Ze zou tijdig vertrekken om onderweg niet door het duister overvallen te worden, vooral in een seizoen waarin namiddagen snel vervluchtigen.

In tegenstelling tot de gang van zaken op het landgoed La Magdalena, in Lima, waar hij naar voorwendsels moest zoeken om haar op een afstand te houden terwijl hij met aanzienlijke dames, en andere die minder aanzienlijk waren, de liefde bedreef, liet hij op het landgoed in Fucha duidelijk merken dat hij niet zonder haar kon leven. Hij hield zijn blik gevestigd op de weg waar zij langs moest komen, bracht José Palacios tot wanhoop door hem elk moment, ongeduldig en slechtgeluimd, te vragen hoe laat het was, de stoel van plaats te veranderen, het vuur op te stoken, uit te maken, weer aan te steken, tot hij de koets achter de heuvels zag verschijnen en zijn leven weer opklaarde. Maar hij begon tekenen van dezelfde onrust te vertonen als het bezoek langer duurde dan was voorzien. Tegen siëstatijd gingen ze naar bed, zonder de deur te sluiten, zonder zich uit te kleden en zonder te slapen, en meermalen maakten ze de vergissing nog een laatste liefdespoging te ondernemen, maar zijn krachten schoten te kort om zijn verlangen te bevredigen en dat feit weigerde hij onder ogen te zien.

Zijn hardnekkige slapeloosheid vertoonde in die dagen tekenen van wanorde. Hij viel op een willekeurig tijdstip, terwijl hij brieven dicteerde, halverwege een zin of onder een spelletje kaart in slaap, en hij wist zelf niet goed of het flarden slaap of voorbijgaande flauwtes waren, maar zodra hij naar bed ging, voelde hij zich verblind door een crisis van helderheid. Het lukte hem amper om tegen de ochtend een slijkerige halfslaap te vatten, tot de wind van de vrede die tussen de bomen waaide hem weer wakker maakte. Hij kon dan ook niet de verleiding weerstaan om het dicteren van zijn memoires nog een ochtend uit te stellen en in zijn eentje een wandeling te maken die soms tot het middagmaal duurde.

Hij wandelde zonder lijfwacht, zonder de twee trouwe honden die hem soms tot op de slagvelden volgden en zonder een van zijn epische paarden, die al aan het bataljon huzaren verkocht waren om de reiskas te spekken. Hij liep naar de nabije rivier, over de sprei van rotte bladeren van de eindeloze populierenbossen, gehuld in zijn poncho van *vicuña*-wol die hem beschermde tegen de ijzige winden van de savanne, zijn met schapewol gevoerde laarzen en de groenzijden muts die hij vroeger alleen in bed opzette. Lange tijd zat hij in gepeins verzonken tegenover het bruggetje van losse planken, in de schaduw van troosteloze wilgen, verdiept in de stromingen van het water die hij ooit, in een retorische vergelijking die zo kenmerkend was voor de leermeester uit zijn jeugd, don Simón Rodríguez, met de lotsbestemming van de mens had vergeleken. Een van zijn lijfwachten volgde hem zonder zich te laten zien, tot hij terugkeerde, doorweekt van de dauw en met een draadje adem waaraan hij, uitgeteerd en verward maar met de blik van een gelukkige gek, nauwelijks genoeg had om de trap naar het bordes te beklimmen. Hij was tijdens die ontsnappingswandelingen in zo'n opperbeste stemming dat de bewakers die zich tussen de bomen verborgen hielden hem soldatenliederen hoorden zingen, zoals in de jaren van zijn legendarische overwinningen en homerische nederlagen. Zij die hem beter kenden vroegen zich af wat de reden voor zijn opgewektheid was als zelfs Manuela betwijfelde of hij een volgende maal tot president van de republiek gekozen zou worden door een congres dat hij zelf bewonderenswaardig had genoemd.

Op de dag van de verkiezing zag hij tijdens zijn ochtendwandeling een windhond zonder eigenaar, die tussen de heggen achter de kwartels aan zat. Hij floot als een straatjongen naar hem en het dier bleef stokstijf staan, keek met gespitste oren speurend rond en zag hem, in zijn tot vlak boven de grond hangende poncho en met zijn Florentijnse pausmuts, van God verlaten tussen de ijlende wolken en de onmetelijke vlakte. Hij besnuffelde hem van top tot teen terwijl de generaal zijn vingertoppen liefkozend over de gladde huid liet glijden, maar plotseling deinsde het dier terug, monsterde hem met zijn goudkleurige ogen, begon achterdochtig te grommen en ging er ijlings vandoor. Terwijl de generaal de hond langs een onbekend pad achtervolgde, belandde hij al dwalend in een buitenwijk met modderige steegjes en lemen huizen met rode daken, met binnenplaatsen waar de walm van koemelk opsteeg. Plotseling hoorde hij de kreet: 'Hé, Saucijs!'

Hij had geen tijd om de plak koeiestront te ontwijken die ergens vanuit een stal naar hem werd geworpen en op zijn borst uiteenspatte en zijn gezicht besmeurde. Maar het was eerder het scheldwoord dan de klap van de koeievlaai dat hem uit de verbijstering haalde waaraan hij sinds zijn vertrek uit het presidentiële verblijf ten prooi was. Hij kende de bijnaam die de Granadijnen hem hadden gegeven, de bijnaam van een dorpsgek die befaamd was om zijn met medailles behangen uniform.

Zelfs een van die senatoren die zichzelf liberaal noemde, had hem in het congres in zijn afwezigheid zo betiteld en er waren er maar twee opgestaan om te protesteren. Maar nog nooit had hij het zo lijfelijk gevoeld. Hij begon zijn gezicht met een punt van de poncho schoon te vegen en terwijl hij hiermee nog bezig was, dook de bewaker die hem ongezien volgde tussen de bomen op, met ontbloot zwaard om de belediging te wreken. De generaal wierp hem een verzengende blik toe. 'Wat zoekt u hier, verdomme?' vroeg hij.

De officier sprong in de houding. 'Ik voer orders uit, excellentie.'

'Ik ben uw excellentie niet,' antwoordde hij.

Hij zette hem met zoveel verbetenheid uit zijn functie en zijn rang, dat de officier zich gelukkig prees dat hij niet meer de macht had om nog hardere vergeldingsmaatregelen te nemen. Zelfs José Palacios, die hem zo goed begreep, kon met moeite begrip opbrengen voor zijn strengheid.

Het was een slechte dag. Hij liep de hele ochtend door het huis te ijsberen, even gespannen als wanneer hij op Manuela wachtte, maar het ontging niemand dat hij ditmaal niet naar haar hunkerde maar naar nieuws van het congres. Hij probeerde van minuut tot minuut de details van de zitting te reconstrueren. Toen José Palacios hem antwoordde dat het tien uur was, zei hij: 'Hoe de demagogen er ook op los balken, de stemming moet al zijn begonnen.' Na langdurige overpeinzingen vroeg hij zich vervolgens hardop af: 'Wie kan de gedachten van een man als Urdaneta peilen?' José Palacios wist dat de generaal dat kon, want Urdaneta had overal rondgebazuind wat de redenen waren voor zijn wrok en hoe diep die zat. Toen José Palacios op een gegeven moment weer langs hem liep, vroeg de generaal met voorgewende onverschilligheid: 'Op wie zou Sucre stemmen, denk je?' José Palacios wist even goed als hij dat maarschalk Sucre zijn stem niet kon uitbrengen, omdat hij een van die dagen samen met de bisschop van Santa Marta, monseigneur José María Estévez, naar Venezuela was vertrokken, met de opdracht van het congres onderhandelingen te voeren over de voorwaarden voor de afscheiding. Hij hoefde dus niet te blijven staan om te antwoorden: 'Dat weet u beter dan wie ook, meneer.' Voor het eerst sinds hij van zijn naargeestige wandeling was teruggekeerd, kon er bij de generaal een glimlachje af.

Ondanks zijn wisselende eetlust ging hij bijna altijd om elf uur aan tafel om een lauwwarm ei met een glas port te nemen of kleine stukjes van de kaaskorst te pulken, maar die dag bleef hij vanaf het terras de weg in het oog houden terwijl de anderen zaten te eten, en hij was daar zo door in beslag genomen dat zelfs José Palacios het niet waagde hem lastig te vallen. Het was na drieën toen hij opsprong omdat hij de muildieren al hoorde draven voordat het rijtuig van Manuela van achter de heuvels opdook. Hij snelde haar tegemoet, opende het portier om haar behulpzaam te zijn bij het uitstappen en hoefde haar gezicht maar te zien om te weten wat voor bericht zij hem bracht. Don Joaquín Mosquera, oudste telg van een illustere familie uit Popayán, was met algemene stemmen tot president van de republiek gekozen.

Hij reageerde meer verbaasd dan woedend of teleurgesteld, want hij had zelf de naam van don Joaquín Mosquera aan het congres voorgesteld, in de overtuiging dat ze hem niet zouden accepteren. Hij verzonk in diep gepeins en sprak pas weer tijdens de merienda. 'Is er geen enkele stem op mij uitgebracht?' informeerde hij. Niet één. De officiële delegatie van hem toegewijde afgevaardigden die hem later een bezoek bracht, legde hem echter uit dat zijn aanhangers het erover eens waren geworden dat er unaniem gestemd moest worden, opdat hij niet in een nek-aan-nekrace aan het kortste eind zou trekken. Hij was zo aangeslagen dat hij de subtiliteit van die hoffelijke manoeuvre niet leek te waarderen. Hij vond integendeel dat het eervoller voor hem was geweest als ze zijn aftreden hadden aanvaard toen hij dat voor de eerste maal aanbood.

'Kortom,' verzuchtte hij, 'de demagogen hebben opnieuw gewonnen en nu dubbelop.'

Hij waakte er echter voor om te laten merken hoe geschokt hij was, totdat hij in het voorportaal afscheid van hen had genomen. Maar de koetsen waren nog niet uit het zicht verdwenen of hij werd overvallen door een zware hoestbui die het huis tot laat op de avond in een staat van alarm hield. Een van de leden van het officiële gevolg had gezegd dat het congres door de wijsheid van zijn besluit de republiek had gered. Hij had die opmerking genegeerd. Maar toen Manuela hem die avond preste een kom soep tè nemen, zei hij: 'Geen enkel congres heeft ooit een republiek gered.' Voordat hij ging slapen, riep hij zijn adjudanten en dienstpersoneel bijeen en op de plechtige toon die hij gewoonlijk voor zijn dubieuze verklaringen van aftreden reserveerde, deelde hij hun mee: 'Morgenochtend verlaat ik het land.'

Zijn vertrek vond niet de volgende ochtend, maar vier dagen later plaats. Intussen kreeg hij weer greep op zichzelf, dicteerde een afscheidsproclamatie en keerde hij terug naar de stad om voorbereidingen te treffen voor de reis. Generaal Pedro Alcántara Herrán, minister van oorlog en marine in de nieuwe regering, nam hem mee naar zijn huis in de Calle de la Enseñanza, niet zozeer om hem gastvrijheid te verlenen alswel om hem te beschermen tegen de doodsbedreigingen die steeds geduchter werden.

Voordat hij uit Santa Fé vertrok, verkocht hij de weinige waardevolle voorwerpen die hij nog bezat om zijn financiën aan te vullen. Behalve de paarden verkocht hij een zilveren servies uit de weelderige tijden van Potosí, dat door het Munthuis was getaxeerd op vijfentwintighonderd *pesos*, waarbij men alleen de waarde van het metaal had berekend, zonder te letten op het minutieuze handwerk of de historische waarde ervan. Na het opmaken van de eindrekening had hij zeventienduizend zeshonderd pesos en zestig *centavos* in contanten, een kredietbrief ter waarde van achtduizend pesos die getrokken kon worden op de schatkist van Cartagena, een lijfrente die hem door het congres was toegekend en ruim zeshonderd Spaanse gouden munten die over de verschillende hutkoffers waren verdeeld. Dat was het miezerige saldo van een persoonlijk fortuin dat op de dag van zijn geboorte tot het grootste van de beide Amerika's werd gerekend.

In de koffer die José Palacios zonder haast op de ochtend van vertrek inpakte, terwijl híj bezig was zich aan te kleden, zaten twee veel gedragen verschoningen, twee hemden om te verwisselen, de oorlogskazak met een dubbele rij knopen waarvan men aannam dat ze gemaakt waren van het goud van Atahualpa, de zijden slaapmuts en een rode bonnet die maarschalk Sucre voor hem uit Bolivia had meegenomen. Als schoeisel had hij alleen maar

zijn pantoffels en de lakschoenen die hij droeg. In de hutkoffers van José Palacios zaten, behalve de medicijnkist
en andere dingen van weinig waarde, *Du contrat social* van
Rousseau en *Arte militare* van de Italiaanse generaal Rai-
mundo Montecuccoli, twee bibliografische kleinoden die
aan Napoleon Bonaparte hadden toebehoord en die hem
waren geschonken door sir Robert Wilson, de vader van
zijn adjudant. De rest was zo weinig dat het in een ransel
had gepast. Toen hij zich klaarmaakte om naar de salon
te gaan waar het officiële gevolg op hem wachtte, zei hij:
'Wie van ons had kunnen geloven dat zoveel roem in één
schoen zou passen, mijn beste José.'

Zijn zeven lastdieren waren echter bepakt met nog andere kisten boordevol medailles, gouden couverts en allerlei voorwerpen die een bepaalde waarde hadden, tien
hutkoffers vol persoonlijke paperassen, twee met gelezen
boeken en minstens vijf met kleren, plus verschillende
kisten met allerlei goede en kwade voorwerpen, waarvoor niemand het geduld had opgebracht om ze te tellen.
Hoe dan ook, het was niet te vergelijken met de bagage
waarmee hij drie jaar geleden uit Lima was teruggekomen, toen hij was bekleed met de drievoudige macht van
president van Bolivia en Colombia en dictator van Peru:
een troep lastdieren beladen met tweeënzeventig hutkoffers en ruim vierhonderd kisten met ontelbaar veel voorwerpen waarvan de waarde niet was vast te stellen. Bij
die gelegenheid had hij in Quito ruim zeshonderd boeken
achtergelaten waarvoor hij nooit meer moeite had gedaan om ze terug te krijgen.

Het liep tegen zessen. De duizendjarige motregen was
even opgehouden maar de wereld bleef troebel en koud,
en het huis dat bezet was door de soldaten begon een ka-

zernewalm uit te wasemen. De huzaren en grenadiers sprongen en bloc overeind toen ze achter in de gaanderij de somberzwijgende generaal te midden van zijn adjudanten zagen aankomen, groenig in de gloed van de dageraad, de lichtbruine poncho over de schouder en met een hoed met brede rand die de schaduwen op zijn gezicht nog meer versomberde. Volgens een oud bijgeloof van de Andesbewoners hield hij een met eau de cologne bevochtigde zakdoek tegen zijn mond gedrukt om zich te beschermen tegen de kwade lucht die het gevolg was van de plotselinge overgang naar een ander klimaat. Hij droeg geen enkel onderscheidingsteken en evenmin was er het geringste teken dat wees op zijn onmetelijke gezag van vroeger, maar het magische aureool van de macht onderscheidde hem te midden van zijn luidruchtige gevolg van officieren. Langzaam liep hij door de met rieten matten bedekte gaanderij die rondom de binnentuin lag, in de richting van de ontvangstsalon, zonder acht te slaan op de wachtposten die in de houding sprongen toen hij passeerde. Voordat hij de salon binnenging, stopte hij zijn zakdoek in de manchet van zijn mouw, zoals alleen geestelijken nog deden, en overhandigde aan een van zijn adjudanten de hoed die hij droeg.

Behalve degenen die in het huis hadden gewaakt, bleven er vanaf de vroege ochtend meer burgers en militairen komen. Ze dronken in verspreide groepjes koffie, en de sombere kledij en de ingehouden stemmen hadden de atmosfeer verijld met een lugubere plechtstatigheid. Opeens steeg de scherpe stem van een diplomaat boven het gefluister uit: 'Het lijkt wel een begrafenis.'

Hij had dit nog maar net gezegd toen hij achter zijn rug de eau de cologne-geur gewaarwerd die de salon vulde.

Hij draaide zich om, met de dampende kop koffie tussen duim en wijsvinger geklemd, en de gedachte dat zijn onbeschofte opmerking was opgevangen door de spookverschijning die zojuist de salon was binnengekomen, verontrustte hem. Maar nee: hoewel de generaal vierentwintig jaar geleden, toen hij nog een jongeman was, voor het laatst in Europa was geweest, was zijn heimwee naar dat continent sterker dan zijn wrok. Zodat hij zich het eerst tot de diplomaat wendde en hem begroette met de overdreven hoffelijkheid die hij voor de Engelsen reserveerde. 'Ik hoop dat er deze herfst niet te veel mist in Hyde Park hangt,' merkte hij op.

De diplomaat weifelde even, want hij had in de afgelopen dagen gehoord dat de generaal naar drie verschillende plaatsen zou vertrekken en geen daarvan was Londen. Maar hij herstelde zich onmiddellijk. 'We zullen ons best doen de zon dag en nacht voor u te laten schijnen, excellentie,' zei hij.

De nieuwe president was er niet, want hij was door het congres in afwezigheid gekozen en het zou hem ruim een maand kosten om vanuit Popayán naar Santa Fe de Bogotá te komen. Zijn plaatsvervanger was generaal Domingo Caycedo, de gekozen vice-president, van wie werd gezegd dat elk ambt in de republiek voor hem te minderwaardig was omdat hij de allure en de distinctie van een vorst had. De generaal begroette hem met veel onderscheiding en merkte spottend op: 'Weet u dat ik geen toestemming heb om het land te verlaten?'

Zijn woorden werden met een schaterend gelach ontvangen, hoewel iedereen wist dat het geen grap was. Generaal Caycedo zegde hem toe dat hij hem met de volgende post een geldig paspoort zou sturen.

Het officiële gevolg bestond uit de aartsbisschop van de stad en andere aanzienlijken en hoge functionarissen met hun echtgenotes. De burgers droegen leren rijbroeken en de militairen rijlaarzen, omdat ze de voorname balling enkele mijlen zouden vergezellen. De generaal kuste de ring van de aartsbisschop en de hand van de dames en drukte zonder strijkages de hand van de heren; hij beheerste volkomen het zalvend ceremonieel, maar stond totaal vreemd tegenover het karakter van die dubbelzinnige stad waarvan hij bij meer dan een gelegenheid had gezegd: 'Dit is mijn theater niet.' Terwijl hij door de salon liep, begroette hij hen in de volgorde waarin hij hen tegenkwam en had voor ieder een woordje klaar dat hij welbewust uit de handboeken over etiquette had geleerd, maar hij keek niemand in de ogen. Zijn stem was metaalachtig en gebarsten door koorts, en zijn Caribisch accent, dat door al die jaren van reizen en oorlogswisselingen niet was getemd, klonk rauwer vergeleken met de geaffecteerde uitspraak van de Andesbewoners.

Toen het begroetingsceremonieel was beëindigd, ontving hij van de waarnemend president een vel papier dat door vele Granadijnse notabelen was getekend en waarin ze naar voren brachten hoe erkentelijk het land hem was voor al die jaren van bewezen diensten. Te midden van een algemeen stilzwijgen wendde hij voor het te lezen, als het zoveelste eerbetoon aan de plaatselijke vormelijkheid omdat hij het zonder bril niet kon ontcijferen, zelfs niet als de letters van het schoonschrift groter waren geweest. Veinzend dat hij er kennis van had genomen, richtte hij enkele woorden van dank tot het gevolg die zo passend waren voor de gelegenheid dat niemand had durven zeggen dat hij het document niet gelezen had. Ten slotte liet hij zijn blik door de salon gaan en vroeg, zonder een lichte gespannenheid te verbergen: 'Is Urdaneta niet gekomen?'

De waarnemend president vertelde hem dat generaal Rafael Urdaneta de opstandige troepen was gevolgd om de preventieve missie van generaal José Laurencio Silva te ondersteunen. Iemand riep toen over de andere stemmen heen: 'Sucre is ook niet gekomen.'

Hij kon de suggestieve lading van dat ongevraagde bericht niet over zijn kant laten gaan. Zijn ogen, die tot dat moment dof en ontwijkend waren, begonnen koortsachtig te schitteren en zonder te weten wie hij antwoordde, zei hij: 'De Grootmaarschalk van Ayacucho werd niet verwittigd van het uur van vertrek om hem niet onnodig lastig te vallen.'

Blijkbaar wist hij toen niet dat maarschalk Sucre twee dagen geleden was teruggekeerd van zijn mislukte missie in Venezuela, waar hem de toegang tot zijn eigen land was ontzegd. Niemand had Sucre verteld dat de generaal zou vertrekken, misschien wel omdat niemand op de gedachte was gekomen dat híj niet de eerste zou zijn die ervan op de hoogte was. José Palacios hoorde het op een ongelegen moment en was het vervolgens vergeten in de drukte van de laatste uren. Hij sloot natuurlijk de slechte gedachte niet uit dat maarschalk Sucre kwaad was omdat men hem niet gewaarschuwd had.

In de aangrenzende eetkamer stond de tafel gedekt voor het uitgebreide *criollo*-ontbijt: maïspasteitjes in bananeblad, bloedworstjes gevuld met rijst, roereieren uit de pan, allerlei soorten zoete broodjes die op kanten kleedjes werden geserveerd en ijzeren pannen met gloeiendhete gesmolten chocola die zo dik was als een geurige stijfselpap. De gastheer en gastvrouw hadden het ontbijt uitgesteld voor het geval hij aan het hoofd van de tafel zou willen aanzitten, hoewel ze wisten dat hij 's morgens alleen maar het aftreksel van klaprozen met Arabisch gom nam. Hoe dan ook, de gastvrouw deed wat van haar verwacht werd en nodigde hem uit plaats te nemen in de armstoel die aan het hoofd van de tafel voor hem klaarstond, maar hij bedankte voor de eer en wendde zich met een vormelijke glimlach tot het hele gezelschap. 'Ik heb een lange weg te gaan,' zei hij. 'Eet smakelijk.'

Hij rekte zich uit om afscheid te nemen van de waarnemend president en deze omvatte hem in een enorme omhelzing, waardoor iedereen kon vaststellen hoe klein van postuur de generaal was en hoe verloren en weerloos de aanblik was die hij bood op het moment van het afscheid. Vervolgens drukte hij ieder nog eens de hand en kuste hij die van de dames. De gastvrouw probeerde hem tegen te houden tot het zou opklaren, hoewel zij net zo goed wist als hij dat het voor de rest van de eeuw niet zou opklaren. Bovendien lag het er zo duidelijk bovenop dat hij zo spoedig mogelijk wilde vertrekken, dat het haar een belediging leek hem langer op te houden. De gastheer begeleidde hem door de onzichtbare motregen in de tuin tot aan de paardestallen. Hij had behulpzaam willen zijn door hem met zijn vingertoppen, alsof hij van glas was, bij de arm te vatten, en hij stond versteld van de lading energie die onder zijn huid bewoog als een verborgen stroom die in geen enkele verbinding stond met het afgetakelde lichaam. Afgevaardigden van de regering, de diplomatieke wereld en de strijdkrachten stonden hem, tot hun enkels in de modder en met capes die doorweekt waren van de regen, op te wachten om hem de eerste dag te vergezellen. Maar niemand was er zeker van wie hem uit vriendschap vergezelde, wie om hem te beschermen en wie om zich ervan te vergewissen dat hij werkelijk ging.

Het muildier dat voor hem was gereserveerd was het beste van een troep van honderd die door een Spaanse koopman aan de regering was geschonken in ruil voor de vernietiging van zijn strafblad van paardedief. De generaal had zijn laars al in de stijgbeugel die de palfrenier voor hem vasthield, toen de minister van oorlog en marine hem riep: 'Excellentie.' Hij bleef roerloos staan, met één voet in de stijgbeugel en met beide handen aan het zadel.

'Blijf toch,' riep de minister, 'en breng een laatste offer om het vaderland te redden.'

'Nee Hernán,' antwoordde hij, 'ik heb geen vaderland meer om offers voor te brengen.'

Dat was het einde. Generaal Simón José Antonio de la Santísima Trinidad Bolívar y Palacios vertrok definitief. Hij had een imperium vijfmaal zo groot als Europa aan de Spaanse overheersing ontrukt, hij had twintig jaar oorlogen gevoerd om het vrij en verenigd te houden en tot de vorige week had hij het met vaste hand bestuurd, maar op het moment dat hij vertrok moest hij zelfs de troost ontberen dat men hem geloofde. De enige die schrander genoeg was om te beseffen dat hij werkelijk ging en waarheen hij ging, was de Engelse diplomaat die zijn regering in een officieel rapport schreef: 'De tijd die hem rest zal amper toereikend zijn om in het graf te komen.'

DE EERSTE REISDAG was de onaangenaamste geweest, maar zou dat ook geweest zijn voor iemand die minder ziek was dan hij, want zijn humeur was bedorven door de broeierige vijandigheid die hij op de ochtend van zijn vertrek in de straten van Santa Fe voelde hangen. Het begon een beetje op te klaren tussen de motregen door en op zijn tocht kwam hij alleen een paar dolende koeien tegen, maar de haat van zijn vijanden was tastbaar aanwezig. Ondanks de voorzorgen van de regering, die opdracht had gegeven hem langs achterafstraten te leiden, kreeg de generaal toch een paar van de beledigingen onder ogen die op de muren van de kloosters waren gekalkt.

José Palacios reed naast hem, als altijd, zelfs te midden van het krijgsrumoer, gehuld in de sacramentele pandjesjas, de speld met topaas op de zijden das, de geiteleren handschoenen en het brokaten vest met de dubbele, kruiselings over zijn borst hangende ketting van zijn identieke horloges. De versieringen van het tuig van zijn paard waren van zilver uit Potosí en de sporen waren van goud, waardoor men hem in verschillende Andesgehuchten met de president had verward. Maar de gedienstigheid waarmee hij tegemoet kwam aan zelfs de kleinste wensen van zijn meester sloot elke verwarring uit. Hij kende hem en was hem zo toegenegen dat hij lijfelijk leed onder dat voortvluchtige vaarwel van een stad waar vroeger alleen al het bericht van zijn komst voor volksfeesten zorgde. Toen hij amper drie jaar geleden van de verschroeiende oorlogen in het Zuiden was teruggekeerd, overstelpt met de grootste roem die ooit een Zuidamerikaan bij zijn leven of na zijn dood ten deel was gevallen, werd hem een spontane ontvangst bereid die geschiedenis maakte. Dat was nog in de tijd dat de mensen het bit van zijn paard vastgrepen en hem op straat staande hielden om zich te beklagen over de gemeentelijke diensten of de belastingheffingen, om hem gunsten te vragen of alleen maar om zich van dichtbij in de glans van zijn grootheid te koesteren. Hij besteedde evenveel aandacht aan die straatklachten, met een verrassende kennis van de huiselijke, de zakelijke of de gezondheidsproblemen van een ieder, als aan de gewichtigste regeringszaken, en iedereen die met hem sprak had het gevoel dat hij een moment lang van de genietingen van de macht had geproefd.

Niemand zou geloofd hebben dat dit dezelfde man van toen was of dat deze somberzwijgende stad, die hij met de omzichtigheid van een voortvluchtige bandiet voor altijd verliet, dezelfde van destijds was. Nergens had hij zich zo ontheemd gevoeld als in die kille straatjes van identieke huizen met grauwzwarte daken en binnentuinen met geurige bloemen, waar op een zacht vuurtje een dorpsgemeenschap sudderde wier gelikte manieren en temerige tongval meer dienden om iets te verbergen dan om iets te zeggen. En hoewel het hem als een speling van zijn verbeelding voorkwam, was het toch deze zelfde stad van nevels en ijzige winden die hij, al voordat hij haar kende, had gekozen om er zijn roem te vestigen, de stad die hem dierbaarder was geweest dan welke andere ook en die hij had geïdealiseerd als centrum en reden van zijn bestaan en als hoofdstad van de halve wereld.

Op het moment dat hem de eindrekening werd gepresenteerd, leek hij zelf het meest verbaasd te zijn over het feit dat hij zijn krediet kwijt was. De regering had zelfs op de ongevaarlijkste plaatsen onzichtbare wachtposten uitgezet, waardoor hem de confrontatie met de woedende hordes die hem de vorige middag in de gedaante van een pop hadden gefusilleerd, bespaard bleef, maar langs de hele route klonk dezelfde verre kreet: 'Saucijijijs!' De enige die medelijden met hem had, was een lichtekooi die hem in het voorbijgaan toevoegde: 'God zij met u, spook.'

Niemand liet blijken dat hij haar gehoord had. De generaal verzonk in een somber gepeins en reed afwezig verder tot ze de schitterende savanne bereikten. Bij het gehucht Cuatro Esquinas, waar de geplaveide weg begon, wachtte Manuela Sáenz, alleen en te paard, op het voorbijtrekken van de stoet en vanuit de verte zwaaide zij hem een laatste afscheidsgroet toe. Hij beantwoordde haar groet op dezelfde wijze en vervolgde zijn weg. Ze zouden elkaar nooit meer terugzien.

De motregen hield even later op, de lucht werd stralend blauw en twee besneeuwde vulkanen bleven de rest van de dag roerloos aan de einder staan. Maar ditmaal gaf hij geen blijk van zijn passie voor de natuur en had hij geen aandacht voor de dorpen die zij in gestrekte draf passeerden, noch voor de mensen die hen in het voorbijgaan groetten zonder hen te herkennen. Maar wat zijn begeleiders het merkwaardigst vonden, was dat hij zelfs geen vertederde blik over had voor de prachtige kuddes paarden van de vele paardenfokkers op de savanne, wat voor hem, zoals hij herhaaldelijk had verzekerd, het mooiste schouwspel ter wereld was.

In het dorp Facatativá, waar ze de eerste nacht sliepen, nam de generaal afscheid van de mensen die spontaan met hem waren meegereisd en zette hij de tocht voort met zijn gevolg. Dit bestond, behalve uit José Palacios, uit vijf personen: generaal José María Carreño, die zijn rechterarm in de oorlog was kwijtgeraakt; zijn Ierse adjudant, kolonel Belford Hinton Wilson, zoon van sir Robert Wilson, een generaal die een veteraan van bijna alle Europese oorlogen was; zijn neef Fernando, die met de rang van luitenant zijn adjudant en schrijver was en de zoon was van zijn oudste broer die tijdens de eerste republiek bij een schipbreuk was omgekomen; zijn bloedverwant en adjudant, kapitein Andrés Ibarra, wiens rechterarm verlamd was als gevolg van een sabelhouw die hij twee jaar geleden bij de moordaanslag van de vijfentwintigste september had opgelopen, en kolonel José de la Cruz Paredes, een gehard strijder uit vele veldtochten voor de onafhankelijkheid. De eregarde bestond uit honderd huzaren en grenadiers, geselecteerd uit de besten van het Venezolaanse contingent.

José Palacios had de speciale zorg voor twee honden die als oorlogsbuit uit Opper-Peru waren meegenomen. Het waren mooie, moedige dieren, die 's nachts het regeringsgebouw in Santa Fe hadden bewaakt toen in de nacht van de aanslag de rest van de waakhonden was doodgestoken. Op de eindeloze reizen van Lima naar Quito, van Quito naar Santa Fe, van Santa Fe naar Caracas en weer terug naar Quito en Guayaquil, hadden de honden om de lastdieren heen gelopen om de bagage te bewaken. Tijdens de laatste reis, van Santa Fe naar Cartagena, waren ze ook meegekomen, hoewel er toen minder bagage was en deze door de soldaten werd bewaakt.

De generaal was in Facatativá met een slecht humeur opgestaan, maar dat verbeterde naar gelang ze langs een pad door golvende heuvels van de hoogvlakte afdaalden, het klimaat zachter werd en het licht minder verblindend. Verschillende malen vroegen ze hem of hij wilde rusten, omdat ze zich zorgen maakten over zijn lichamelijke toestand, maar hij gaf er de voorkeur aan door te rijden naar het warme gebied, zonder te stoppen om te eten. Hij zei dat paardrijden hem hielp om na te denken, en zo kon hij dagen en nachten achter elkaar doorrijden, verschillende malen van paard wisselend om het niet af te jakkeren. Hij had de kromme benen van oude ruiters en de gang van iemand die slaapt met zijn sporen aangegespt, en rondom zijn rectum had zich een dikke laag eelt gevormd als de scheerriem van een barbier, wat hem de erenaam van IJzerkont had bezorgd. Sinds het begin van de onafhankelijkheidsoorlogen had hij achttienduizend mijl te paard afgelegd: ruim tweemaal de wereld rond. Niemand weersprak ooit de legende dat hij rijdend sliep.

Na het middaguur, toen men last begon te krijgen van de warme damp die vanuit de valeien opsteeg, gunde men zich een pauze om uit te rusten in het claustrum van een missiepost. De moeder-overste in eigen persoon stond hen te woord terwijl een groep inheemse novicen marsepeinfiguren, vers uit de oven, en een korrelige maïsdrank die op het punt van gisten stond, onder hen uitdeelde. Toen ze de zweterige en haveloos uitgedoste soldaten zag naderen, moest de moeder-overste gedacht hebben dat kolonel Wilson de hoogste in rang was, misschien omdat hij elegant en blond was en het mooist versierde uniform

droeg, en met een hypervrouwelijke verering die boosaardige commentaren ontlokte, wijdde ze haar aandacht
uitsluitend aan hem.

José Palacios liet de vergissing niet onbenut, zodat zijn
heer, in een wollen deken gewikkeld om de koorts uit te
zweten, in de schaduw van de kapokbomen van het claustrum kon uitrusten. Zo bleef hij daar, zonder te eten of te
slapen, terwijl hij half versuft de novicen hoorde zingen
die het hele repertoire van criollo-liefdesliederen afdraai-
den en door een oudere novice op de harp werden begeleid. Ten slotte ging een van hen met een hoed het claustrum rond om aalmoezen voor de missie te vragen. De
harpspelende non zei in het voorbijgaan tegen de novice:
'Je moet geen aalmoes aan de zieke vragen.' Maar zij
sloeg geen acht op die woorden. Zonder zelfs maar een
blik op haar te werpen, zei de generaal met een bitter
glimlachje: 'Voor aalmoezen ben je bij mij aan het goede
adres, meisje.' Wilson gaf haar zo kwistig geld uit eigen
zak dat zijn chef vriendelijk spottend opmerkte: 'Zo ziet u
maar wat de prijs van roem is, kolonel.' Dezelfde Wilson
toonde zich later zeer verbaasd dat niemand in de missie,
noch iemand tijdens de rest van de reis de beroemdste
man van de nieuwe republieken had herkend. Ook voor
de generaal was het ongetwijfeld een merkwaardige les.
'Ik ben niet meer dezelfde,' zei hij.

De tweede dag overnachtten ze in een voormalige, tot
een herberg voor passanten omgebouwde tabaksfactorij
in de buurt van het dorp Guaduas, waar men hem opwachtte voor een akte van eerherstel waar hij geen zin in
had. Het was een enorm en naargeestig gebouw en de desolate omgeving zelf wekte een vreemd gevoel van be-
klemming door de woeste vegetatie en de rivier vol zwar-

te, zich met een allesverwoestend kabaal naar de bananenplantages van de warme gronden stortende wateren. De generaal kende die plek en had toen hij er voor het eerst langskwam meteen al gezegd: 'Als ik iemand in een verraderlijke hinderlaag wilde lokken, dan zou ik deze omgeving kiezen.' Hij had die passage bij andere gelegenheden vermeden, alleen al omdat die hem aan Berruecos deed denken, een lugubere doorgang op de weg naar Quito, die zelfs de meest onverschrokken reizigers bij voorkeur links lieten liggen. Op een keer had hij, tegen alle raadgevingen in, twee mijl voor die plek zijn kamp opgeslagen omdat hij niet opgewassen meende te zijn tegen al die somberheid. Maar ditmaal leek hem die plek, ondanks zijn vermoeidheid en koorts, hoe dan ook aangenamer dan het festijn van rouwbeklag waarop zijn wisselvallige vrienden in Guaduas hem wilden onthalen.

Toen de herbergier zag hoe beklagenswaardig hij eraan toe was, had hij hem voorgesteld om een Indiaan uit een naburig gehucht te laten komen, die een zieke op willekeurig wat voor afstand en zonder hem ooit gezien te hebben kon genezen door alleen maar aan een doorzweet hemd van hem te ruiken. Hij stak de draak met deze goedgelovigheid en verbood zijn mensen uitdrukkelijk om zich met de Indiaanse wonderdoener in te laten. Als hij al geen vertrouwen stelde in artsen, die volgens hem handelaars in andermans pijn waren, hoe kon men dan verwachten dat hij zijn lot in handen van een dorpsspiritist zou leggen? En als een bevestiging te meer van zijn minachting voor de medische wetenschap, versmaadde hij de gerieflijke slaapkamer die men voor hem in orde had gebracht omdat die in zijn toestand het aangenaamst voor hem was en liet hij zijn hangmat ophangen in de ruime, open galerij, die uitzicht bood op de valleien en waar hij die nacht aan de gevaren van de vochtige kou zou zijn blootgesteld.

Hij had de hele dag niets anders gehad dan zijn ochtendlijke kruidendrank, maar toch nam hij alleen maar uit beleefdheid tegenover zijn officieren aan tafel plaats. Hoewel hij zich beter dan wie ook aan de ontberingen van het leven te velde aanpaste en weinig minder dan een asceet was op het gebied van eten en drinken, was hij als een verfijnde Europeaan bekend met en verzot op de kunsten van de wijnkelder en de keuken. Die avond dronk hij alleen maar een half glaasje rode wijn en proefde hij uit nieuwsgierigheid van de gestoofde hertebout om vast te stellen of het waar was wat de herbergier en zijn officieren beweerden: dat het fosforescerende vlees naar jasmijn smaakte. Hij zei maar een paar woorden tijdens de maaltijd en wat hij zei klonk niet krachtiger dan het weinige dat hij gedurende de reis had gezegd, maar allen stelden het op prijs dat hij zijn best deed om met een lepeltje goede manieren het azijn van zijn publieke rampspoed en zijn slechte gezondheid te verzoeten. Hij had niet meer gerept over politiek en evenmin had hij een van de incidenten van de afgelopen zaterdag opgehaald, want hij was iemand die vele jaren na de hem aangedane belediging zijn wrok daarover niet te boven kon komen.

Voordat de maaltijd was afgelopen, vroeg hij toestemming om van tafel op te staan, trok sidderend van koorts zijn nachthemd aan, zette zijn slaapmuts op en liet zich in zijn hangmat vallen. De avond was koel en een enorme, oranjekleurige maan begon tussen de heuvels omhoog te klimmen, maar hij was niet in de stemming voor dat schouwspel. Op enkele meters afstand van de galerij zetten de soldaten van het escorte populaire volksliedjes in. Lang geleden had hij het bevel gegeven dat ze altijd, net als de legioenen van Julius Caesar, vlak bij zijn slaapvertrek moesten bivakkeren, zodat hij uit hun nachtelijke gesprekken hun gedachten en hun gemoedstoestand kon afleiden. Zijn slapeloosheidswandelingen hadden hem regelmatig naar hun veldtenten gevoerd en vele malen had hij het ochtendlicht zien gloren terwijl hij soldatenliederen meezong met in de hitte van het feest geïmproviseerde vleiende of spottende refreinen. Maar die avond kon hij hun zingen niet verdragen en gelastte hij dat ze op moesten houden. Het eeuwige tumult van de rivier tussen de rotsen, dat aanzwol door de koorts, voegde zich bij zijn delirium. 'Waarom kunnen we die kloterivier niet een minuut tegenhouden!' schreeuwde hij.

Maar helaas: hij kon de loop van de rivieren niet meer tegenhouden. José Palacios wilde hem kalmeren met een van de vele middeltjes uit de medicijnkist, maar hij weigerde. Dat was de eerste keer dat hij de generaal de steeds terugkerende zin hoorde zeggen: 'Ik heb net onder invloed van een ondeugdelijk braakmiddel afstand gedaan van de macht, maar ik ben niet bereid om ook nog eens afstand te doen van het leven.' Jaren geleden had hij hetzelfde gezegd toen een andere arts zijn derdendaagse koorts met een arsenicumhoudend brouwsel had behandeld, waardoor hij een diarree opliep die hem bijna om zeep had geholpen. De enige medicijnen die hij sindsdien had geaccepteerd, waren de purgeerpillen die hij zonder reserve verschillende keren per week tegen zijn chronische verstopping innam en een lavement van seneblad als de verstopping kritiek werd.

Uitgeput door andermans ijlkoortsen strekte José

Palacios zich kort na middernacht uit op de kale stenen van de vloer en viel in slaap. Toen hij wakker werd lag de generaal niet in zijn hangmat, maar zijn van zweet doorweekte nachthemd had hij op de grond achtergelaten. Dat gebeurde wel vaker. Hij had de gewoonte om wanneer er niemand meer in het huis was, op te staan en als afleiding tegen zijn slapeloosheid tot de vroege ochtend naakt rond te dolen. Maar die nacht had José Palacios meer dan één reden om zich zorgen te maken over zijn lot, omdat de generaal een slechte dag achter de rug had en het koele, vochtige weer zich er niet toe leende om buiten te wandelen. José Palacios ging met een deken onder zijn arm in het maangroen verlichte huis op zoek en trof hem slapend aan op een stenen bank in de gaanderij, als een liggend beeld op een grafheuvel. De generaal draaide zich om met een heldere blik waarin geen sprankje koorts meer was te bespeuren.

'Precies zo'n nacht als de nacht van San Juan de Payara,' zei hij. 'Maar zonder Koningin María Luisa, helaas.'

José Palacios was maar al te goed bekend met die herinnering. Hij doelde op een januarinacht in 1820, toen hij met tweeduizend man was aangekomen in een Venezolaans dorpje, dat verloren lag op de hoogvlakte van Apuré. Hij had al achttien provincies van de Spaanse overheersers bevrijd. Hij had de vroegere gebieden van het onderkoninkrijk Nueva Granada, het kapiteingeneraalschap Venezuela en het presidentschap Quito bijeengevoegd en de republiek Colombia gesticht, waarvan hij op dat moment de eerste president was en opperbevelhebber van het leger. De illusie die hij koesterde was om uiteindelijk de oorlog naar het Zuiden uit te breiden, om zo zijn fantastische droom van de grootste natie ter wereld te verwezenlijken: één groot vrij land vanaf Mexico tot aan Kaap Hoorn.

Maar de militaire situatie van dat moment leende zich niet bepaald voor dromen. Een plotselinge epidemie die de beesten tijdens de tocht velde, had op de Llano een veertien mijl lange stinkende stroom dode paarden achtergelaten. Vele gedemoraliseerde officieren zochten hun troost in roof en verlustigden zich in ongehoorzaamheid, en sommige staken zelfs de draak met zijn dreigement dat hij de schuldigen zou laten fusilleren. Tweeduizend haveloze soldaten, op blote voeten, verstoken van wapens, voedsel en dekens om de hoogvlakten te trotseren, uitgeput door oorlogen en velen van hen ziek, begonnen ordeloos te deserteren. Bij gebrek aan een redelijke oplossing had hij bevel gegeven een beloning van tien pesos uit te loven aan de patrouilles die een deserteur te pakken kregen en overleverden, en deze vervolgens zonder naar zijn motieven te vragen te fusilleren.

Het leven had hem ruimschoots redenen gegeven om te beseffen dat geen enkele nederlaag de laatste was. Amper twee jaar geleden, toen hij met zijn soldaten in de oerwouden van de Orinoco, in de buurt van deze plek, verdwaald was geraakt, had hij het bevel moeten geven de paarden op te eten, uit angst dat de soldaten elkaar zouden opeten. Volgens de getuigenis van een officier van het Britse Legioen had hij toentertijd het haveloze voorkomen van een rondzwervende guerrillero. Hij droeg een Russische dragonderhelm, touwschoenen van een muilezeldrijver en een blauwe kazak met rode tressen en vergulde knopen, en aan de punt van zijn *llanero*-lans hing een zwarte piratenvlag met doodskop en gekruiste beenderen tegen de met bloed geschreven leus: 'Vrijheid of dood.'

In de nacht van San Juan de Payara was hij minder haveloos uitgedost, maar zijn situatie was er niet beter op geworden. Deze weerspiegelde in die periode niet alleen de vergankelijkheid van zijn troepen, maar ook het gehele drama van het bevrijdingsleger, dat vaak versterkt uit de zwaarste nederlagen verrees maar op het punt van instorten stond onder de last van zijn talrijke overwinningen. Don Pablo Morillo, de Spaanse generaal, die de beschikking had over allerlei hulpmiddelen om de patriotten te onderwerpen en de koloniale orde te herstellen, beheerste echter nog grote delen in het westen van Venezuela en had zich in de bergen verschanst.

Geconfronteerd met deze situatie, hoedde de generaal zijn slapeloosheid terwijl hij naakt door de verlaten vertrekken van het oude haciënda-gebouw dwaalde, dat in het glanzende maanlicht een metamorfose had ondergaan. Het merendeel van de paarden die de vorige dag waren bezweken, was ver van het huis verbrand, maar er hing nog steeds een ondraaglijke stank van verrotting. De soldaten hadden na de desastreuze dagen van de afgelopen week niet meer gezongen en zelf voelde hij zich niet bij machte om de wachtposten te beletten van honger in slaap te vallen. Plotseling zag hij, achter in een galerij die uitzicht bood op de immense blauwe vlakte, Koningin María Luisa op een trap zitten. Een prachtige mulattin in de bloei van haar jaren, met het profiel van een afgodsbeeld, tot haar voeten in een gebloemde omslagdoek gewikkeld en een sigaar van een kwart el rokend. Ze schrok toen ze hem zag en maakte een kruis van haar duim en wijsvinger. 'Of je van God of van de duivel komt,' zei ze, 'wat wil je!'

'Jou,' zei hij.

Hij glimlachte, en zij zou zich de schittering van zijn tanden in het maanlicht blijven herinneren. Hij omarmde haar met al zijn kracht zodat zij zich niet kon bewegen, onderwijl tedere kusjes op haar voorhoofd, haar ogen, haar wangen en haar hals plantend tot het hem gelukt was haar te temmen. Toen trok hij de omslagdoek los en hield zijn adem in. Ze was naakt, want haar grootmoeder die in hetzelfde vertrek sliep, nam haar kleren weg zodat zij niet uit bed kon komen om te roken, zonder te weten dat zij vroeg in de ochtend een doek omsloeg en de benen nam. De generaal tilde haar op en nam haar mee naar zijn hangmat, zonder haar op adem te laten komen van zijn balsemachtige kussen, en zij gaf zich niet uit verlangen of liefde maar uit angst aan hem over. Ze was maagd. Pas toen ze haar hart weer in bedwang had, zei ze: 'Ik ben een slavin, meneer.'

'Geweest,' zei hij. 'De liefde heeft je vrij gemaakt.'

Diezelfde ochtend kocht hij haar voor honderd pesos uit zijn verarmde geldkist van de haciënda-bezitter en schonk haar onvoorwaardelijk de vrijheid. Voordat hij afreisde, kon hij de verleiding niet weerstaan om haar in het openbaar voor een dilemma te stellen. Hij bevond zich op de patio achter het huis, met een groep officieren die zich zo goed en zo kwaad als dat ging op lastdieren hadden geïnstalleerd, de enige die aan de sterfte waren ontkomen. Nog een ander legerkorps, onder bevel van de vorige avond gearriveerde divisiegeneraal José Antonio Páez, was daar aanwezig om afscheid van hen te nemen.

De generaal had een korte afscheidstoespraak gehouden, waarin hij de dramatiek van de situatie afzwakte, en hij maakte zich gereed om te vertrekken toen hij Koningin María Luisa in haar nieuw verworven staat van vrije en tevreden vrouw zag. Ze had net gebaad en zag er onder de lucht van de Llano prachtig en stralend uit, van top tot teen in gesteven wit en met de kanten onderrok en de spaarzame blouse van slavinnen. Hij vroeg haar goedgeluimd: 'Blijf je hier of ga je met ons mee?'

Met een betoverend lachje zei ze: 'Ik blijf, meneer.'

Haar antwoord werd met luid gelach ontvangen. De gastheer, een Spanjaard die de zaak van de onafhankelijkheid vanaf het eerste uur was toegedaan geweest en bovendien een oude bekende van hem was, wierp hem stikkend van het lachen de leren beurs met de honderd pesos toe. Hij ving hem in de lucht op.

'Bewaar hem voor de goede zaak, excellentie,' zei de man. 'Het meisje blijft hoe dan ook vrij.'

Generaal José Antonio Páez, wiens fauneske gezicht in harmonie was met zijn kleurig opgelapte hemd, barstte in een bulderend gelach uit. 'Zo ziet u maar, generaal,' zei hij. 'Dat krijgen we als we ons voor bevrijders uitgeven.'

Hij kon de opmerking waarderen en nam met een brede armzwaai van ieder afscheid. Ten slotte zei hij Koningin María Luisa als een goed verliezer vaarwel en nooit zou hij meer iets van haar horen. Voor zover José Palacìos zich herinnerde, was er nog geen jaar van volle manen verstreken toen hij hem vertelde dat hij die nacht opnieuw had beleefd, helaas zonder de weelderige verschijning van Koningin María Luisa. En altijd was het een nacht waarin hij een nederlaag leed.

Toen José Palacios hem om vijf uur het eerste kruidenbrouwsel bracht, zag hij dat hij met open ogen lag te rusten. Maar hij probeerde met zoveel onstuimigheid overeind te komen dat hij bijna voorover viel en door een heftige hoestbui werd geteisterd. Hij bleef in de hangmat zitten en hield al hoestend zijn hoofd met beide handen vast tot de crisis was bezworen. Vervolgens nam hij een slok van de dampende drank en prompt begon zijn humeur op te klaren.

'Ik heb de hele nacht van Casandro gedroomd,' zei hij.

Dat was de naam die hij heimelijk gebruikte voor de Granadijnse generaal Francisco de Paula Santander, in vroeger tijden zijn beste vriend en te allen tijde zijn grootste opponent, vanaf het begin van de oorlog chef van zijn generale staf, en vice-president van Colombia tijdens de zware veldtochten voor de bevrijding van Quito en Peru en de stichting van Bolivia. Hij was een efficiënte en moedige militair, minder uit roeping dan gedreven door de historische noodzaak, met een merkwaardige neiging tot wreedheid, maar hij had zijn roem vooral aan zijn burgerlijke deugden en zijn voortreffelijke academische scholing te danken. Hij was ongetwijfeld de tweede man van de onafhankelijkheid en de eerste van de rechtsorde van de republiek, waarop hij voor altijd het stempel van zijn formalistische, conservatieve geest drukte.

Een van de zoveelste keren dat de generaal zich voornam ontslag te nemen, had hij tegen Santander gezegd dat hij met een gerust gemoed het presidentschap opgaf omdat 'ik het aan ú overlaat, u die mijn alter ego bent en wellicht een beter mens dan ik'. In niemand had hij, op rationele gronden of op basis van de feiten, zoveel vertrouwen gesteld als in hem. Hij was het die Santander onderscheidde met de titel Man van de Wet. Maar de man die zich zo verdienstelijk had gemaakt, woonde sinds twee jaar in ballingschap in Parijs vanwege zijn nooit bewezen betrokkenheid bij een samenzwering om hem te vermoorden.

Dat had zich als volgt toegedragen. Op woensdag 25 september 1828, precies om middernacht, braken twaalf burgers en zevenentwintig militairen de toegangsdeur van het regeringsgebouw in Santa Fe open, sneden twee waakhonden van de president de keel door, verwondden verschillende wachtposten, brachten kapitein Andrés Ibarra een ernstige sabelwond aan een arm toe, schoten de Schotse kolonel William Fergusson van het Britse Legioen en adjudant van de president neer, van wie laatstgenoemde gezegd had dat hij zo moedig als een Caesar was, en begaven zich naar het slaapvertrek van de president, onder luid geroep van leve de vrijheid en dood aan de tiran.

De opstandelingen zouden de aanslag rechtvaardigen op grond van het feit dat de generaal drie maanden geleden buitengewone bevoegdheden met een uitgesproken dictatoriaal karakter tot zich had getrokken om de overwinning van de santanderisten in de Conventie van Ocaña teniet te doen. De functie van vice-president van de republiek, zeven jaar lang door Santander bekleed, werd afgeschaft. Santander stelde een vriend hiervan op de hoogte in bewoordingen die kenmerkend waren voor zijn stijl: 'Ik mocht het genoegen smaken begraven te worden onder de ruïnes van de grondwet van 1821.' Hij was toen zesendertig jaar oud. Hij was tot gevolmachtigd minister in Washington benoemd, maar had de reis meermalen uitgesteld, misschien in de verwachting dat de samenzwering zou slagen.

De generaal en Manuela Sáenz waren die nacht net bezig zich met elkaar te verzoenen. Ze hadden het weekeinde in het dorp Soacha doorgebracht, tweeëneenhalve mijl van Santa Fe, en 's maandags waren ze in afzonderlijke rijtuigen teruggekeerd, na een liefdestwist die heviger was dan gewoonlijk omdat hij zich doof hield voor de waarschuwingen voor een komplot om hem te vermoorden, waarover iedereen praatte en waar alleen hij geen geloof aan hechtte. Manuela was niet bezweken voor de dringende boodschappen die hij haar vanuit het San Carlos-paleis stuurde, tot ze 's avonds om negen uur, na drie nog dringender boodschappen, waterdichte sloffen over haar schoenen had aangetrokken, een doek om haar hoofd had geknoopt en de door regen overspoelde straat was overgestoken. Ze zag hem, zonder de assistentie van José Palacios, op zijn rug ronddobberen in het geurige water van de badkuip, en dat ze niet dacht dat hij dood was kwam alleen omdat ze hem vaker in die staat van genade had zien mediteren. Hij herkende haar stap en sprak tegen haar zonder zijn ogen open te doen. 'Er komt een opstand,' zei hij.

Ze slaagde er niet in haar rancune met ironie te verdoezelen. 'Gefeliciteerd,' zei ze. 'Er kunnen er wel tien komen, want waarschuwingen vinden bij u een luisterend oor.'

'Ik geloof alleen in voortekens,' zei hij.

Hij kon zich dat spelletje permitteren omdat de chef van zijn generale staf, die het wachtwoord van die nacht al aan de samenzweerders had doorgegeven zodat ze de paleiswacht om de tuin konden leiden, hem zijn woord had gegeven dat het komplot was mislukt. Hij kwam dan ook geamuseerd overeind uit de badkuip. 'Maakt u zich geen zorgen,' zei hij, 'het schijnt dat die stomme flikkers schijtbenauwd zijn geworden.'

Ze waren juist amoureus aan het stoeien in bed, hij naakt en zij half uitgekleed, toen ze de eerste kreten, de eerste schoten en de dreun van kanonnen hoorden die tegen een loyale kazerne werden ingezet. Manuela hielp hem zich razendsnel aan te kleden, trok hem de waterdichte sloffen aan die zij over haar schoenen had gedragen, omdat de generaal zijn enige paar laarzen had meegegeven om te laten poetsen, en hielp hem ontsnappen over het balkon, met een sabel en een pistool, maar zonder enige beschutting tegen de eeuwige regen. Hij stond nog maar net op straat of hij richtte zijn ontgrendelde pistool op een silhouet dat naderde: 'Wie is daar!' Het was zijn proviandmeester die, bedroefd door het bericht dat zijn heer was vermoord, onderweg was naar huis. Vastbesloten om tot het eind zijn lot te delen, hield hij zich samen met hem verscholen tussen het struikgewas in de beek van San Agustín, onder de Carmen-brug, totdat de hem trouw gebleven troepen de rebellie hadden onderdrukt.

Manuela stond de overvallers, die de deur van het slaapvertrek hadden geforceerd, te woord met een slimheid en moed waarvan ze ook in andere historische noodsituaties blijk had gegeven. Op hun vraag waar de president was, antwoordde ze dat hij in de raadzaal was. Op hun vraag waarom in een winterse nacht de balkondeur openstond, zei ze dat ze die had opengedaan om te zien wat dat rumoer op straat te betekenen had. Op hun vraag waarom het bed warm aanvoelde, antwoordde ze dat ze, in afwachting van de komst van de president, al vast met kleren en al in bed was gaan liggen. Terwijl ze met trage en omzichtige antwoorden tijd probeerde te winnen, zat ze, grote rookwolken puffend, aan een zware stinksigaar te trekken om de verse eau de cologne-geur die nog in het vertrek hing te verhullen.

Een rechtbank, onder voorzitterschap van generaal Rafael Urdaneta, had vastgesteld dat generaal Santander het verborgen brein achter de samenzwering was en veroordeelde hem ter dood. Zijn vijanden zouden zeggen dat hij dat vonnis meer dan verdiend had, niet zozeer omdat Santander schuldig was aan de aanslag, maar omdat hij de onbeschaamdheid had als eerste op de Plaza Mayor te verschijnen om de president te omhelzen en te feliciteren. Deze zat te paard, in de motregen, zonder hemd en met gescheurde en doorweekte kazak, omgeven door de toejuichingen van de soldaten en van het volk dat massaal vanuit de voorsteden toestroomde, roepend om de dood van de moordenaars. 'Alle medeplichtigen zullen in mindere of meerdere mate worden gestraft,' zei de generaal in een brief aan maarschalk Sucre. 'Santander is de hoofdschuldige, maar hij is ook een geluksvogel omdat hij beschermd wordt door mijn edelmoedigheid.' Gebruikmakend van zijn absolute bevoegdheden zette hij inderdaad zijn doodstraf om in verbanning naar Parijs. Daarentegen werd admiraal José Prudencio Padilla, die in Santa Fe gevangen zat wegens een mislukte opstand in Cartagena de Indias, zonder dat er voldoende bewijzen waren gefusilleerd.

José Palacios wist niet wanneer de dromen van zijn meester over generaal Santander reëel waren of gefantaseerd. In Guayaquil vertelde hij op een keer dat hij van Santander had gedroomd en dat deze een opengeslagen boek tegen zijn ronde, dikke buik hield, maar dat hij in plaats van het te lezen er pagina's uitscheurde en ze een voor een opat terwijl hij ze genietend en mekkerend als een geit herkauwde. Een andere keer, in Cúcuta, had hij gedroomd dat Santander overdekt was met kakkerlakken. En weer een andere keer was hij in Santa Fe, in het buitenverblijf in Monserrate, schreeuwend wakker geworden omdat hij droomde dat hij 's middags met generaal Santander zat te eten en dat deze zijn oogballen uit de kassen haalde en op tafel deponeerde omdat hij er bij het eten last van had. Zodat José Palacios, toen de generaal hem vroeg in de ochtend in de buurt van Guaduas vertelde dat hij weer eens van Santander had gedroomd, zelfs niet naar het verloop van de droom informeerde, maar hem probeerde te troosten met de werkelijkheid. 'Tussen hem en ons ligt een hele zee,' zei hij.

Maar híj sneed hem met een felle blik de pas af. 'Niet meer,' zei hij. 'Ik ben er zeker van dat die sukkel van een Joaquín Mosquera hem zal toestaan terug te keren.'

Die gedachte kwelde hem sinds hij de laatste keer naar het land was teruggekeerd en definitief afstand doen van de macht hem een erezaak had geleken. 'Ik ga liever in ballingschap of sterf liever dan dat ik mijn roem eerloos in handen van het San Bartolomé-college leg,' had hij tegen José Palacios gezegd. Het tegengif droeg echter zijn eigen vergif in zich, want naarmate hij dichter bij de definitieve beslissing kwam, groeide zijn zekerheid dat generaal Santander, de eminentste afgestudeerde van dat juristenhol, uit zijn ballingschap teruggeroepen zou worden. 'Die man is een schurk,' zei hij.

De koorts was helemaal verdwenen en hij voelde zich zo geladen met energie dat hij papier en pen aan José Palacios vroeg, zijn bril opzette en eigenhandig een brief van zes regels aan Manuela Sáenz schreef. Dat moest zelfs iemand als José Palacios, die zo aan zijn impulsieve handelingen gewend was, merkwaardig voorkomen en kon alleen maar begrepen worden als een voorteken of een plotselinge en onstuitbare inspiratie. Want het stond niet alleen haaks op zijn beslissing van afgelopen vrijdag om de rest van zijn leven nooit meer een brief te schrijven, maar botste ook met zijn gewoonte zijn klerken op elk willekeurig tijdstip wakker te maken om de achterstallige correspondentie af te handelen, hun een proclamatie te dicteren of orde te scheppen in de losse ideeën die bij hem opkwamen als hij slapeloos lag te piekeren. Nog merkwaardiger moest dit lijken als de brief geen duidelijke haast had; hij voegde alleen maar een tamelijk cryptische zin toe aan de raad die hij haar aan het slot gaf: 'Wees voorzichtig bij alles wat je doet, want door jezelf in het ongeluk te storten zou je ons beiden ongelukkig maken.' Hij schreef haar op zijn bekende botte manier, alsof hij er niet bij nadacht, en ten slotte bleef hij, afwezig en met de brief in zijn hand, zijn hangmat heen en weer schommelen. 'De grote macht bestaat in de onweerstaanbare kracht van de liefde,' verzuchtte hij opeens. 'Wie zei dat ook weer?'

'Niemand,' antwoordde José Palacios.

Hij kon niet lezen of schrijven, en hij had het ook niet willen leren met het simpele argument dat er geen grotere wijsheid bestond dan die van ezels. Daarentegen kon hij zich elke uitspraak die hij in het voorbijgaan opving herinneren, maar niet deze.

'Dan heb ík dat gezegd,' zei de generaal, 'maar laten we het er maar op houden dat het van maarschalk Sucre is.'

Niemand kwam in die crisisperioden meer van pas dan Fernando. Hij was de gedienstigste en geduldigste, hoewel niet de briljantste van de schrijvers die de generaal in dienst had, en hij was het die stoïcijns de willekeur van de dienstregelingen of de geprikkeldheid van de slapeloze uren verdroeg. De generaal maakte hem op elk willekeurig tijdstip wakker om zich voor te laten lezen uit een of ander oninteressant boek of hem aantekeningen te laten maken van dringende zaken die hem plotseling te binnen schoten en de volgende ochtend in de prullenbak lagen. De generaal had in zijn ontelbare liefdesnachten geen kinderen verwekt (hoewel hij beweerde bewijzen te kunnen leveren dat hij niet onvruchtbaar was) en na de dood van zijn broer nam hij de zorg voor Fernando op zich. Hij had hem met prachtige aanbevelingsbrieven naar de militaire academie in Georgetown gestuurd, waar generaal Lafayette hem vertelde hoeveel bewondering en respect hij voelde voor zijn oom. Vervolgens had hij aan het Jefferson-college in Charlotteville en aan de universiteit van Virginia gestudeerd. Hij was niet de opvolger waarvan de generaal misschien droomde, want academische titels lieten Fernando koud en hij ruilde ze verrukt in voor het buitenleven en de sedentaire kunst van het tuinieren. Zodra zijn studie was voltooid, liet de generaal hem naar Santa Fe komen en ontdekte onmiddellijk zijn verdiensten als klerk, niet alleen vanwege zijn prachtige schoonschrift en zijn beheersing van het geschreven en gesproken Engels, maar ook omdat hij uniek was in het verzinnen van feuilletonachtige hulpmiddelen die de aandacht van de lezer geboeid hielden en hij tijdens het voorlezen voor de vuist weg gewaagde episodes improviseerde om er slaapverwekkende alinea's mee te kruiden. Zoals iedereen gebeurde die bij de generaal in dienst was, kwam voor Fernando het moment van ongenade toen hij een uitspraak van Demosthenes toeschreef aan Cicero, welke vervolgens door zijn oom in een toespraak werd geciteerd. De generaal was veel strenger voor hem dan voor de anderen, juist omdat híj het was, maar hij vergaf hem nog voor hij zijn straf had uitgediend.

Generaal Joaquín Posada Gutiérrez, de gouverneur van de provincie, was twee dagen geleden vertrokken om de komst van de stoet aan te kondigen in plaatsen die ze tegen de avond zouden bereiken en om de autoriteiten op de hoogte te brengen van de slechte gezondheidstoestand van de generaal. Maar zij die hem die maandag aan het eind van de middag in Guaduas zagen arriveren, hechtten geloof aan het hardnekkige gerucht dat het slechte nieuws van de gouverneur en de reis zelf slechts politieke manoeuvres waren.

De generaal was weer eens onoverwinnelijk. Hij kwam door de hoofdstraat binnenrijden, in een hemd met open kraag en een zigeunerlap bij wijze van zweetdoek om zijn hoofd gebonden, zwaaiend met zijn hoed te midden van kreten, vuurpijlen en klokgebeier die de muziek overstemden, en op een vrolijk dravend muildier gezeten dat aan de stoet elke pretentie van plechtstatigheid ontnam. Het enige huis waarvan de ramen gesloten bleven was de nonnenschool, en 's middags zou het gerucht de ronde doen dat het de meisjes verboden was de ontvangst bij te wonen, maar tegen de mensen die het hem kwamen vertellen zei hij dat ze geen geloof moesten hechten aan kloosterroddels.

De vorige avond had José Palacios het hemd laten wassen waarin de generaal koortsig had liggen zweten. Een ordonnans gaf het mee aan de soldaten die vroeg in de ochtend naar de rivier afdaalden om de was te doen, maar toen ze zouden vertrekken wist niemand waar het was. Onderweg naar Guaduas en zelfs tijdens het feest had José Palacios uit kunnen vissen dat de herbergier het hemd ongewassen had meegenomen om de wonderdoende Indiaan een staaltje van zijn krachten te laten geven. Toen de generaal thuiskwam, stelde José·Palacios hem dus op de hoogte van de faux pas die de herbergier had begaan en waarschuwde hem dat hij geen andere hemden meer voor hem had, behalve het hemd dat hij droeg. Hij nam het met een zekere filosofische berusting op. 'Bijgeloof is hardnekkiger dan de liefde,' zei hij.

'Het rare is dat we sinds gisteravond geen koorts meer hebben gehad,' zei José Palacios. 'Als die genezer nu eens werkelijk over magische krachten beschikt?'

Hij had niet meteen een antwoord klaar, maar gaf zich over aan een diepzinnig gepeins terwijl hij de hangmat op de maat van zijn gedachten liet schommelen. 'Ik heb inderdaad geen hoofdpijn meer gehad,' zei hij. 'En evenmin heb ik een bittere smaak in mijn mond of het gevoel dat ik van een toren zal vallen.' Maar ten slotte sloeg hij zich op de knieën en richtte zich resoluut op. 'Je moet me niet nog meer in de war brengen,' zei hij.

Twee knechten kwamen het slaapvertrek binnen met een grote pan kokend water met geurige blaadjes, en José Palacios maakte het avondlijke bad klaar, in de overtuiging dat hij na deze vermoeiende dag vroeg zou gaan slapen. Maar het badwater koelde af terwijl hij een brief dicteerde aan Gabriel Camacho, de man van zijn nichtje Valentina Palacios en zijn gemachtigde in Caracas voor de verkoop van de Aroa-mijnen, een koperafzetting die hij van zijn familie had geërfd. Hij leek zelf geen duidelijk idee te hebben over zijn bestemming, want in de ene regel zei hij dat hij naar Curaçao ging wanneer de bemoeienissen van Camacho tot een goed einde waren gebracht en in de andere verzocht hij hem om brieven naar Londen te sturen, naar het adres van sir Robert Wilson, en een kopie daarvan naar Maxwell Hyslop in Jamaica, om er zeker van te zijn dat hij een van beide zou ontvangen.

Velen, maar vooral zijn secretarissen en schrijvers, beschouwden de Aroa-mijnen als een gril van zijn ijlkoortsen. Hij had er altijd zo weinig belangstelling voor aan de dag gelegd dat ze jarenlang door toevallige exploitanten waren beheerd. Hij herinnerde zich die mijnen weer aan het eind van zijn dagen, toen zijn geld begon op te raken, maar het lukte hem niet ze aan een Engelse maatschappij te verkopen omdat zijn eigendomsbewijzen niet in orde waren. Dat was het begin geweest van een juridische touwtrekkerij, die legendarisch was en die zich tot twee jaar na zijn dood zou voortzetten. Te midden van oorlogen, politieke twisten en persoonlijke haatgevoelens wist iedereen wat de generaal bedoelde als hij het over 'mijn proces' had. Want voor hem bestond er maar één proces en dat was het proces over de Aroa-mijnen. De brief die hij in Guaduas aan don Gabriel Camacho dicteerde, liet bij zijn neef Fernando abusievelijk de indruk achter dat ze niet naar Europa zouden vertrekken voordat het dispuut was beslecht en terwijl hij met andere officieren zat te kaarten, leverde hij er commentaar op.

'Dan kunnen we het dus wel vergeten dat we gaan,' zei kolonel Wilson. 'Mijn vader begint zich al af te vragen of dat koper wel echt bestaat.'

'Dat niemand die mijnen heeft gezien betekent nog niet dat ze niet bestaan,' merkte kapitein Andrés Ibarra op.

'Ze bestaan wel degelijk,' zei generaal Carreño. 'In het departement Venezuela.'

Wilson antwoordde misnoegd: 'Ik vraag me op dit moment zelfs af of Venezuela wel bestaat.'

Hij kon zijn teleurstelling niet verbergen. Bij Wilson had de gedachte postgevat dat de generaal niet van hem hield en dat hij hem alleen maar in zijn gevolg hield uit achting voor zijn vader, die hij nooit genoeg kon danken voor zijn verdediging van de Latijnsamerikaanse onafhankelijkheid in het Engelse parlement. Door de loslippigheid van een vroegere Franse adjudant wist hij dat de generaal had gezegd: 'Wilson zou een tijdje aan de school voor problemen en zelfs aan die voor tegenspoed en ellende moeten studeren.' Kolonel Wilson had niet kunnen vaststellen of het waar was dat hij dat had gezegd, maar hij vond hoe dan ook dat een van zijn veldslagen al genoeg was geweest om het gevoel te hebben dat hij die drie scholen met glans had doorlopen. Hij was zesentwintig jaar, en acht jaar geleden was hij, na voltooiing van zijn studies in Westminster en Sandhurst, op aandringen van zijn vader bij de generaal in dienst getreden. In de slag bij Junín was hij adjudant van de generaal geweest en hij was het die, op de rug van een muildier en langs een smal bergpad van driehonderdzestig mijl lang, vanuit Chuquisaca het ontwerp van de grondwet van Bolivia naar dat land had gebracht. Toen hij hem uitgeleide deed, had de generaal gezegd dat hij op zijn laatst over eenentwintig dagen in La Paz moest zijn. Wilson sprong in de houding: 'Ik zal er over twintig dagen zijn, excellentie.' Hij haalde het in negentien.

Hij had besloten om met de generaal naar Europa terug te keren, maar raakte er met de dag vaster van overtuigd dat deze altijd wel een andere reden bij de hand zou hebben om de reis uit te stellen. Het feit dat hij opnieuw over de Aroa-mijnen was begonnen die hij al in geen twee jaar meer als voorwendsel voor iets had gebruikt, was voor Wilson een ontmoedigend teken.

Nadat de brief gedicteerd was, had José Palacios het badwater opnieuw laten verwarmen, maar de generaal maakte er geen gebruik van en bleef doelloos rondlopen terwijl hij met een stem die door het hele huis weergalmde het complete gedicht van het meisje declameerde. Hij vervolgde met gedichten die door hemzelf waren geschreven en die alleen José Palacios kende. Al rondlopend kwam hij verschillende malen door de galerij waar zijn officieren *ropilla* speelden, de criollo-naam voor het Galicische *cascarela*, dat hij vroeger ook vaak speelde. Hij bleef even staan om een blik over de schouder van de spelers te werpen, concludeerde hoe de partij ervoor stond en wandelde verder.

'Ik begrijp niet hoe ze hun tijd aan zo'n saai spel kunnen verdoen,' zei hij dan.

Tijdens een van die vele rondwandelingen kon hij echter de verleiding niet weerstaan kapitein Ibarra te vragen of hij hem aan de speeltafel mocht vervangen. Hij bezat niet het geduld dat goede spelers eigen is en hij was agressief en een slechte verliezer, maar tegelijk was hij listig en snel en wist hij zijn ondergeschikten goed partij te bieden. Bij die gelegenheid speelde hij, met generaal Carreño als partner, zes spellen en verloor ze allemaal. Hij smeet de kaart op tafel. 'Wat een kutspel,' riep hij. 'Wie waagt zich aan een potje *tresillo*.'

Ze speelden. Hij won drie achtereenvolgende partijen waardoor zijn humeur zichtbaar verbeterde, en probeerde kolonel Wilson belachelijk te maken om de manier waarop hij tresillo speelde. Wilson nam dat goed op, maar maakte gebruik van zijn enthousiasme om de partij te winnen en niet opnieuw te verliezen. De generaal raakte gespannen, zijn lippen trokken samen tot een smalle, bleke lijn en in de diep onder de borstelige wenkbrauwen verzonken ogen flitste weer de woeste vonk van eertijds. Hij zei geen woord meer, terwijl een kwaadaardige hoest hem in zijn concentratie stoorde. Na twaalven liet hij het spel onderbreken. 'Ik heb de hele avond al wind tegen,' zei hij.

Ze namen de tafel mee naar een beter beschutte plek, maar hij bleef verliezen. Hij vroeg of de piccolo-fluitjes van een chaotisch feest vlakbij niet konden ophouden, maar de fluitjes bleven het kabaal van de krekels overstemmen. Hij liet zijn stoel verplaatsen, liet een kussen op de stoel leggen om wat hoger en gerieflijker te zitten, dronk een aftreksel van lindebloesem dat zijn hoest verlichtte, speelde van de ene kant van de galerij naar de andere ijsberend verscheidene partijen, maar bleef verliezen. Wilson hield zijn lichte, met bloed doorlopen ogen op hem gevestigd, maar hij verwaardigde zich niet hem aan te kijken. 'Dit spel is gemerkt,' zei hij.

'Het is van u, generaal,' merkte Wilson op.

Het was inderdaad een spel van hem, maar hij inspecteerde het toch van alle kanten, kaart voor kaart, en liet het ten slotte vervangen. Wilson gaf hem geen respijt. De krekels verstomden, er trad een langdurige stilte in en een haan kraaide drie keer. 'Die haan is gek,' zei Ibarra. 'Het is nog maar twee uur.' Zonder zijn blik van de kaarten af te wenden, gelastte de generaal op scherpe toon: 'Niemand gaat hier weg.'

Niemand haalde adem. Generaal Carreño, die het spel meer bezorgd dan belangstellend volgde, dacht terug aan de langste nacht van zijn leven, twee jaar geleden, toen ze in Bucaramanga de uitslag van de Conventie van Ocaña hadden afgewacht. Ze waren om negen uur 's avonds begonnen te kaarten en waren om elf uur de volgende ochtend gestopt toen zijn medespelers hadden afgesproken hem drie partijen achter elkaar te laten winnen. Uit angst voor een nieuw bewijs van kracht in die nacht van Guaduas gaf generaal Carreño een teken aan kolonel Wilson dat hij moest verliezen. Wilson sloeg er geen acht op. Toen Wilson vervolgens een pauze van vijf minuten vroeg, volgde hij hem over het terras en zag hoe hij bezig was de ammoniakwateren van zijn wrokgevoelens over de potten met geraniums uit te storten.

'Kolonel Wilson,' sommeerde generaal Carreño. 'Geef acht!'

Zonder om te kijken zei Wilson: 'Wacht tot ik klaar ben.'

Hij eindigde op zijn gemak en draaide zich toen om, zijn broek vastmakend.

'U moet verliezen,' verzocht generaal Carreño hem. 'Al is het maar uit consideratie met een ongelukkige vriend.'

'Ik zou niemand een dergelijke belediging willen aandoen,' zei Wilson met een vleugje ironie.

'Dit is een bevel!' zei Carreño.

Wilson, in de houding, keek vanuit de hoogte met imperiale minachting op hem neer. Vervolgens zette hij zich weer aan de speeltafel en begon te verliezen. De generaal kreeg het in de gaten.

'Zo slecht hoeft u het niet te doen, mijn beste Wilson,' merkte hij op. 'Per slot van rekening is het een redelijke tijd om te gaan slapen.'

Hij nam met een stevige handdruk afscheid van iedereen, zoals hij altijd deed als hij van de speeltafel opstond, om aan te geven dat de vriendschap niet door het spel was ondermijnd, en begaf zich naar zijn slaapvertrek. José Palacios was op de vloer in slaap gevallen, maar krabbelde overeind toen hij hem zag binnenkomen. Hij kleedde zich haastig uit en bewoog, naakt en van grimmige gedachten vervuld, zijn hangmat heen en weer, en hoe meer hij nadacht, hoe luider en raspender zijn ademhaling werd. Toen hij zich in het badwater onderdompelde, bibberde hij over zijn hele lijf, en deze keer niet van koorts of kou maar van woede. 'Wilson is een schoft,' zei hij.

Hij had een van zijn slechtste nachten. Tegen zijn bevelen in waarschuwde José Palacios de officieren voor het geval dat het nodig mocht zijn een dokter te halen en hij had hem in lakens gewikkeld om de koorts uit te zweten. Deze raakten doorweekt, met kortstondige rustpozen, waarna hij in een crisis van zinsbegoochelingen stortte. Een paar maal schreeuwde hij: 'Laat die verdomde fluitjes ophouden!' Maar ditmaal kon niemand hem helpen omdat de fluitjes al sinds middernacht waren verstomd. Later vond hij iemand die hij de schuld kon geven van zijn instorting. 'Ik voelde me uitstekend tot ze me onder de invloed van die Indiaanse klootzak met dat hemd brachten.'

De laatste etappe naar Honda voerde langs een huiveringwekkend steile afgrond, in een atmosfeer van vloeibaar glas die na een zieltogende nacht slechts door iemand met zo'n uithoudingsvermogen en wil als hij verdragen kon worden. Vanaf de eerste mijlen had hij zich van zijn gebruikelijke positie in de stoet teruggetrokken en was naast kolonel Wilson gaan rijden. Deze interpreteerde het gebaar als een uitnodiging om de beledigingen aan de speeltafel te vergeten en bood hem als een valkenier zijn arm zodat hij zijn hand erop kon leunen. Zo maakten ze samen de afdaling, kolonel Wilson geroerd door zijn beminnelijkheid en hij moeizaam en met zijn laatste krachten ademhalend, maar onwrikbaar op zijn paard. Toen het steilste stuk achter de rug was, vroeg hij met een stem vanuit een andere eeuw: 'Hoe zou het in Londen zijn?'

Kolonel Wilson keek naar de zon die bijna midden aan de hemel stond en zei: 'Slecht, generaal.'

Hij was niet verrast, maar vroeg weer met dezelfde stem: 'Hoezo?'

'Omdat het daar zes uur in de avond is, het slechtste tijdstip in Londen,' zei Wilson. 'Bovendien zal er wel een regen vallen die smerig en dood is als paddewater, want de lente is bij ons een rampzalig seizoen.'

'Vertel me niet dat u uw heimwee hebt overwonnen,' zei hij.

'Integendeel, mijn heimwee heeft mij overwonnen,' zei Wilson. 'Ik bied haar geen enkele weerstand meer.'

'Wel, wilt u terugkeren of niet?'

'Ik weet het niet meer, generaal,' zei Wilson. 'Ik ben overgeleverd aan de genade van een lot dat niet het mijne is.'

Hij keek hem recht aan en zei verbluft: 'Dat zou ík eigenlijk moeten zeggen.'

Toen hij opnieuw begon te praten, hadden zijn stem en zijn gemoedstoestand een verandering ondergaan. 'Maakt u zich geen zorgen,' zei hij. 'Wat er ook gebeurt, wij gaan naar Europa, al was het alleen maar om uw vader niet te beroven van het genoegen u te zien.' En na een langdurige overpeinzing besloot hij met: 'En sta me toe er nog iets aan toe te voegen, mijn beste Wilson, ze kunnen van u zeggen wat ze willen, maar niet dat u een schoft bent.'

Kolonel Wilson, gewend aan zijn grootmoedige boetedoeningen, vooral na een stormachtige kaartsessie of na een gewonnen veldslag, gaf zich voor de zoveelste maal gewonnen. Hij reed langzaam verder, met de koortsige hand van de roemrijkste zieke van de beide Amerika's als een jachtvalk om zijn onderarm geklauwd, terwijl de atmosfeer kokendheet begon te worden en begrafenisachtige vogels boven hun hoofd fladderden die zij als vliegen van zich af moesten slaan.

Op het zwaarste stuk van de berghelling kruiste een groepje Indianen, dat een gezelschap Europese reizigers op draagstoelen vervoerde, hun pad. Plotseling, kort voordat de afdaling was afgelopen, werden ze gepasseerd door een dolle ruiter die hen in volle galop achterop kwam. Zijn gezicht was bijna geheel bedekt door een rode bonnet en in zijn haast reed hij zo onbesuisd dat het muildier van kapitein Ibarra van schrik bijna in het ravijn stortte. De generaal kon hem nog naroepen: 'Kijk uit waar je rijdt, verdomme!' Hij volgde hem met zijn blik tot hij hem bij de eerste bocht uit het oog verloor, maar elke keer dat hij weer in de lager gelegen bochten van het bergpad opdook, bleef hij alert op hem.

Toen ze om twee uur 's middags om de laatste heuvel heen reden, ontvouwde de horizon zich in een glinsterende vlakte, waar achterin de alomberoemde stad Honda met haar brug van Castiliaanse steen over de moerassige rivier, haar bouwvallige stadsmuren en haar door een aardbeving ingezakte kerktoren, in de lome hitte lag te dromen. De generaal liet zijn blik over de verschroeiende vlakte gaan, maar gaf geen blijk van enige emotie, behalve op het moment dat de ruiter met de rode muts in zijn eindeloze galop de brug overstak. Toen werd het licht van de droom weer bij hem ontstoken. 'Godallemachtig,' riep hij uit. 'Het enige dat een dergelijke haast zou kunnen verklaren, is dat hij een brief voor Casandro bij zich heeft met het bericht dat wij al vertrokken zijn.'

ONDANKS DE WAARSCHUWING dat er geen publieke manifestaties bij zijn aankomst mochten plaatsvinden, was een vrolijke troep ruiters naar de haven getrokken om hem te verwelkomen en had gouverneur Posada Gutiérrez gezorgd voor een muziekkorps en een drie dagen durend vuurwerk. Maar de regen verstoorde het feest nog voordat de stoet de winkelstraten had bereikt. Het was een voortijdige stortbui die met een alles wegvagend geweld de stenen uit de straten woelde en de arme wijken deed onderlopen, maar de hitte hield onverstoorbaar aan. In de verwarring van de begroetingen kwam iemand weer eens op de proppen met de afgezaagde domme grap: 'Het is hier zo heet dat de kippen gebakken eieren leggen.' Deze gebruikelijke ramp herhaalde zich de drie eropvolgende dagen zonder enige variatie. Tijdens de slaperige loomheid van de siësta kwam een zwarte wolk vanuit de bergen naar beneden zetten, posteerde zich boven de stad en ontlastte zich in een kortstondige zondvloed. Vervolgens straalde de zon weer even meedogenloos als tevoren aan een doorschijnende hemel terwijl de burgerbrigades in de straten bezig waren het puin van de overstroming te ruimen en op de kammen van de bergen de zwarte wolk van morgen begon aan te zwellen. Op elk tijdstip van de dag of van de nacht, binnen of buiten, hoorde men de hitte puffen.

Afgemat door de koorts wist de generaal met veel moeite de officiële ontvangst te doorstaan. De atmosfeer in de ontvangstzaal van het stadsbestuur was tot een borrelend kookpunt gestegen, maar hij sloeg zich erdoorheen met een toespraakje als van een doorgewinterde bisschop, dat hij heel traag en met slepende stem uitsprak, zonder van de armstoel op te staan. Een tienjarig meisje met engelenvleugels en in een organdiejurkje met stroken declameerde, bijna stikkend in haar haast, uit het hoofd een ode aan de glorie van de generaal. Maar ze vergiste zich, begon bij de verkeerde regel overnieuw, verhaspelde alles hopeloos en vestigde toen radeloos haar paniekoogjes op hem. De generaal glimlachte samenzweerderig tegen haar en zei haar op gedempte toon de versregels voor:

De glinstering van uw zwaard
weerspiegelt glanzend uw roem

In de eerste jaren dat hij aan de macht was, liet de generaal geen gelegenheid voorbijgaan om massale en schitterende banketten aan te richten en spoorde hij zijn gasten aan zich tot barstenstoe vol te eten en te drinken. Uit dat vorstelijk verleden restten hem nog de persoonlijke couverts met zijn monogram erin gegraveerd, die José Palacios voor hem meenam naar feestmalen. Tijdens de ontvangst in Honda stemde hij erin toe op de ereplaats aan het hoofd van de tafel te gaan zitten, maar hij dronk alleen maar een glaasje port en nipte even aan de soep van rivierschildpad, die een walgelijke nasmaak had.

Hij trok zich vroeg terug in de intimiteit van het vertrek

dat kolonel Posada Gutiérrez in zijn huis voor hem in gereedheid had gebracht, maar het bericht dat de volgende dag de post uit Santa Fe werd verwacht, verjoeg het beetje slaap dat hij had. Verteerd van onrust liet hij zijn gedachten na de driedaagse rustpoze weer terugkeren naar zijn rampspoed en hij begon José Palacios opnieuw met vicieuze vragen te kwellen. Hij wilde weten wat er na zijn vertrek was voorgevallen, hoe de stad onder een ander bestuur dan dat van hem zou zijn of hoe het leven zou zijn zonder hem. Toen hij op een keer in een treurige stemming was, had hij gezegd: 'Amerika is een dolgedraaide halve wereldbol.' Die eerste nacht in Honda had hij meer redenen gehad om dat te zeggen.

Hij bracht die in onrustige spanning door, geteisterd door de muggen, omdat hij weigerde onder een muskietengaas te slapen. Nu eens lag hij te draaien en hield hij een alleenspraak tegen de kamer, dan weer bewoog hij de hangmat heftig slingerend heen en weer, of hij rolde zich op in zijn deken en liet zich overweldigen door de koorts, terwijl hij in een moeras van zweet bijna schreeuwend wartaal lag uit te slaan. José Palacios, die met hem wakker lag, beantwoordde zijn vragen en vertelde hem elk uur tot op de minuut hoe laat het was, zonder dat hij de twee kettinghorloges die aan de knoopsgaten van zijn vest waren vastgemaakt, hoefde te raadplegen. Hij bewoog de hangmat heen en weer toen de generaal zich te zwak voelde om deze zelf te bewegen en met een lap verjoeg hij de muggen tot het hem lukte hem ruim een uur lang te laten slapen. Maar kort voor het aanbreken van de dag schrok de generaal wakker toen hij het rumoer van dieren en stemmen van mannen op de patio hoorde en ging hij in nachtkleding naar buiten om de post in ontvangst te nemen.

Met de troep lastdieren was de jeugdige kapitein Agustín de Iturbide meegekomen, zijn Mexicaanse adjudant, die in Santa Fe op het laatste moment door tegenslag was opgehouden. Hij had een brief van maarschalk Sucre bij zich, waarin deze zijn innige spijt betuigde dat hij niet tijdig aanwezig was geweest om afscheid te nemen. Bij de post was ook een brief die twee dagen eerder door president Caycedo was geschreven. Gouverneur Posada Gutiérrez kwam kort daarop zijn slaapkamer binnen met knipsels uit de zondagskranten en de generaal verzocht hem de brieven voor te lezen, omdat het licht nog te schaars was voor zijn ogen.

Het nieuws was dat het die zondag in Santa Fe was opgeklaard en dat vele families met hun kinderen, en mandenvol gebraden speenvarkens, klapstuk uit de oven, met rijst gevulde bloedworst en zoute gepofte aardappels met verse kaas, naar de veeboerderijen waren getrokken en in het gras hadden zitten eten, onder een stralende zon die men in de stad sinds onheuglijke tijden niet meer had waargenomen. Dat meiwonder had de zenuwachtige sfeer van die bewuste zaterdag doen opklaren. De leerlingen van het San Bartolomé-college waren opnieuw de straat opgegaan met het te vaak opgevoerde toneelstukje van de allegorische executie, maar ze hadden geen enkele weerklank gevonden. Voor het vallen van de avond waren ze verveeld uiteengegaan, en 's zondags hadden ze hun jachtgeweren ingeruild voor gitaren en kon men hen te midden van de mensen die zich bij de veeboerderijen in de zon lagen te koesteren *bambucos* zien zingen, tot het om vijf uur 's middags onaangekondigd opnieuw was begonnen te regenen en het feest was afgelopen.

Posada Gutiérrez onderbrak het voorlezen van de

brief. 'Niets op deze wereld kan uw roem meer besmeuren,' zei hij tegen de generaal. 'Wat men ook mag zeggen, u zult voor altijd en tot in de verste uithoeken van de planeet de grootste Colombiaan aller tijden zijn, excellentie.'

'Hoe zou ik daaraan kunnen twijfelen als mijn vertrek voldoende was om de zon weer te laten schijnen,' zei de generaal.

Het enige dat hem ergerde in de brief was dat de waarnemend president van de republiek in eigen persoon de fout maakte de aanhangers van Santander te betitelen als liberalen, alsof het een officiële benaming was. 'Ik begrijp niet hoe de demagogen zich het recht durven aan te matigen zich liberalen te noemen,' zei hij. 'Ze hebben dat woord eenvoudigweg gestolen, zoals ze alles stelen wat in hun handen valt.' Hij sprong uit de hangmat en bleef tegenover de gouverneur zijn hart luchten, terwijl hij met zijn grote soldatenpassen van de ene kant van de kamer naar de andere beende.

'De waarheid is dat er hier geen andere partijen zijn dan de partij van de mensen die vóór mij zijn en de partij van de mensen die tegen mij zijn, en dat weet u beter dan wie ook,' besloot hij. 'En al geloven ze het niet, niemand is liberaler dan ik.'

Een persoonlijke gezant van de gouverneur bracht later de mondelinge boodschap van Manuela Sáenz over dat zij hem niet had geschreven omdat de koeriers strenge instructies hadden gekregen haar brieven niet in ontvangst te nemen. Manuela zelf had hem gestuurd en diezelfde dag had ze de waarnemend president een brief geschreven waarin zij tegen het verbod protesteerde, en dat was het begin geweest van een reeks provocaties over en weer die voor haar op verbanning en vergetelheid zouden uitlopen. Maar in tegenstelling tot wat Posada Gutiérrez verwachtte, die de strubbelingen van die gekwelde liefde van nabij kende, glimlachte de generaal toen hij het slechte nieuws hoorde. 'Dat soort conflicten zijn mijn dwaze liefje op het lijf geschreven,' zei hij.

José Palacios kon zijn ongenoegen over het gebrek aan consideratie waarmee de drie dagen in Honda waren geprogrammeerd, niet verhelen. De verrassendste uitnodiging was die voor een excursie naar de zilvermijnen van Santa Ana, zes mijl vandaar, maar verrassender was het dat de generaal die uitnodiging accepteerde, en nog veel verrassender dat hij in een ondergrondse gang afdaalde. Wat erger was: hoewel hij hoge koorts en een barstende hoofdpijn had, ging hij op de terugweg in een rustig deel van de rivier zwemmen. Ver waren de tijden dat hij een weddenschap had afgesloten om een stortbeek in de savanne met één hand op zijn rug gebonden over te zwemmen en zelfs dan de behendigste zwemmer te verslaan. Hoe dan ook, ditmaal zwom hij een halfuur lang onvermoeibaar rond, maar zij die zijn ribbenkast als van een hond en zijn rachitische benen zagen, begrepen niet hoe hij met zo'n schamel lichaam in leven kon blijven.

Op de laatste avond bood de gemeente hem een galabal aan, waarvan hij wegbleef met het excuus dat de excursie hem te veel had vermoeid. Terwijl hij zich vanaf vijf uur 's middags in zijn slaapkamer opsloot, dicteerde hij Fernando zijn antwoord aan generaal Domingo Caycedo en liet hij zich nog verscheidene bladzijden uit de amoureuze gebeurtenissen in Lima voorlezen, in enkele waarvan hij een hoofdrol had gespeeld. Vervolgens nam hij zijn lauwe bad en bleef roerloos in zijn hangmat liggen, terwijl hij tussen de bries door de flarden muziek hoorde van het bal dat ter ere van hem werd gegeven. José Palacios, die dacht dat hij sliep, hoorde hem opeens zeggen: 'Ken je die wals nog?'

Hij floot een paar maten om het geheugen van zijn dienaar op te frissen, maar deze kon de muziek niet thuisbrengen. 'Dat was de wals die het meest gespeeld werd toen wij vanuit Chuquisaca in Lima aankwamen,' zei de generaal. José Palacios kon zich de muziek niet meer herinneren, maar nooit zou hij die glorieuze avond van 8 februari 1826 vergeten. Lima had hun die morgen een koninklijke ontvangst bereid, waarbij de generaal zich had aangesloten met een uitspraak die hij zonder uitzondering bij elke toost herhaalde: 'In het uitgestrekte gebied van Peru is geen enkele Spanjaard meer achtergebleven.' Die dag was de onafhankelijkheid bezegeld van het onmetelijke continent dat hij, volgens zijn eigen woorden, wilde omsmeden tot de grootste of uitzonderlijkste of sterkste federatie die er tot dan toe op aarde was geweest. De emoties van dat feest waren verbonden gebleven met de wals, die hij net zo vaak had laten spelen als nodig was om met alle Limeense dames een keer te kunnen dansen. Zijn officieren, gestoken in de oogverblindendste uniformen die men ooit in de stad had gezien, hadden zijn voorbeeld zolang ze konden gevolgd, want het waren allen bewonderenswaardige danseurs, en in de harten van hun dames leefde de herinnering aan hun danskunsten langer voort dan hun oorlogsroem.

Die laatste avond in Honda werd het feest met de overwinningswals geopend, en hij lag in zijn hangmat te wachten tot ze de muziek zouden herhalen. Maar toen dat niet gebeurde sprong hij overeind, trok de rijkleding aan die hij ook tijdens de excursie naar de mijnen had gedragen en verscheen onaangekondigd op het bal. Hij danste bijna drie uur aan één stuk door, terwijl hij elke keer dat hij van partner wisselde de wals liet herhalen, misschien omdat hij de luister van eertijds probeerde te herstellen met de asresten van zijn nostalgie. Ver waren de illusoire jaren waarin iedereen uitgeput opgaf en alleen hij in de verlaten balzaal met de laatste partner tot de dageraad doordanste. Want dansen was voor hem zo'n overheersende passie, dat hij zonder partner danste als er geen was of in zijn eentje danste op de muziek die hij floot, en aan jubelstemmingen gaf hij lucht door op de eettafel te dansen. De laatste avond in Honda was hij al zo verzwakt dat hij in de pauzes de damp van de met eau de cologne bevochtigde zakdoek moest opsnuiven om op krachten te komen, maar hij danste met zoveel enthousiasme en met zo'n jeugdig meesterschap dat hij onwillekeurig de verhalen dat hij doodziek was de grond in boorde.

Toen hij kort na middernacht thuiskwam, kreeg hij te horen dat er in de salon een vrouw op hem zat te wachten. Ze was elegant en hautain en verspreidde een lentegeur. Ze droeg een fluwelen japon met lange mouwen, rijlaarzen van het fijnste geiteleer en een middeleeuwse dameshoed met zijden voile. De generaal boog vormelijk, geïntrigeerd door de wijze waarop het bezoek plaatsvond en het tijdstip. Zonder een woord te zeggen hield zij hem een medaillon voor dat aan een lange ketting om haar hals hing en dat hij met een schok van verbazing herkende. 'Miranda Lyndsay,' riep hij uit.

'In eigen persoon,' zei ze, 'hoewel niet meer dezelfde.'

De volle, warme stem als van een violoncel, waarin

amper een vleugje Engels, haar moedertaal, doorsche- merde, moest onherhaalbare herinneringen bij hem op- roepen. Met een handgebaar beduidde hij de dienstdoen- de wacht die bij de deur over hem waakte zich terug te trekken, nam vervolgens tegenover haar plaats, zo dicht- bij dat hun knieën elkaar bijna raakten, en hield haar handen vast.

Ze hadden elkaar vijftien jaar geleden in Kingston, waar hij berustend zijn tweede ballingschap doorbracht, tijdens een toevallig middagmaal ten huize van de Engel- se koopman Maxwell Hyslop leren kennen. Zij was de enige dochter van sir London Lyndsay, een gepensio- neerde Engelse diplomaat die zich op een suikerfabriek annex plantage op Jamaica had teruggetrokken om zijn zes delen tellende, door niemand ooit gelezen memoires te schrijven. Hoewel Miranda opvallend mooi was en de jeugdige balling een licht ontvlambaar gemoed had, was hij in die tijd te verzonken in zijn dromen en te verliefd op een ander om oog te hebben voor wie dan ook.

Zij zou zich hem altijd herinneren als een man die er veel ouder uitzag dan de tweeëndertig jaar die hij telde, benig en bleek, met de stugge bakkebaarden en snor van een mulat en lang haar dat tot op zijn schouders viel. Hij ging, zoals alle jongemannen uit de criollo-aristocratie, volgens de Engelse mode gekleed, met een witte stropdas en een kazak die te dik was voor het klimaat, en met de gardenia van de romantici in het knoopsgat gestoken. In die uitdossing was hij in 1810, tijdens een losbandige nacht in een Londens bordeel, door een elegante hoer met een Griekse pederast verward.

Het merkwaardigste aan hem, in goede of kwade zin, waren de hallucinerende ogen en zijn onuitputtelijke en uitputtende gepraat met een verkrampte roofvogelstem. Het vreemdste was dat hij zijn ogen neergeslagen hield en dat hij de aandacht van zijn disgenoten vasthield zonder hen aan te kijken. Hij sprak met de intonatie en het accent van de Canarische eilanden en gebruikte de beschaafde uitdrukkingen van het Madrileens, dat hij die dag met een elementair maar verstaanbaar Engels afwisselde, ter ere van de twee gasten die geen Spaans verstonden.

Tijdens de maaltijd had hij uitsluitend aandacht voor zijn eigen spoken. Hij praatte aan één stuk door, op een geleerde voordrachtstoon, en hij gaf profetische én onrijpe uitspraken ten beste, waarvan men vele zou aantreffen in een epische proclamatie die enkele dagen later in een krant in Kingston werd gepubliceerd en als *La Carta de Jamaica** de geschiedenis zou ingaan. 'Niet de Spanjaarden, maar onze eigen tweedracht heeft ons opnieuw in slavernij gevoerd,' zei hij. Sprekend over de grootheid, de mogelijkheden en de talenten van Amerika, zei hij verschillende malen: 'Wij zijn een kleine mensensoort.' Toen Miranda thuiskwam, vroeg haar vader haar wat voor soort man die samenzweerder was die zoveel onrust onder de Spaanse agenten op het eiland wekte en zij vatte hem samen in één zin: *'He feels he's a Bonaparte.'*

Dagen later ontving hij een ongewone boodschap, met minutieuze instructies om haar de volgende zaterdag om negen uur 's avonds, alleen en te voet, op een eenzame plek te ontmoeten. Het was een uitdaging die niet alleen zíjn leven in gevaar bracht, maar ook het lot van de beide Amerika's, omdat hij toen de laatste reserve van een vernietigde opstand was. Na vijf wisselvallige jaren van on-

* De Brief van Jamaica (vert.)

afhankelijkheid had Spanje zojuist de gebieden heroverd van het onderkoninkrijk Nueva Granada en van het kapitein-generaalschap Venezuela, die de woeste aanval van generaal Pablo Morilla, de Pacificator genoemd, niet hadden weerstaan. Het opperbevel van de patriotten was uitgeroeid met behulp van de eenvoudige formule dat iedereen die lezen of schrijven kon werd opgehangen.

Van de generatie van aanzienlijke criollos die het zaad van de onafhankelijkheid vanuit Mexico naar Río de la Plata hadden verspreid, was hij de vastbeslotenste, de taaiste en de scherpzinnigste, en degene die beter dan wie ook begaafdheid voor de politiek paarde aan intuïtie voor de oorlog. Hij woonde met zijn adjudanten, twee voormalige jonge slaven die na hun vrijlating bij hem in dienst waren gebleven, en José Palacios in een huurhuis met twee kamers. 's Nachts zonder gewapend geleide en te voet op pad gaan betekende niet alleen een zinloos risico, maar ook een historische dwaasheid. Maar hoeveel waarde hij ook aan zijn leven en aan zijn zaak hechtte, alles leek hem minder verleidelijk dan het raadsel van een mooie vrouw.

Miranda wachtte hem, eveneens alleen, te paard op de afgesproken plek op en voerde hem achter op haar paard langs èen onzichtbaar pad. Boven zee hing een regenbui met bliksemschichten en verre donderslagen. Een troep zwarte honden blafte in het duister en ruziede tussen de benen van het paard, maar zij hield ze sussend en Engelse kooswoordjes mompelend in bedwang. Ze kwamen vlak langs de suikerfabriek waar sir London Lyndsay de herinneringen opschreef die alleen hij zich zou herinneren, waadden door een beek met stenen en reden aan de overkant een pijnbos binnen, waar achterin een verlaten kapel stond. Daar stapten ze af en leidde zij hem aan de hand door de donkere kapel naar de vervallen sacristie, schaars verlicht door een toorts die tegen de muur was gespijkerd, met als enig meubilair twee met een bijl bewerkte boomstronken. Toen pas konden ze elkaars gezichten onderscheiden. Hij was in hemdsmouwen en zijn haar was in de nek met een lint bijeengebonden in een paardestaart, en Miranda vond hem er jonger en aantrekkelijker uitzien dan tijdens het middagmaal.

Hij nam geen enkel initiatief, want zijn verleidingskunst was niet op een methode gebaseerd maar varieerde van geval tot geval, vooral de eerste stap. 'De fouten die je tijdens het voorspel van de liefde maakt zijn onherstelbaar,' had hij eens gezegd. Bij deze gelegenheid was hij er waarschijnlijk van overtuigd dat alle obstakels bij voorbaat uit de weg waren geruimd omdat zij de eerste stap had gezet.

Hij vergiste zich. Behalve dat Miranda mooi was, bezat ze een niet te verwaarlozen waardigheid, zodat er behoorlijk wat tijd heenging voordat het tot hem doordrong dat ook deze keer het initiatief van zijn kant moest komen. Ze had hem verzocht plaats te nemen, en ze gingen net zo zitten als ze vijftien jaar later in Honda zouden doen, tegenover elkaar op een afgehouwen boomstronk en zo dichtbij dat hun knieën elkaar bijna beroerden. Hij hield haar handen vast, trok haar naar zich toe en probeerde haar te kussen. Zij liet hem zo dichtbij komen dat ze zijn warme adem voelde, maar wendde toen haar gezicht af. 'Alles op zijn tijd,' zei ze.

Met diezelfde woorden maakte ze een eind aan de herhaalde pogingen die hij daarna in het werk stelde. Toen tegen middernacht de regen door de daklichten begon te sijpelen, zaten ze nog steeds hand in hand tegenover elkaar, terwijl hij een gedicht voordroeg dat hij in die periode in zijn hoofd aan het maken was. Het waren mooie, ritmische verzen in *ottava rima*, waarin liefdescomplimenten zich vermengden met oorlogsgeschal. Ze was ontroerd en noemde drie namen om erachter te komen wie de dichter was.

'Een militair,' zei hij.

'Een militant of een salonmilitair?'

'Beide,' zei hij. 'De grootste en eenzaamste militair van de wereld.'

Ze herinnerde zich weer wat ze na de maaltijd bij Hyslop tegen haar vader had gezegd.

'Dat moet Bonaparte zijn,' zei ze.

'Bijna goed,' zei de generaal, 'maar in moreel opzicht is er een enorm verschil tussen hen, want de auteur van het gedicht wilde zich niet laten kronen.'

Naar gelang haar in de loop van de jaren nieuwe berichten over hem bereikten, zou ze zich steeds verbaasder afvragen of hij zich bewust was geweest dat die spitsvondige uitspraak de voorafschaduwing van zijn eigen leven was. Maar die avond kwam dat niet eens bij haar op, omdat ze haar handen vol had aan de bijna onmogelijke taak hem in bedwang te houden zonder hem te frustreren en zonder te capituleren voor zijn aanvallen, die tegen de dageraad steeds heftiger werden. Ze stond hem een paar vluchtige kusjes toe, maar meer niet.

'Alles op zijn tijd,' zei ze.

'Om drie uur vanmiddag vertrek ik voorgoed met de pakketboot naar Haïti,' merkte hij op.

Met een bekoorlijk lachje maakte zij korte metten met zijn list. 'In de eerste plaats vertrekt de pakketboot pas vrijdag,' zei ze. 'En bovendien heeft u een taart bij mevrouw Turner besteld en moet u die vanavond meebrengen als u gaat eten bij de vrouw die mij intens haat.'

De vrouw die haar zo intens haatte, heette Julia Cobier, een mooie en rijke Dominicaanse die eveneens naar Jamaica was verbannen en in wier huis hij, volgens zeggen, meerdere malen was blijven slapen. Die avond zouden ze samen haar verjaardag vieren.

'U bent beter geïnformeerd dan mijn spionnen,' zei hij.

'En waarom zou ik niet een van uw spionnen kunnen zijn?' antwoordde ze.

Hij begreep pas wat ze bedoelde toen hij om zes uur 's morgens naar huis terugkeerde en zijn vriend Félix Amestoy, badend in zijn bloed, dood aantrof in de hangmat waar hijzelf in zou hebben gelegen als hij zich niet aan de valse liefdesafspraak had gehouden. Terwijl zijn vriend op zijn terugkomst wachtte om hem een dringende boodschap over te brengen, was hij door slaap overmand, en een van de bedienden, een door de Spanjaarden omgekochte vrijgelaten slaaf, had hem toen met elf dolksteken gedood, in de overtuiging dat het de generaal was. Miranda was op de hoogte geweest van de plannen en had niets discretèrs kunnen bedenken om de aanslag te verhinderen. Hij probeerde haar persoonlijk te bedanken, maar zij reageerde niet op zijn boodschappen. Voordat hij met een schoener, een kaperschip, naar Puerto Príncipe vertrok, stuurde hij haar via José Palacios het kostbare medaillon dat hij van zijn moeder had geërfd, met een begeleidend briefje dat maar één regel bevatte en niet was ondertekend: 'Ik ben gedoemd tot een theaterlot.'

Miranda vergat noch begreep ooit die hermetische woorden van de jeugdige krijgsman, die in de volgende jaren met de hulp van de president van de vrije republiek Haïti, generaal Alexandre Pétion, naar zijn land terugkeerde, de Andes overstak met een groep opstandige llaneros op blote voeten, de royalistische troepen op de brug bij Boyacá versloeg en voor de tweede maal, maar nu voorgoed, Nueva Granada bevrijdde, vervolgens Venezuela, zijn geboortegrond, en ten slotte de bergachtige gebieden in het Zuiden, tot aan de grens met het keizerrijk Brazilië. Zij volgde zijn sporen, vooral via de verhalen van reizigers die het niet moe werden zijn heldendaden te vertellen. Toen de onafhankelijkheid van de voormalige Spaanse koloniën een feit was, trouwde Miranda met een Engelse landmeter, die van beroep veranderde en zich in Nueva Granada vestigde om in de vallei van Honda suikerrietstekken uit Jamaica aan te planten. Daar bevond ze zich de dag tevoren toen ze hoorde dat haar vroegere kennis, de balling van Kingston, zich op slechts drie mijl afstand van haar huis bevond. Maar ze kwam bij de mijnen aan toen de generaal al weer onderweg was naar Honda, zodat ze nog een halve dagreis te paard moest afleggen om hem te ontmoeten.

Ze zou hem, zo zonder bakkebaarden en jeugdige snor, op straat niet herkend hebben met zijn grijze, dunne haar en met dat voorkomen van ultieme wanorde, dat haar het huiveringwekkende gevoel gaf met een dode te praten. Miranda was van plan geweest om, zodra het gevaar van op straat herkend te worden was omzeild, haar voile af te doen terwijl ze met hem sprak, maar ze liet het na uit angst dat hij ook op haar gezicht de verwoestingen van de tijd zou ontdekken. De inleidende beleefdheidsfrasen wa-

ren nog maar nauwelijks uitgewisseld of ze ging rechtstreeks op haar doel af. 'Ik kom u een gunst vragen.'

'Ik ben geheel tot uw beschikking,' zei hij.

'De vader van mijn vijf kinderen moet een langdurige
straf uitzitten omdat hij een man heeft gedood,' zei ze.

'Eervol?'

'In een eerlijk duel,' zei ze, en ze gaf prompt de toelichting: 'Uit jaloezie.'

'Ongegrond, natuurlijk,' zei hij.

'Gegrond,' zei ze.

Maar dat alles behoorde nu tot het verleden, ook hij, en
het enige dat zij als een daad van naastenliefde van hem
vroeg, was dat hij zijn macht aanwendde om aan de ge-
vangenschap van haar echtgenoot een einde te maken.
Hij kon niet meer dan de waarheid zeggen: 'Ik ben ziek en
hulpeloos, zoals u ziet, maar er is niets op de wereld dat ik
niet bij machte ben voor u te doen.'

Hij liet kapitein Ibarra roepen om aantekeningen over
de zaak te maken en hij beloofde alles te doen wat in zijn
geslonken macht lag om vrijspraak te verkrijgen. Die
avond wisselde hij hierover, uiterst discreet en zonder
iets op papier te zetten, van gedachten met generaal Posada Gutiérrez, maar de zaak werd op zijn beloop gelaten
tot er meer duidelijkheid over de aard van de nieuwe regering zou zijn. Hij begeleidde Miranda tot aan het voorportaal, waar een lijfwacht van zes vrijgelaten slaven op
haar wachtte, en nam met een handkus afscheid.

'Het was een heerlijke avond,' zei ze.

Hij kon de verleiding niet weerstaan: 'Deze of die andere?'

'Beide,' zei ze.

Ze besteeg een vers paard, met een edel voorkomen en

opgetuigd als het paard van een onderkoning, en zonder nog een keer om te kijken reed ze in volle galop weg. Hij wachtte in het portaal tot hij haar achter in de straat uit het oog verloor, maar hij bleef haar in zijn dromen zien tot hij bij het aanbreken van de dag door José Palacios werd gewekt om de reis over de rivier voort te zetten.

Zeven jaar geleden had hij aan de Duitse commodore Juan B. Elbers een speciale vergunning verleend om een stoomvaartonderneming te beginnen. Zelf was hij, onderweg naar Ocaña, met een van zijn boten van Barranca Nueva naar Puerto Real gevaren en hij had moeten toegeven dat het een gerieflijke en veilige manier van reizen was. Commodore Elbers meende echter dat het niet de moeite loonde als zijn onderneming niet door een monopolie werd gesteund, en generaal Santander had hem toen hij waarnemend president was dat alleenrecht onvoorwaardelijk verleend. Toen de generaal twee jaar later door het nationale congres met de absolute macht werd bekleed, annuleerde hij de overeenkomst met een van zijn profetische uitspraken: 'Als wij het monopolie aan de Duitsers overlaten, zullen ze het ten slotte aan de Verenigde Staten verkwanselen.' Later kondigde hij de volledige vrijheid van riviervaart in het hele land af. Toen hij dan ook een stoomboot probeerde te vinden, voor het geval hij zou besluiten op reis te gaan, werd hij geconfronteerd met vertragingen en uitvluchten die verdacht veel op wraak leken, zodat hij op het moment van vertrek genoegen moest nemen met de gewone sampans.

Vanaf vijf uur 's morgens wemelde het in de haven van mensen zowel te voet als te paard, die in allerijl door de gouverneur in de naburige gehuchten geronseld waren om een afscheid als in vroeger tijden voor te wenden.

Rondom de aanlegsteiger zwierven talrijke kano's, beladen met vrolijke vrouwen, die de soldaten van de garde luid roepend provoceerden, wat door hen beantwoord werd met obscene complimentjes. De generaal kwam om zes uur met zijn officiële gevolg aan. Hij was vanaf het huis van de gouverneur komen lopen, heel langzaam en met een zakdoek, bevochtigd met eau de cologne, tegen zijn mond gedrukt.

Het zag ernaar uit dat het een bewolkte dag zou worden. De zaken in de winkelstraat waren sinds de vroege ochtend open, en sommigen stonden bijna in de open lucht, tussen de skeletten van de huizen die nog in puin lagen als gevolg van een aardbeving van twintig jaar geleden, hun waren te verkopen. De generaal wuifde met zijn zakdoek naar de mensen die hem vanuit de ramen groetten, maar het was een minderheid, want de meesten waren overrompeld door de slechte toestand waarin hij verkeerde en zagen hem in stilte gaan. Hij was in hemdsmouwen, droeg zijn enige paar Wellington-laarzen en een witstrooien hoed. In het voorportaal van de kerk was de pastoor op een stoel geklommen om een toespraak af te steken, maar dat werd hem door generaal Carreño belet. Híj ging naar hem toe en drukte hem de hand.

Toen hij de hoek omkwam, was één blik voldoende geweest om te beseffen dat de helling te steil voor hem was, maar hij klom aan de arm van generaal Carreño omhoog tot het duidelijk was dat hij niet meer kon. Men probeerde hem toen over te halen gebruik te maken van een draagstoel, die Posada Gutiérrez voor alle zekerheid had klaargehouden.

'Nee generaal, ik smeek u, bespaar me die vernedering,' zei hij geschrokken.

Hij bereikte de top van de helling, meer door de kracht van zijn wil dan door de kracht van zijn lichaam, en nog had hij de moed om zonder hulp naar de aanlegsteiger af te dalen. Daar nam hij met een beminnelijk woordje voor ieder afscheid van het officiële gevolg. Hij deed dat met een gefingeerde glimlach om niet te laten merken dat hij op die vijftiende mei met haar onvermijdelijke rozen de terugreis naar het niets ondernam. Hij schonk gouverneur Posada Gutiérrez als herinnering een gouden medaillon met zijn profiel erin gegraveerd, bedankte hem, luid genoeg om door iedereen gehoord te worden, voor zijn goedheid en omarmde hem lichtelijk geëmotioneerd. Vervolgens verscheen hij, zwaaiend met zijn hoed, op de achtersteven van de sampan, zonder iemand te zien tussen de groepen mensen die hem vanaf de oever uitwuifden en zonder de chaos van de kano's rondom de sampan of de naakte jongetjes die als elften onder water zwommen, op te merken. Hij bleef met zijn hoed naar hetzelfde punt zwaaien, met een afwezige uitdrukking op zijn gezicht, tot er niets meer te zien viel dan het stompje van de kerktoren dat boven de bouwvallige stadsmuren uitstak. Toen ging hij de hut binnen en nam in de hangmat plaats, zodat José Palacios hem behulpzaam kon zijn bij het uittrekken van zijn laarzen.

'Misschien geloven ze nú dat we zijn vertrokken,' zei hij.

De vloot bestond uit acht sampans van verschillende afmetingen, en een ervan was speciaal ingericht voor hem en zijn gevolg, met een roer op de achtersteven en acht roeiers die de boot met pokhouten riemen voortbewogen. In tegenstelling tot de gewone sampans, die in het midden een afdak van palmbladeren voor de lading hadden, was er over zijn boot een zeildoek gespannen, zodat daaronder, in de schaduw, een hangmat kon worden opgehangen; ze hadden de hut aan de binnenkant met een grove stof gevoerd en rieten matten op de grond gelegd, en er waren vier ramen in gemaakt om licht en lucht binnen te laten. Er was een tafeltje om aan te schrijven of te kaarten, een plank voor de boeken en een aarden waterpot met een stenen filter. De commandant van de vloot, die uit de beste rivierkapiteins was gekozen, heette Casildo Santos; hij was een voormalige kapitein van het Gardebataljon Tirailleurs, een man met een stem als een klok en een piratenlapje voor zijn linkeroog, en een nogal lichtvaardige opvatting van zijn leiderschap.

Mei was de eerste goede maand voor de schepen van commodore Elbers, maar de goede maanden waren niet de beste voor de sampans. De moordende hitte, de bijbelse stormen, de verraderlijke stromingen, de dreigingen 's nachts van wilde beesten en ongedierte, alles leek samen te spannen tegen het welzijn van de passagiers. Een bijkomende kwelling voor iemand die door zijn slechte gezondheid overgevoelig was, was de stank van de strengen gezouten vlees en gerookte *bocachicos* die per abuis aan het afdak van de presidentiële sampan hingen en die hij sommeerde weg te halen zodra hij ze bij het aan boord gaan ontdekte. Toen het tot hem doordrong dat hij zelfs de geur van etenswaren niet verdroeg, liet kapitein Santos de bevoorradingsboot met kratten levende kippen en varkens in de achterhoede varen. Maar nadat hij genietend twee borden maïspap achter elkaar had opgegeten, stond het vanaf de eerste vaardag al vast dat hij tijdens de reis niets anders zou eten.

'Het lijkt wel of de magische hand van Fernanda de

Zevende hieraan te pas is gekomen,' merkte hij op.

En zo was het ook. Zijn persoonlijke kokkin van de afgelopen jaren, Fernanda Barriga uit Quito, die hij Fernanda de Zevende noemde als zij hem preste om iets te eten dat hij niet lustte, voer mee zonder dat hij het wist. Ze was een vreedzame, dikke en spraakzame Indiaanse, wier voornaamste verdienste niet haar goede smaak in de keuken was, maar haar instinctieve vermogen om de generaal aan tafel te behagen. Hij had besloten dat ze bij Manuela Sáenz in Santa Fe zou blijven en deze had haar aan haar huispersoneel toegevoegd, maar toen José Palacios generaal Carreño gealarmeerd liet weten dat de generaal sinds de vooravond van zijn vertrek geen volledig maal meer had gegeten, had deze haar vanuit Guaduas dringend verzocht te komen. Ze was vroeg in de ochtend in Honda aangekomen en was, in afwachting van een geschikt moment, stiekem aan boord van het proviandschip gegaan. Dat moment deed zich sneller voor dan was voorzien doordat hij zo genoot van het bord maïspap, zijn favoriete gerecht sinds zijn gezondheid was verslechterd.

De eerste vaardag had de laatste kunnen zijn. Om twee uur 's middags werd het plotseling donker, het water begon woelig te worden, donderslagen en bliksemschichten deden de aarde beven en de roeiers leken niet bij machte te verhinderen dat de boten op de rotsen stuk zouden slaan. Vanuit zijn hut observeerde de generaal de reddingsmanoeuvre die luidkeels werd geleid door kapitein Santos, wiens zeemansvernuft tegen dergelijke beroeringen niet opgewassen leek. Aanvankelijk keek hij nieuwsgierig toe en vervolgens met een niet te onderdrukken bezorgdheid, en op het cruciale moment drong het tot hem door dat de kapitein een foutief bevel had gegeven. Afgaande op zijn instinct baande hij zich toen een weg door de regen en de wind en gaf op de rand van de afgrond een tegengesteld bevel.

'Niet daarheen,' brulde hij. 'Naar rechts, naar rechts, verdomme!'

De roeiers reageerden op de gebarsten, maar nog steeds van onweerstaanbaar gezag vervulde stem en zonder het te beseffen nam hij de leiding over tot de crisis was bezworen.

José Palacios haastte zich hem een deken om te slaan. Wilson en Ibarra ondersteunden hem. Kapitein Santos, zich bewust van het feit dat hij weer eens bakboord met stuurboord had verward, deed een stap opzij en wachtte met de nederigheid van een soldaat, tot de generaal hem zocht en zijn bevende blik ontmoette. 'Neemt u mij niet kwalijk, kapitein,' zei hij.

Maar hij voelde zich niet gerust. Toen ze die avond rondom de houtvuren zaten geschaard, die waren ontstoken op de zandplaat waar ze voor het eerst zouden overnachten, vertelde hij verhalen over onvergetelijke scheepsrampen. Hij vertelde hoe zijn broer Juan Vicente, de vader van Fernando, bij een schipbreuk was verdronken toen hij terugkeerde van een reis naar Washington, waar hij een lading wapens en munitie voor de eerste republiek had gekocht. Hij vertelde dat hem bijna hetzelfde lot ten deel was gevallen toen zijn paard, tijdens de oversteek van de gezwollen Arauca, onder zijn benen dood neerviel en hem, terwijl zijn laars klemzat in de stijgbeugel, hals over kop meesleurde tot zijn gids de riemen wist door te snijden. Hij vertelde dat hij, kort nadat hij de onafhankelijkheid van Nueva Granada had be-

vochten, onderweg naar Angostura, een boot had ontdekt die in de stroomversnellingen van de Orinoco was
omgeslagen en dat hij een onbekende officier naar de kant
zag zwemmen. Ze vertelden hem dat het generaal Sucre
was. Verontwaardigd had hij gezegd: 'Er bestaat geen
generaal Sucre.' Het was inderdaad Antonio José de
Sucre, die kort tevoren tot generaal in het bevrijdingsleger was bevorderd en met wie hij sindsdien intiem be-
vriend was.

'Ik kende het verhaal van die ontmoeting, maar zonder
het detail van de schipbreuk,' merkte generaal Carreño
op.

'Het kan zijn dat u in de war bent met de eerste schipbreuk die Sucre meemaakte toen hij, achtervolgd door
Morillo, uit Cartagena ontsnapte en God weet bijna vierentwintig uur lag rond te dobberen,' zei hij. En hij voegde
er een beetje geprikkeld aan toe: 'Wat ik probeer is om
tegenover kapitein Santos op een of andere manier mijn
onbeschofte gedrag van vanmiddag te verduidelijken.'

Tegen de ochtend, toen iedereen sliep, sidderde het
hele oerwoud onder een lied zonder begeleiding dat alleen aan het hart kon ontstijgen. De generaal schokte op
in zijn hangmat. 'Dat is Iturbide,' mompelde José Palacios in het halfdonker. Hij had het nog niet gezegd of het
lied werd door een scherpe commandostem onderbro-
ken.

Agustín de Iturbide was de oudste zoon van een
Mexicaanse generaal uit de onafhankelijkheidsoorlog,
die zichzelf tot keizer van zijn land uitriep maar het niet
langer dan een jaar had volgehouden. De generaal had
een speciale genegenheid voor hem opgevat, vanaf het
eerste moment dat hij voor hem stond, in de houding, met

bevende knieën en zo onder de indruk van het feit dat hij oog in oog met het idool uit zijn kindertijd stond, dat hij het trillen van zijn handen niet kon bedwingen. Hij was toen tweeëntwintig jaar oud. Hij was nog geen zeventien toen zijn vader in een stoffig en verschroeiend heet dorp in de Mexicaanse provincie was gefusilleerd, enkele uren nadat hij uit zijn ballingschap was teruggekeerd, zonder te weten dat hij wegens hoogverraad bij verstek ter dood was veroordeeld.

Drie dingen hadden de generaal vanaf het begin ontroerd. Het eerste was dat Agustín het gouden, met edelstenen bezette horloge van zijn vader, dat deze hem vanaf de fusilladeplaats had toegezonden, om zijn hals droeg, zodat niemand eraan kon twijfelen dat hij er heel trots op was. Het tweede was de kinderlijkheid waarmee hij vertelde dat zijn vader, armoedig gekleed om niet door de wachtpost in de haven herkend te worden, zich verraden had door zijn elegante stijl van paardrijden. Het derde was zijn manier van zingen.

De Mexicaanse regering had allerlei obstakels opgeworpen voor zijn toelating tot het Colombiaanse leger, in de overtuiging dat zijn training in de kunst van het oorlogvoeren deel uitmaakte van een monarchistische samenzwering onder leiding van de generaal, om hem op grond van het zogenaamde recht van erfopvolging tot keizer van Mexico te kronen. De generaal aanvaardde het risico van een ernstig diplomatiek incident door de jeugdige Agustín niet alleen in zijn militaire rang te laten, maar hem bovendien als zijn adjudant aan te stellen. Agustín was zijn vertrouwen waardig geweest, hoewel hij zich geen dag gelukkig had gevoeld en hij zijn twijfels alleen maar de baas was geworden omdat hij de gewoonte had te zingen.

Toen hij dan ook in de oerwouden van de Magdalena door iemand tot zwijgen werd gebracht, stapte de generaal met een deken om zich heen geslagen uit zijn hangmat en liep dwars door het kampement, dat verlicht werd door de vuren van de wachtposten, om zich bij hem te voegen. Hij trof hem op de oever aan, verdiept in het voorbijstromende water.

'Ga door met zingen, kapitein,' zei hij.

Hij ging naast hem zitten en viel hem met zijn schrale stem bij wanneer hij de tekst van het lied kende. Nog nooit had hij iemand met zoveel gevoel horen zingen, en evenmin kende hij iemand die zo treurig was en toch zoveel geluk om zich heen verspreidde. Met Fernando en Andrés, zijn vroegere klasgenoten op de militaire school van Georgetown, vormde Iturbide een trio dat een jeugdige bries joeg door de omgeving van de generaal die zo verschraald was door de dorre kazernesfeer.

Agustín en de generaal bleven zingen tot het rumoer van de oerwouddieren de dommelende kaaimannen op de oever verjoeg en de ingewanden van de wateren begonnen te kolken als bij een catastrofe. Verdoofd door het verschrikkelijke ontwaken van de gehele natuur, bleef de generaal op de grond zitten tot er een oranjekleurige strook aan de horizon verscheen en het licht werd. Toen kwam hij, leunend op de schouder van Iturbide, overeind.

'Bedankt kapitein,' zei hij. 'Met tien zo prachtig zingende mannen als u zouden we de wereld redden.'

'Ach generaal,' verzuchtte Iturbide. 'Ik zou er heel wat voor overhebben als mijn moeder dit kon horen.'

De tweede vaardag zagen ze goed onderhouden haciëndas met blauwe weilanden en schitterende paarden die vrij ronddraafden, maar vervolgens begon het oerwoud en alles kwam dichterbij en werd monotoon. Ze hadden daarvoor al een paar van enorme boomstammen vervaardigde vlotten achter zich gelaten, die door de houthakkers op de rivieroever naar Cartagena de Indias werden gebracht om daar te worden verkocht. Ze verplaatsten zich zo traag dat ze als bewegingloos op de stroom lagen, en er voeren complete families met hun kinderen en dieren mee die onder de primitieve afdaken van palmbladeren amper beschut waren tegen de zon. In sommige bochten van de rivier waren al de eerste verwoestingen te zien die de bemanningen van de stoomschepen hadden aangericht om de ketels te stoken.

'De vissen zullen op aarde moeten leren lopen omdat de wateren zullen opraken,' zei hij.

Overdag was de hitte ondraaglijk en het kabaal van apen en vogels was om gek van te worden, maar de nachten waren stil en koel. De kaaimannen bleven uren achtereen roerloos op de zandplaten liggen, met opengesperde bek om vlinders te vangen. Dicht bij de verlaten gehuchten zagen ze de maïsvelden en broodmagere honden die blaften als de boten voorbijvoeren, en zelfs op onbebouwde stukken grond zagen ze vallen voor tapirs en visnetten die in de zon hingen te drogen, maar er was geen levend wezen te bekennen.

Na zoveel jaren van oorlogen, wrange regeringen en smakeloze liefdes deed het nietsdoen zich als een pijn gevoelen. Het sprankje leven waarmee de generaal wakker werd, vergleed terwijl hij in zijn hangmat lag na te denken. Hij was bij met zijn correspondentie omdat hij president Caycedo's brief per omgaande had beantwoord, maar om de tijd door te komen dicteerde hij af en toe brieven. In de eerste dagen had Fernando de roddelkronieken van Lima uitgelezen, maar het lukte hem niet om de aandacht van de generaal op iets anders te concentreren.

Het was zijn laatste complete boek. Hij was een onverstoorbare, gulzige lezer geweest, zowel tijdens de pauzes in de gevechten als in de rustpozen van de liefde, maar ook een chaotische lezer. Hij las op elk tijdstip, bij het licht dat voorhanden was, de ene keer wandelend onder de bomen, de andere keer te paard onder de equatoriale zon, soms in het halfduister van de koetsen die hotsend over keien reden, dan weer schommelend in de hangmat terwijl hij tegelijk een brief dicteerde. Een boekhandelaar uit Lima had zich verbaasd over de hoeveelheid en de verscheidenheid van de boeken die hij selecteerde uit een algemene catalogus, waarin zowel werken van Griekse filosofen als een verhandeling over handlezen voorkwamen. In zijn jeugd had hij onder invloed van zijn leermeester Simón Rodríguez de romantici gelezen en hij bleef ze verslinden, alsof hij zichzelf met zijn idealistische en geëxalteerde aard daarin herkende. Die met hartstocht gelezen boeken zouden zijn verdere leven bepalen. Ten slotte las hij alles wat hem in handen viel, en hij hield er geen favoriete schrijver op na, maar vele in verschillende periodes. De boekenplanken in de diverse huizen waar hij woonde, puilden altijd uit en de slaapkamers en gangen veranderden uiteindelijk in smalle doorgangen van opeengestapelde boeken en bergen ronddolende documenten, die zich in het voorbijgaan vermenigvuldigden en hem meedogenloos achtervolgden, op zoek naar de rust van de archieven. Het lukte hem nooit om alle boeken die hij bezat te lezen. Wanneer hij naar een andere stad vertrok, liet hij ze onder de hoede van zijn meest vertrouwde vrienden achter, ook al hoorde hij nooit meer wat van ze, en door zijn leven van oorlogen gedwongen liet hij van Bolivia tot Venezuela een spoor van ruim vierhonderd mijl boeken en papieren na.

Al voordat zijn gezichtsvermogen begon te verminderen liet hij zich door zijn klerken voorlezen, en ten slotte las hij alleen nog maar op die manier omdat hij een hekel had aan een bril. Maar tegelijkertijd verminderde zijn belangstelling voor wát hij las, en dat schreef hij zoals gewoonlijk toe aan een oorzaak buiten zijn schuld.

'Er zijn steeds minder goede boeken, dat is het,' zei hij.

José Palacios gaf als enige geen blijk van verveling tijdens de slaapverwekkende reis, en de hitte en het ongerief hadden geen enkele invloed op zijn goede manieren en zijn verzorgde kleding, en deden evenmin afbreuk aan zijn diensten. Hij was zes jaar jonger dan de generaal, in wiens huis hij als slaaf was geboren als gevolg van een misstap van een Afrikaanse met een Spanjaard, van wie hij het peenkleurige haar, de sproeten op zijn gezicht en handen en de lichtblauwe ogen had geërfd. In weerwil van zijn natuurlijke soberheid bezat hij de meest uitgebreide en duurste garderobe van het hele gevolg. Hij had zijn gehele leven met de generaal gedeeld, de twee verbanningen en al zijn veldtochten en gevechten in de voorste gelederen, en altijd was hij in burgerkleding, omdat hij zichzelf het recht ontzegde een uniform te dragen.

Het ergste van de reis was de immobiliteit waartoe ze gedwongen waren. Op een middag was de generaal zo wanhopig van het rondlopen in de beperkte ruimte van de zeildoeken hut, dat hij de boot liet stoppen om een eindje te wandelen. In de hardgeworden modder zagen

ze een paar sporen die leken op die van een vogel ter groot-
te van een struisvogel en minstens zo zwaar als een os,
maar de roeiers vonden het heel normaal, omdat er volgens hen in die desolate omgeving mannen rondzwierven
met de omvang van kapokbomen en met de kammen en
poten van een haan. Hij stak de draak met die legende,
zoals hij de draak stak met alles wat naar het bovennatuurlijke zweemde, maar de wandeling duurde langer
dan was voorzien en ten slotte moesten ze daar overnachten, tegen de adviezen van de kapitein en zelfs van
zijn adjudanten in, die het een gevaarlijke en ongezonde
plek vonden. Hij lag de hele nacht wakker, gekweld door
de hitte en door de zwermen muggen die zich dwars door
het verstikkende muskietengaas leken te boren, en gespitst op het angstaanjagende gebrul van de poema die
hen de hele nacht in staat van alarm hield. Tegen twee
uur in de nacht ging hij een praatje maken met de mensen
die in groepjes rondom de vuren waakten. Pas bij het aanbreken van de dag deed hij, terwijl hij de uitgestrekte
door de eerste zonnestralen vergulde kustmeren overzag,
afstand van de illusie die hem wakker had gehouden.

'Goed, we zullen moeten vertrekken zonder kennisge-
maakt te hebben met onze vrienden met de hanepoten,'
zei hij.

Op het moment dat ze het anker lichtten, sprong een
schurftige en smerige bastaardhond met een stijve poot
in de sampan. De twee honden van de generaal stortten
zich op hem, maar het gehandicapte dier verweerde zich
met suïcidale felheid en gaf zich zelfs hevig bloedend en
met kapotgebeten keel niet gewonnen. De generaal beval
hem op te lappen en José Palacios belastte zich daarmee,
zoals hij al zo vaak met vele straathonden had gedaan.

Diezelfde dag namen ze een Duitser aan boord die op een zandeiland was achtergelaten omdat hij een van zijn roeiers had afgeranseld. Vanaf het moment dat hij aan boord kwam, gaf hij zich uit voor astronoom en botanicus, maar tijdens de gesprekken werd het duidelijk dat hij noch het een noch het ander was. Hij had daarentegen met eigen ogen de mannen met hanepoten gezien en was vastbesloten een levend exemplaar te vangen om dat overal in Europa in een kooi te laten bezichtigen, een fenomeen dat alleen vergelijkbaar was met de spinnevrouw van de beide Amerika's die een eeuw geleden zoveel opzien had gebaard in de havens van Andalucía.

'Neem mij mee,' zei de generaal tegen hem, 'want ik verzeker u dat u meer geld zult verdienen indien u míj in een kooi zet en als het grootste uilskuiken van de geschiedenis tentoonstelt.'

Aanvankelijk vond hij hem een sympathieke komediant, maar dat veranderde toen de Duitser schunnige grapjes begon te vertellen over de schandelijke pederastie van baron Alexander von Humboldt.* 'We zouden hem weer op de zandplaat moeten achterlaten,' zei hij tegen José Palacios. In de middag kwamen ze de postkano tegen die stroomopwaarts voer en de generaal moest al zijn verleidingskunsten aanwenden om de agent zo ver te krijgen dat hij de zakken met de officiële poststukken openmaakte en hem zijn brieven overhandigde. Ten slotte vroeg hij hem als gunst de Duitser mee te nemen naar de haven van Nare en hoewel de kano te zwaar beladen was, stemde de agent hierin toe. Terwijl Fernando hem die avond de brieven voorlas, kankerde de generaal: 'Die

---

* Duits natuuronderzoeker en ontdekkingsreiziger (1769-1859) (vert.)

klootzak mocht willen dat hij één haartje op het hoofd van Humboldt was.'

Al voordat ze de Duitser aan boord namen was de baron in zijn gedachten geweest, omdat hij zich niet kon voorstellen hoe die te midden van die tomeloze natuur had kunnen overleven. Hij had hem tijdens zijn verblijf in Parijs leren kennen toen Humboldt terugkeerde van zijn reis door de equinoctiale landen en hij was even verrast door zijn intelligentie en wijsheid als door zijn stralende schoonheid, waar geen vrouw die hij kende tegenop kon. Wat hem daarentegen minder bekoorde, was zijn overtuiging dat de Spaanse kolonies in Latijns-Amerika rijp waren voor de onafhankelijkheid. Hij had dat zomaar gezegd, zonder een trilling in zijn stem, terwijl die gedachte bij hém zelfs niet als een zondagsfantasie was opgekomen.

'Alleen de man daarvoor ontbreekt nog,' zei Humboldt tegen hem.

Jaren later, in Cuzco, vertelde de generaal het aan José Palacios, misschien omdat hij zichzelf aan de top van de wereld zag staan, nu de geschiedenis hem zojuist had aangewezen als die man. Hij sprak er met niemand anders over, maar als de baron ter sprake kwam, benutte hij de gelegenheid om zijn helderziende blik lof toe te zwaaien: 'Humboldt heeft mij de ogen geopend.'

Het was de vierde keer dat hij over de Magdalena reisde en hij kon zich niet aan de indruk onttrekken dat hij bezig was terug te keren op de stappen die hij in zijn leven had gezet. Hij was in 1813 voor het eerst over die rivier gevaren toen hij, een kolonel van de militie, in zijn land verslagen was en vanuit zijn ballingschap in Curaçao naar Cartagena de Indias kwam, op zoek naar middelen om de oorlog voort te zetten. Nueva Granada was opgedeeld in autonome gebieden, de zaak van de onafhankelijkheid verloor tegenover de wrede onderdrukking van de Spanjaarden de steun van het volk en de eindoverwinning leek steeds minder zeker. Tijdens de derde reis, aan boord van het stoombootje, zoals hij het noemde, was de onafhankelijkheid al een feit, maar zijn bijna maniakale droom van een groot verenigd continent begon in gruzelementen te vallen. Nu, op zijn laatste reis, was de droom al vernietigd, maar hij leefde voort in één zin die hij onvermoeibaar bleef herhalen: 'Onze vijanden zullen alle voordelen aan hun kant hebben zolang wij Latijns-Amerika niet onder één regering weten te verenigen.'

Van alle herinneringen die hij met José Palacios deelde, was de ontroerendste die aan de eerste reis, toen ze de oorlog voor de bevrijding van de rivier voerden. Aan het hoofd van tweehonderd man die bewapend waren met alles wat er maar voorhanden was, hadden zij het in twintig dagen klaargespeeld dat er geen enkele monarchistische Spanjaard in het stroomgebied van de Magdalena achterbleef. Hoeveel er was veranderd, besefte zelfs José Palacios tijdens de vierde reisdag, toen ze langs de oevers bij de dorpen de rijen vrouwen zagen die wachtten op het voorbijvaren van de sampans. 'Daar zijn de weduwen,' zei hij. De generaal kwam naar buiten en zag de in het zwart gehulde vrouwen als mijmerende raven onder een verzengende zon op een rijtje langs de oever zitten, hopend op iets, al was het maar een groet uit liefdadigheid. Generaal Diego Ibarra, een broer van Andrés, zei vaak dat de generaal geen zoon had, maar dat hij daarentegen vader en moeder van alle weduwen van de natie was. Ze volgden hem overal en hij hield ze in leven met hartverwarmende woorden die ware troostproclamaties waren. Toch dacht hij meer aan zichzelf dan aan hen toen hij de rijen trieste vrouwen in de dorpen langs de rivier ontwaarde.

'Wíj zijn nu de weduwen,' zei hij. 'Wij zijn de wezen, de verminkten, de paria's van de onafhankelijkheid.'

Behalve in Puerto Real, dat de vertrekhaven van Ocaña naar de Magdalena was, bleven ze in geen enkel dorp vóór Mompox liggen. Daar troffen ze de Venezolaanse generaal José Laurencio Silva, die zijn taak om de opstandige grenadiers tot de grens van hun land te begeleiden had voltooid en zich nu bij het gevolg zou aansluiten.

De generaal bleef aan boord tot hij 's avonds aan land ging om in een geïmproviseerd kampement te slapen. Intussen ontving hij in de sampan de rijen weduwen, invaliden en hulpelozen uit alle oorlogen die hem wilden zien. Hij herinnerde zich bijna iedereen met een verbluffende helderheid. Degenen die daar waren achtergebleven, stierven bijna van ellende, anderen waren vertrokken, op zoek naar nieuwe oorlogen om te overleven, of hielden zich bezig met struikroverspraktijken, zoals ontelbare afgedankte soldaten van het bevrijdingsleger in het hele land deden. Een van hen vatte de gevoelens van allen in één zin samen: 'We hebben de onafhankelijkheid verworven, generaal, maar vertel ons nu wat we ermee moeten doen.' In de euforie van de overwinning had hij hun geleerd zo te praten en rond voor de waarheid uit te komen. Maar de waarheid was nu van eigenaar veranderd.

'De onafhankelijkheid was simpelweg een kwestie van de oorlog winnen,' antwoordde hij. 'De grote offers moesten daarna gebracht worden, om al die volken tot één grote natie te smeden.'

'Wij hebben niets anders gedaan dan offers brengen, generaal,' zeiden ze.

Hij week geen duimbreed: 'We moeten nog meer offers brengen,' zei hij. 'De eenheid heeft geen prijs.'

Terwijl hij die avond in de loods waar zijn hangmat was opgehangen rondliep, zag hij een vrouw die zich in het voorbijgaan omdraaide om naar hem te kijken, en het verbaasde hem dat zij zich niet verbaasde over zijn naaktheid. Hij hoorde zelfs de woorden van het lied dat zij prevelde: *Zeg me dat het nooit te laat is om van liefde te sterven*. De bewaker van het huis, die onder het afdak van de toegangspoort zat, was wakker.

'Is er een vrouw hier?' informeerde de generaal.

De man was heel zeker van zijn zaak. 'Geen vrouw die u waardig is, excellentie.'

'En een vrouw die mijn excellente persoon onwaardig is?'

'Ook niet,' zei de bewaker. 'U zult hier binnen een omtrek van een mijl geen vrouw aantreffen.'

De generaal was er zo van overtuigd dat hij haar had gezien, dat hij haar tot laat in de avond door het hele huis bleef zoeken. Hij stond erop dat zijn adjudanten het geval uitzochten en de volgende dag stelde hij zijn vertrek uit tot hij door eenzelfde antwoord werd overtuigd: er was niemand. Er werd niet meer over gesproken. Maar elke keer dat hij er tijdens de rest van de reis aan terugdacht, hield hij vol dat hij haar had gezien. José Palacios zou hem vele jaren overleven en zou zoveel tijd hebben om zijn leven met hem opnieuw door te nemen, dat zelfs niet het geringste detail verborgen zou blijven. Het enige dat hij nooit wist op te helderen was of het visioen van die avond in Puerto Real op een droom, een koortsfantasie of een verschijning berustte.

Niemand dacht meer aan de hond die ze onderweg hadden meegenomen en die daar rondhing terwijl hij herstelde van zijn verwondingen, tot de ordonnans die voor de maaltijden zorgde zich realiseerde dat hij geen naam had. Ze hadden hem gebaad en met geurig babypoeder ingewreven, maar zelfs zo was het hun niet gelukt verbetering te brengen in zijn verwaarloosde uiterlijk en zijn schurftstank. De generaal was net een luchtje aan het scheppen op de voorplecht toen José Palacios de hond naar hem toesleepte.

'Hoe zullen we hem noemen?' vroeg hij.

De generaal hoefde niet na te denken. 'Bolívar,' zei hij.

EEN KANONNEERBOOT die in de haven lag aangemeerd, zette zich in beweging zodra het bericht binnenkwam dat er een vloot sampans in aantocht was. José Palacios ontwaarde de boot door de vensteropeningen van de hut van zeildoek en boog zich over de hangmat, waarin de generaal met gesloten ogen lag te rusten.

'Meneer,' riep hij, 'we zijn in Mompox.'

'Land van God,' zei de generaal zonder zijn ogen open te doen.

Naarmate ze verder stroomafwaarts voeren, was de rivier wijder en statiger geworden, als een kustmeer zonder oevers, en de hitte was zo compact dat men haar met de handen kon aanraken. De generaal deed zonder enige bitterheid afstand van de plotselinge ochtendstonden en de brutale zonsondergangen die hem de eerste dagen aan de voorplecht gekluisterd hielden en raakte bevangen door een diepe neerslachtigheid. Hij hield zich niet meer bezig met brieven te dicteren of met lezen, en evenmin stelde hij zijn medereizigers vragen waarin een zekere belangstelling voor het leven te bespeuren viel. Zelfs tijdens de warmste siësta's sloeg hij een deken om zich heen en bleef hij met gesloten ogen in de hangmat liggen. Bang dat hij hem niet gehoord had, herhaalde José Palacios zijn mededeling en híj gaf hem opnieuw antwoord zonder zijn ogen open te doen.

'Mompox bestaat niet,' zei hij. 'Soms dromen we van haar, maar ze bestaat niet.'

'Ik kan in ieder geval bevestigen dat de Santa Barbaratoren bestaat,' merkte José Palacios op. 'Ik kan hem van hier uit zien.'

De generaal opende zijn gekwelde ogen, richtte zich op in zijn hangmat en zag in het aluminiumlicht van halverwege de dag de eerste daken van de aloude en geteisterde stad Mompox, in puin gelegd door de oorlog, verloederd door de chaos van de republiek en gedecimeerd door de pokken. Omstreeks die periode begon de rivier, met een onverbeterlijke slordigheid die vóór het einde van de eeuw in volstrekte wanorde zou uitmonden, haar loop te verleggen. Van de stenen dijk, die na de verwoestingen ten gevolge van elke overstroming met peninsulaire koppigheid ijlings door de koloniale vertegenwoordigers werd hersteld, restte alleen het puin dat over een strand van kiezelstenen lag verspreid.

Het oorlogsschip naderde de sampans en een zwarte officier, nog in het uniform van de voormalige politie van het onderkoninkrijk, richtte de loop van een kanon op hen. Kapitein Casildo Santos schreeuwde: 'Hou je koest, zwarte!'

De roeiers hielden meteen hun riemen in en de sampans waren aan de stroom overgeleverd. De grenadiers van het escorte richtten, in afwachting van de bevelen, hun geweren op de kanonneerboot. De officier bleef onverstoorbaar.

'Paspoorten!' schreeuwde hij. 'In naam der wet.'

Toen pas zag hij de dolende ziel die vanuit de tent verrees en zag hij ook diens uitgeputte, maar met onverbiddelijk gezag beklede hand die de soldaten sommeerde de

114

wapens neer te leggen. Vervolgens zei de generaal met zwakke stem tegen hem: 'U mag het geloven of niet, kapitein, maar ik heb geen paspoort.'

De officier wist niet wie hij was. Maar toen Fernando het hem vertelde, sprong hij met wapens en al in het water en rende langs de oever naar de stad om het goede nieuws aan te kondigen. Geëscorteerd door de kanonneerboot met zijn luid bengelende scheepsklok voeren de sampans naar de haven. Voordat men bij de laatste bocht in de rivier de hele stad kon zien liggen, waren alle klokken van haar acht kerken opgewonden aan het beieren.

Santa Cruz de Mompox was tijdens de Kolonie de verbindingshaven geweest voor de handel tussen de Caribische kust en het binnenland en dat was de bron van haar rijkdom geweest. Toen de stormwind van de vrijheid opstak, had dat bolwerk van de criollo-aristocratie haar als eerste afgekondigd. Nadat Spanje de stad had heroverd, werd deze opnieuw door de generaal in eigen persoon bevrijd. Het waren maar drie, evenwijdig aan de rivier lopende straten, breed, recht en stoffig, met huizen van één verdieping en met grote ramen, waarin twee graven en drie markiezen een weelderig leven hadden geleid. De faam van haar verfijnde edelsmeedkunst had de wisselingen van de republiek overleefd.

Ditmaal was de generaal zo ontgoocheld wat betreft zijn roem en zo vooringenomen tegen de buitenwereld, dat hij verbaasd stond van de menigte die hem in de haven opwachtte. Hij had vliegensvlug de groffluwelen broek en de hoge laarzen aangetrokken, had ondanks de hitte een deken omgeslagen, en in plaats van de slaapmuts droeg hij de breedgerande hoed waarmee hij in Honda afscheid had genomen.

In de La Concepción-kerk vond een illustere begrafenisplechtigheid plaats. De voltallige burgerlijke en kerkelijke autoriteiten, de congregaties en scholen en de notabelen in hun galacrêpe die de uitvaartmis bijwoonden, werden van de wijs gebracht door het kabaal van de klokken omdat ze dachten dat er brandalarm werd gegeven. Maar dezelfde bode die hevig opgewonden was binnengekomen en de burgemeester het bericht zojuist in zijn oor had gefluisterd, riep tegen iedereen: 'De president is in de haven!'

Want velen wisten nog niet dat hij geen president meer was. 's Maandags was er een koerier langsgekomen die de geruchten uit Honda in de dorpen langs de rivier verspreidde, maar hij had niets duidelijk gemaakt. Die vergissing verhoogde dan ook de uitbundigheid van de toevallige ontvangst en zelfs de rouwende familie had er begrip voor dat het merendeel van de begrafenisgangers de kerk verliet om zich naar de inham te begeven. De begrafenismis bleef halverwege steken en slechts een kleine groep intieme vrienden vergezelde de baar naar het kerkhof, te midden van het rumoer van vuurpijlen en klokken.

Door de schaarse meiregens stond het water in de rivier zo laag, dat ze om de haven te bereiken door een droge bedding vol puin moesten klimmen. De generaal weerde iemand die hem wilde dragen bars af en maakte de klim, leunend op de arm van kapitein Ibarra, terwijl hij bij elke stap aarzelde en zich met moeite staande hield, maar hij wist het met behoud van zijn waardigheid te halen.

In de haven begroette hij de autoriteiten met een handdruk die gezien zijn lichamelijke toestand en zijn kleine handen ongelooflijk krachtig was. Degenen die hem daar de vorige keer hadden gezien, konden hun geheugen niet geloven. Hij leek even oud als zijn vader, maar het vleugje adem dat hem nog restte volstond om niemand voor hem te laten beslissen. Hij versmaadde de draagstoel van Goede Vrijdag die voor hem in gereedheid werd gehouden en stemde erin toe te voet naar de La Concepción-kerk te gaan. Ten slotte moest hij het muildier van de burgemeester bestijgen, dat deze ijlings had laten zadelen toen hij hem in zo'n deerniswekkende toestand van boord zag gaan.

José Palacios had in de haven veel gezichten gezien die gevlekt waren door de vurige puisten van de pokken. In de gehuchten langs de benedenloop van de Magdalena was dit een hardnekkige endemische ziekte en sinds de grote sterfte die deze tijdens de veldtocht van de rivier onder de bevrijdingslegers had veroorzaakt, hadden de patriotten meer ontzag voor de pokken dan voor de Spanjaarden. Aangezien de ziekte aanhield, had de generaal toen gedaan gekregen dat een Franse naturalist op doortocht zijn verblijf daar een tijdje rekte om de bevolking immuun te maken door middel van inenting met het vocht dat uit de pokken van runderen vloeide. Maar deze methode veroorzaakte zoveel doden dat ten slotte niemand meer iets van doen wilde hebben met het koeiepootmedicijn, zoals ze dat waren gaan noemen, en veel moeders hun kinderen liever blootstelden aan het risico van besmetting dan aan dat van het preventieve middel. Op grond van de officiële rapporten die de generaal ontving, verkeerde hij echter in de mening dat de gesel van de pokken was verslagen. Zodat hij eerder met afkeer dan verbazing reageerde toen José Palacios hem opmerkzaam maakte op de vele beschilderde gezichten tussen de menigte.

'Zo zal het àltijd gaan als onze ondergeschikten ons blijven voorliegen om ons te behagen,' zei hij.

Hij liet zijn bitterheid niet blijken aan degenen die hem in de haven ontvingen. Hij gaf een beknopte uiteenzetting over de incidenten die tot zijn terugtreding hadden geleid en over de chaotische situatie in Santa Fe, reden waarom hij er bij hen op aandrong de nieuwe regering unaniem te steunen. 'Er is geen andere keus,' zei hij, 'eenheid of anarchie.' Hij deelde hun mee dat hij onherroepelijk vertrok, niet zozeer om verlichting te zoeken voor de vele kwalen die zijn lichaam sloopten, zoals ze zelf konden vaststellen, maar meer om rust te zoeken voor de pijn die hij leed door andermans lijden. Maar hij zei niet wanneer of waarheen hij vertrok, en zonder dat het ter zake deed herhaalde hij dat hij nog steeds geen paspoort van de regering had ontvangen om het land te kunnen verlaten. Hij bedankte hen voor de twintig glorieuze jaren die Mompox hem had geschonken en drong erop aan hem geen andere eretitels te verlenen dan die van burger.

De kerk van La Concepción was nog steeds getooid met rouwfloersen en door de lucht zweefden nog de geuren van bloemen en begrafeniskaarsen toen de menigte naar binnen dromde voor een geïmproviseerd Te Deum. José Palacios, op de bank tussen het gevolg gezeten, merkte dat de generaal zich ongemakkelijk voelde. De burgemeester daarentegen, een onverstoorbare mesties met een prachtige leeuwekop, zat naast hem, gehuld in een eigen atmosfeer. Fernanda, weduwe van Benjumea, wier criolla-schoonheid verwoestingen in Madrileense hof-

kringen had aangericht, had de generaal haar sandel-
houten waaier geleend zodat hij zich te weer kon stellen
tegen de slaapverwekkende sfeer van het ritueel. Hij bewoog de waaier zonder hoop, amper getroost door de uit-
wasemingen ervan, tot hij bijna stikte van de hitte. Toen
fluisterde hij de burgemeester in het oor: 'Geloof me, deze
straf heb ik niet verdiend.'

'De liefde van het volk heeft zijn prijs, excellentie.'

'Helaas is dit geen liefde maar nieuwsgierigheid,' zei
hij.

Toen het Te Deum was afgelopen, nam hij met een buiging afscheid van de weduwe Benjumea en overhandigde
haar de waaier. Zij wilde die teruggeven.

'Gunt u mij de eer hem te bewaren als een herinnering
aan iemand die veel van u houdt,' zei ze.

'Het trieste is dat mij nog maar weinig tijd rest voor
herinneringen,' zei hij.

De pastoor stond erop hem onder het pallium van de
Stille Week beschutting te bieden tegen de hitte vanaf
de kerk van La Concepción tot het San Pedro Apóstol-
college, een gebouw van twee verdiepingen dat een kloosterachtige zuilengang had met varens en anjelieren, en
achterin een schitterende moestuin met fruitbomen. In
de bogengaanderijen was het in die maanden, zelfs
's nachts, onleefbaar door de ongezonde winden van de
rivier, maar de vertrekken die aan de grote salon grens-
den waren daartegen beschut door de dikke gemetselde
muren, die ze in een herfstig halfduister dompelden.

José Palacios was vooruitgegaan om alles op orde te
brengen. Het slaapvertrek met de ruwe, onlangs witge-
kalkte muren was schaars verlicht door één raam met
groene rolluiken dat op de moestuin uitzag. José Palacios

liet het bed verplaatsen, zodat het raam naar de moestuin zich aan het voeteneinde van het bed in plaats van aan het hoofdeinde bevond en de generaal de gele *guaves* aan de bomen kon zien hangen en genieten van hun geur.

De generaal arriveerde aan de arm van Fernanda en in gezelschap van de pastoor van de La Concepción-kerk, die tevens rector van de school was. Zodra hij de kamer was binnengegaan leunde hij met zijn rug tegen de muur, verrast door de geur van de guaves die in een kalebas op de vensterbank lagen en van wier weelderige geur de atmosfeer in de slaapkamer was verzadigd. Hij bleef zo staan, met gesloten ogen, terwijl hij het aroma inademde van vroegere ervaringen die zijn ziel verscheurden, tot hij geen adem meer had. Vervolgens keek hij speurend de kamer rond, met angstvallige aandacht alsof elk voorwerp een openbaring voor hem betekende. Behalve het markiezinnenbed stonden er een mahoniehouten commode, een nachtkastje, ook van mahonie en met een marmeren blad, en een met rood trijp beklede armstoel. Aan de wand naast het raam hing een achthoekige klok met Romeinse cijfers, die op zeven minuten over één was blijven staan.

'Eindelijk iets dat niet veranderd is,' zei de generaal.

De pastoor keek verbaasd. 'Neemt u me niet kwalijk, excellentie,' zei hij, 'maar voor zover ik weet bent u hier niet eerder geweest.'

José Palacios was eveneens verbaasd, want ze hadden dit huis nog nooit bezocht, maar de generaal bleef vasthouden aan zijn herinneringen en met zoveel overtuigende verwijzingen dat iedereen versteld stond. Ten slotte probeerde hij echter hen met zijn gebruikelijke ironie op te beuren.

'Misschien was het in een vroegere reïncarnatie,' zei hij.

'Alles is tenslotte mogelijk in een stad waar we zojuist een geëxcommuniceerde onder een pallium zagen lopen.'

Korte tijd later barstte er een zware regenbui met donderslagen los die een soort schipbreuk in de stad veroorzaakte. De generaal maakte er gebruik van om bij te komen van de ontvangst en genoot in het duistere vertrek van de geur van de guaves terwijl hij, op zijn rug liggend en met kleren aan, deed alsof hij sliep, om vervolgens in de heilzame stilte van na de zondvloed echt in slaap te vallen. José Palacios wist dat hij sliep omdat hij hem hoorde praten met de mooie uitspraak en het heldere timbre van zijn jeugd, die hij in die tijd alleen in de slaap terugvond. Hij praatte over Caracas, een vervallen stad die al niet meer de zijne was, waar de muren bedekt waren met tegen hem gerichte beledigende plakkaten en de straten ondergelopen waren met een stortvloed van menselijke stront. José Palacios waakte in een hoek van het vertrek, bijna onzichtbaar in de armstoel, om er zeker van te zijn dat buiten het gevolg niemand zijn in de slaap verstrekte confidenties kon horen. Door de half openstaande deur gaf hij een teken aan kolonel Wilson, waarop deze de door de tuin dwalende soldaten van de wacht liet verwijderen.

'Hier hóudt niemand van ons en in Caracas gehóórzaamt niemand ons,' zei de generaal in zijn slaap. 'We staan dus quitte.'

Hij ging verder met een litanie van bittere klachten, overblijfselen van een onttakelde roem die door de wind van de dood als afval werden meegevoerd. Nadat hij bijna een uur lang was ondergedompeld in koortsdromen, werd hij gewekt door commotie in de gang en een metalige, trotse stem. Hij stootte een kort, snurkend geluid uit, en zonder zijn ogen te openen zei hij met de kleurloze stem van iemand die wakker wordt gemaakt: 'Wat gebeurt daar, verdomme?'

Wat er gebeurde was dat generaal Lorenzo Cárcamo, een veteraan van de onafhankelijkheidsoorlogen, een man met een onaangenaam karakter en een bijna demente bravoure, zich vóór het vastgestelde tijdstip van de audiëntie met geweld toegang probeerde te verschaffen tot het slaapvertrek. Nadat hij een luitenant van de grenadiers met de sabel had bewerkt en zich langs kolonel Wilson had gedrongen, was hij uiteindelijk gezwicht voor de tijdeloze macht van de pastoor, die hem kalmpjes naar het aangrenzende kantoor leidde. De generaal, die door Wilson op de hoogte was gebracht, riep verontwaardigd: 'Zeg maar tegen Cárcamo dat ik dood ben! Meer niet. Dat ik dood ben!'

Kolonel Wilson begaf zich naar het kantoor om een hartig woordje met de luidruchtige militair te wisselen, die zich voor de gelegenheid in zijn parade-uniform met een constellatie van oorlogsmedailles had gestoken. Maar zijn trots was al gebroken en zijn ogen stonden vol tranen.

'Neè Wilson, je hoeft me die boodschap niet te geven,' zei hij. 'Ik heb hem al gehoord.'

Toen de generaal zijn ogen opendeed, zag hij dat de klok nog steeds op zeven over één stond. José Palacios wond hem op, zette hem op het gevoel gelijk en constateerde prompt op zijn twee vestzakhorloges dat het de juiste tijd was. Kort daarna kwam Fernanda Barriga binnen en probeerde de generaal over te halen een bord *alboronía* te eten. Hij weigerde, hoewel hij sinds de vorige dag geen hap had genomen, maar hij gaf opdracht het bord in het kantoor neer te zetten zodat hij tijdens de audiënties iets kon eten. Intussen bezweek hij voor de verleiding van de guaves en pakte er eentje van de vele die op de kalebas lagen. Hij liet zich een ogenblik bedwelmen door de geur, zette er begerig zijn tanden in, kauwde het vruchtvlees met kinderlijk genot, proefde nadenkend en slikte het toen met een diepe zucht van de herinnering langzaam door. Vervolgens ging hij met de schaal guaves tussen zijn benen in de hangmat zitten en at ze achter elkaar op, zich amper de tijd gunnend om adem te halen. José Palacios betrapte hem toen hij bezig was de voorlaatste op te peuzelen.

'Dat wordt onze dood,' riep hij uit.

De generaal corrigeerde hem goedgemutst: 'We staan al met één been in het graf.'

Om halfvier precies, zoals was voorzien, gaf hij opdracht de bezoekers twee aan twee in zijn kantoor binnen te laten, want dan kon hij de een binnen de kortste keren wegwerken door te laten merken dat hij haast had om naar de ander te luisteren. Dokter Nicasio del Valle, die als een der eersten binnenkwam, zag dat hij met zijn rug naar het raam zat gekeerd dat uitzicht bood op het hele landgoed en op de dampende kustmeren verderop. In zijn hand hield hij het bord boronía dat Fernanda Barriga hem had gebracht en dat hij zelfs niet had aangeraakt omdat de guaves hem begonnen op te breken. Dokter del Valle vatte later zijn indruk van dat onderhoud grofweg zo samen: 'Die man loopt op zijn laatste benen.' Iedereen die naar de audiëntie kwam, was het daar op zijn eigen manier mee eens. Maar zelfs degenen die het diepst onder de indruk waren van zijn verzwakte toestand, voelden geen medelijden met hem en drongen erop aan dat hij naar de naburige dorpen zou gaan om als peetvader van jonggeborenen op te treden, burgerlijke instellingen te openen of met eigen ogen vast te stellen in wat voor ellendige omstandigheden ze door de hebzucht van de regering verkeerden.

De door de guaves veroorzaakte misselijkheid en buikkrampen namen na verloop van een uur alarmerende vormen aan en noodzaakten hem de audiënties te onderbreken, ondanks zijn verlangen om al die mensen die sinds de ochtend stonden te wachten, ter wille te zijn. Op de patio was geen plaats meer voor nog meer kalfjes, geiten, kippen en allerlei oerwouddieren die ze als geschenk voor hem hadden meegebracht. De grenadiers van de garde moesten optreden om een opstootje te voorkomen, maar tegen de middag was de situatie weer normaal, dank zij een tweede door de voorzienigheid gezonden stortbui die de atmosfeer deed opklaren en die bevorderlijk was voor de stilte.

Ondanks de uitdrukkelijke weigering van de generaal zou er om vier uur 's middags in een naburig huis ter ere van hem een diner worden gegeven, maar omdat de laxerende werking van de guaves hem tot na elf uur 's avonds in een toestand van hoge nood hield, vond het zonder hem plaats. Hij bleef in zijn hangmat liggen, geveld door kronkelige pijnscheuten en geurige winden, en met het gevoel dat zijn ziel als schrijnend water uit hem wegliep. De pastoor bracht hem een medicijn dat door de huisapotheker was gemaakt. De generaal weigerde het in te nemen. 'Als één braakmiddel me al de macht heeft gekost, dan kan magere Hein me bij het volgende meteen komen halen,' zei hij. Hij gaf zich over aan zijn lot, klappertandend van het ijskoude zweet in zijn botten en met als enige troost de mooie strijkmuziek van het banket zonder hem, die in verloren flarden tot hem doordrong. Geleidelijk aan kwam de bron in zijn buik tot rust, trok de pijn weg, hield de muziek op en bleef hij in de leegte drijven.

Zijn vorige bezoek aan Mompox was bijna het laatste geweest. Hij keerde terug uit Caracas, waar hij door de magie van zijn persoonlijkheid een noodverzoening tot stand had gebracht met generaal José Antonio Páez, die echter geenszins van plan was zijn separatistische droom op te geven. Zijn vijandschap met Santander, die toentertijd een publiek geheim was, ging zo ver dat hij had geweigerd nog langer brieven van hem te ontvangen omdat hij geen vertrouwen meer stelde in zijn vriendschap noch in zijn moraal. 'Bespaar u de moeite u mijn vriend te noemen,' had hij hem geschreven. Het directe excuus voor de haat van de santanderisten was een voorbarige proclamatie, gericht tot de inwoners van Caracas, waarin de generaal zonder er heel diep over na te denken zei dat hij zich bij al zijn handelingen had laten leiden door de vrijheid en de glorie van Caracas. Bij zijn terugkeer in Nueva Granada had hij geprobeerd dat recht te zetten met de volgende zinsnede aan het adres van Cartagena en Mompox: 'Als Caracas mij het leven heeft geschonken, dan hebben jullie mij de roem gegeven.' Maar zijn woorden laadden de schijn op zich dat het om een retorische correctie ging en volstonden niet om de demagogie van de santanderisten te kalmeren.

In een poging de definitieve ramp te voorkomen trok de generaal zich met een legerkorps terug naar Santa Fe en hoopte dat anderen zich onderweg bij hen zouden voegen om voor de zoveelste keer te proberen de eenwording te verwezenlijken. Hij had toen gezegd dat dit een beslissend moment voor hem was, wat hij ook had gezegd toen hij naar Venezuela vertrok om te verhinderen dat het land zich zou afscheiden. Als hij iets beter had nagedacht, zou hij hebben ingezien dat zijn leven al twintig jaar geen moment had gekend dat niet beslissend was geweest. 'De hele kerk, het hele leger en de grote meerderheid van de natie staan achter mij,' zou hij later schrijven toen hij die periode memoreerde. Maar ondanks die gunstige omstandigheid, zei hij, was het al herhaalde malen gebleken dat wanneer hij uit het Zuiden wegtrok om naar het Noorden op te trekken, en omgekeerd, het land dat hij verliet achter zijn rug verloren ging en door nieuwe burgeroorlogen te gronde werd gericht. Dat was zijn lot.

De santanderistische pers liet geen gelegenheid voorbijgaan om zijn militaire nederlagen aan zijn nachtelijke uitspattingen toe te schrijven. Te midden van de vele leugens die afbreuk moesten doen aan zijn roem, werd in die periode in Santa Fe het bericht gepubliceerd dat niet hij maar generaal Santander de leiding had gehad in de strijd bij Boyacá, waarmee op 7 augustus 1819 om zeven uur 's morgens de onafhankelijkheid werd bezegeld, en dat híj zich intussen in Tunja amuseerde met een dame van slechte reputatie uit de hogere kringen van het onderkoninkrijk.

Hoe dan ook, de santanderistische pers was niet de enige die de herinnering aan zijn losbandige nachten ophaalde om hem in diskrediet te brengen. Al vóór de overwinning beweerde men dat tijdens de onafhankelijkheidsoorlogen minstens drie veldslagen uitsluitend en alleen verloren waren omdat hij, in plaats van te zijn waar hij hoorde te zijn, bij een vrouw in bed lag. Tijdens een ander bezoek aan Mompox trok er door de hoofdstraat een stoet vrouwen van uiteenlopende leeftijd en kleur, die de lucht met een schandalige parfumgeur verzadigden. Ze zaten te paard in amazonezit, hadden parasols van gebloemd satijn en droegen prachtige zijden japonnen zoals men in de stad nog nooit had gezien. Niemand weersprak de bewering dat het de concubines van de generaal waren, die voor hem uit reisden. Een valse bewering, zoals al die andere, want zijn oorlogsharems waren een van de vele salonfabeltjes die hem tot na zijn dood achtervolgden.

Dat soort methoden van berichtvervalsing waren niet nieuw. De generaal had er zelf gebruik van gemaakt tijdens de oorlog tegen Spanje, toen hij Santander opdroeg valse berichten te laten publiceren om de Spaanse commandanten om de tuin te leiden. Toen hij zich dan ook na de stichting van de republiek bij diezelfde Santander beklaagde over het misbruik dat hij van de hem welgezinde pers maakte, antwoordde deze hem met zijn verfijnde sarcasme: 'We hebben een goede leermeester gehad, excellentie.'

'Een slechte leermeester,' zei de generaal, 'want u zult zich herinneren dat de berichten die wij verzonnen zich tegen ons keerden.'

Hij was zo overgevoelig voor alles wat er over hem werd gezegd, waar of onwaar, dat hij geen enkele leugen die er over hem werd verspreid ooit te boven kwam en tot het uur van zijn dood bleef vechten om ze te ontzenuwen. Hij deed echter nauwelijks enige moeite om zich ertegen te beschermen. Zoals eerder was gebeurd had hij ook tijdens zijn vorige verblijf in Mompox zijn roem op het spel gezet voor een vrouw.

Ze heette Josefa Sagrario en ze kwam uit een aanzienlijke familie in Mompox. Ze had zich, in een franciscaner habijt gehuld en gewapend met het wachtwoord dat ze van José Palacios had gekregen, 'Land van God', een weg langs de zeven wachtposten gebaand. Haar huid was zo blank dat de weerschijn ervan haar in het donker zichtbaar maakte. Daar kwam nog bij dat haar opzienbarende schoonheid die avond nog werd overtroffen door haar opzienbarende opsmuk, want ze had over de voor- en de rugzijde van haar japon een kuras aangetrokken, een produkt van de schitterende edelsmeedkunst ter plaatse. Toen hij haar dan ook in zijn armen naar zijn hangmat wilde dragen, kon hij haar door het gewicht in goud nauwelijks optillen. Na een dolle nacht werd zij tegen de ochtend bekropen door de angst voor vergankelijkheid en smeekte hem nog één nacht bij haar te blijven.

Hij nam een enorm risico, want volgens de inlichtingendiensten van de generaal had Santander een samenzwering op touw gezet om hem de macht te ontnemen en Colombia uiteen te laten vallen. Maar hij bleef, en niet voor één nacht. Hij bleef tien nachten bij haar, en ze waren zo gelukkig dat ze beiden gingen geloven dat er geen paar op de wereld was dat elkaar zo intens liefhad.

Zij liet haar goud bij hem achter. 'Voor je oorlogen,' zei ze. Hij maakte er geen gebruik van omdat het hem bezwaarde dat hij dat fortuin in bed had verdiend en dus oneerlijk verkregen, en liet het onder de hoede van een vriend achter. Om het prompt te vergeten. Tijdens zijn laatste bezoek aan Mompox en nadat hij zich een indigestie aan de guaves had gegeten, liet de generaal de hutkoffer openmaken om de inhoud te inspecteren en pas toen vond hij het met naam en datum in zijn herinnering terug.

Het was een wonderbaarlijk visioen: het gouden kuras van Josefa Sagrario dat een meesterstuk van verfijnde edelsmeedkunst was en in totaal dertig pond woog. In de koffer bevonden zich bovendien een doos met drieëntwintig vorken, vierentwintig messen, drieëntwintig lepels, drieëntwintig theelepeltjes en een suikertangetje, allemaal van goud, en andere waardevolle huishoudelijke voorwerpen, die bij verschillende gelegenheden eveneens in bewaring waren gegeven en eveneens waren vergeten. Omdat de bezittingen van de generaal in een fabelachtige chaos verkeerden, stond ten slotte niemand meer verbaasd van die vondsten op de meest onverwachte plaatsen. Hij gaf opdracht het bestek bij zijn bagage te voegen en de hutkoffer met goud aan zijn eigenares terug te geven. Maar de eerwaarde rector van het San Pedro Apóstol viel hem rauw op het lijf met het bericht dat Josefa Sagrario in ballingschap in Italië woonde omdat ze had samengezworen tegen de veiligheid van de staat.

'Streken van Santander natuurlijk,' zei de generaal.

'Nee, generaal,' zei de pastoor. 'U hebt hen zelf zonder het te weten verbannen vanwege die twisten in achtentwintig.'

Hij liet de koffer met goud waar hij was tot de zaak was uitgezocht, en hield zich niet meer bezig met de verbanning. Want hij was er zeker van, zei hij tegen José Palacios, dat Josefa Sagrario te midden van het tumult van zijn verbannen vijanden zou terugkeren zodra híj de kusten van Cartagena uit het zicht had verloren.

'Casandro moet zijn koffers al aan het pakken zijn,'
merkte hij op.

Veel bannelingen begonnen inderdaad terug te keren
zodra ze hoorden dat hij de reis naar Europa had ondernomen. Maar generaal Santander, een man van trage
overwegingen en ondoorgrondelijke besluiten, was een
van de laatsten. Het bericht dat de generaal was afgetre-
den bracht hem in een staat van waakzaamheid, maar
niets wees erop dat hij van plan was terug te keren en
evenmin zette hij meer haast achter de begeerde studie-
reizen die hij, sinds hij in oktober van het vorige jaar in
Hamburg van boord was gegaan, door de Europese landen had gemaakt. Op 2 maart 1831, tijdens een verblijf in
Florence, las hij in de *Journal de Commerce* dat de generaal
dood was. Maar de terugkeer ondernam hij pas zes
maanden later, toen een nieuwe regering hem in zijn militaire rang en eer herstelde en het congres hem in afwezigheid tot president koos.

Voordat ze in Mompox het anker lichtten, bracht de
generaal een verzoeningsbezoek aan Lorenzo Cárcamo,
zijn vroegere strijdmakker. Pas toen vernam de generaal
dat deze doodziek was en de vorige dag alleen maar van
zijn bed was gekomen om hem te begroeten. Ondanks de
verwoestingen die de ziekte bij hem had aangericht,
moest hij zich forceren om de kracht van zijn lichaam te
bedwingen, en hij sprak met een stentorstem terwijl hij
met zijn kussens de uit zijn ogen vloeiende stroom tranen
droogde die niets van doen had met zijn gemoedstoestand.

Ze klaagden samen over hun kwalen, treurden om de
lichtzinnigheid van de volken en de ondankbaarheden
van de overwinning en gingen tekeer tegen Santander,

zonder meer een verplicht onderwerp voor hen. De generaal was maar zelden zo expliciet geweest. Tijdens de veldtocht van 1813 was Lorenzo Cárcamo getuige geweest van een heftige woordenwisseling tussen de generaal en Santander, toen de laatste weigerde gehoor te geven aan het bevel de grens over te trekken om Venezuela voor de tweede maal te bevrijden. Generaal Cárcamo was nog steeds van mening dat dat het begin was geweest van een verborgen verbittering die zich in de loop van de geschiedenis alleen maar had verscherpt.

De generaal daarentegen dacht dat dat niet het einde, maar het begin van een grote vriendschap was. Het stond ook niet vast of de kiem van de tweedracht lag in de aan generaal Páez geschonken privileges, de onzalige grondwet van Bolivia, de imperiale macht die de generaal in Peru had aanvaard, het presidentschap en de senaat voor het leven die hij zich voor Colombia droomde, óf in de absolute macht die hij na de Conventie van Ocaña bekleedde. Nee, noch deze, noch al die andere kwesties waren de oorzaak van die verschrikkelijke haat die met de jaren intenser werd en in de aanslag van 25 september uitliep. 'De werkelijke oorzaak was dat Santander zich nooit het idee eigen had kunnen maken dat dit continent één verenigd land zou zijn,' zei de generaal. 'De eenheid van Latijns-Amerika was hem te groot.' Hij keek naar Lorenzo Cárcamo, die op zijn bed lag uitgestrekt als op het laatste slagveld van een van meet af aan verloren oorlog, en beëindigde het bezoek.

'Daar heb je natuurlijk niets aan als de dode gestorven is,' zei hij.

Lorenzo Cárcamo zag hoe hij triest en onttakeld opstond en besefte dat de herinneringen hem, net als de generaal, zwaarder vielen dan zijn jaren. Toen hij zijn hand in de zijne hield, besefte hij bovendien dat ze beiden koorts hadden en hij vroeg zich af wiens dood zou beletten dat ze elkaar terug zouden zien.

'De wereld is te gronde gegaan, ouwe Simón,' zei Lorenzo Cárcamo.

'Ze hebben hem te gronde gericht,' zei de generaal. 'Het enige dat we nu kunnen doen is opnieuw beginnen, vanaf het begin.'

'En dat gaan we doen,' zei Lorenzo Cárcamo.

'Ik niet,' zei de generaal. 'Het enige dat mij nog rest is dat ze me in het vuilnisvat dumpen.'

Lorenzo Cárcamo schonk hem als herinnering twee pistolen in een kostbaar karmijnrood satijnen etui. Hij wist dat de generaal niet van vuurwapens hield en dat hij tijdens zijn schaarse persoonlijke duels op zijn zwaard had vertrouwd. Maar de morele waarde van die pistolen was dat ze op fortuinlijke wijze voor een liefdesduel waren gebruikt en de generaal nam ze ontroerd in ontvangst. Enkele dagen later zou hem in Turbaco het bericht bereiken dat generaal Cárcamo was overleden.

De reis werd op zondag 21 mei tegen de avond onder goede voortekenen hervat. Meer voortbewogen door de gunstige stromingen dan door de roeiers lieten de sampans de steile rotsen van leisteen en de luchtspiegelingen van de zandvlakten achter zich. De vlotten van boomstammen, die ze nu vaker tegenkwamen, leken sneller te varen. In tegenstelling tot de vlotten die ze de eerste dagen hadden gezien, waren er op deze droomhuisjes gebouwd met bloempotten voor de ramen en kleren die lagen te drogen, en ze vervoerden kippenhokken van ijzerdraad, melkkoeien en uitgeteerde kinderen die de sampans lang nadat ze gepasseerd waren bleven nawuiven. Ze voeren de hele nacht door een poel van sterren. Tegen het aanbreken van de dag zagen ze, flonkerend onder de eerste zonnestralen, het dorp Zambrano liggen.

Onder de enorme kapokboom in de haven werden ze opgewacht door don Cástulo Campillo, *El·Nene** genoemd, die bij hem thuis ter ere van de generaal een *sancocho costeño* had laten klaarmaken. De uitnodiging was geïnspireerd door de legende dat hij tijdens zijn eerste bezoek aan Zambrano het middagmaal in een armoedige herberg op de rots in de haven had gebruikt en dat hij toen had gezegd dat hij eenmaal per jaar zou terugkeren, al was het maar voor de smakelijke sancocho costeño. De waardin was zo onder de indruk geweest van haar gewichtige gast, dat zij borden en bestek bij het statige huis van de familie Campillo had geleend. De generaal wist zich niet veel details van dat bezoek te herinneren en noch hij noch José Palacios was er zeker van of die regionale sancocho dezelfde was als de Venezolaanse stoofschotel met klapstuk. Maar generaal Carreño dacht dat het dezelfde was en dat ze die inderdaad op de rots in de haven hadden gegeten, echter niet tijdens de veldtocht langs de rivier, maar drie jaar eerder toen ze daar met het stoomschip waren geweest. De generaal, die zich steeds meer zorgen maakte over de lekkages van zijn geheugen, legde zich nederig bij die verklaring neer.

De maaltijd voor de grenadiers van de garde vond plaats onder de grote amandelbomen op de binnenplaats van het familiehuis van de Campillo's en werd geserveerd op houten planken, met bananebladeren bij wijze

* Het Jongetje. Ook ironisch: De Geduchte. (vert.)

133

van tafelkleed. Op het binnenterras, dat de patio overzag, was voor de generaal met zijn officieren en enkele gasten een schitterende tafel aangericht, strikt in Engelse stijl gedekt. De gastvrouw legde uit dat het nieuws uit Mompox hen om vier uur 's morgens had overvallen en dat ze amper genoeg tijd hadden gehad om de mooiste koe uit hun weiden te slachten. Daar lag ze, in smakelijke porties gehakt en op een hoog vuur in ruim water gekookt, samen met alle voortbrengselen van de moestuin.

Het bericht dat er zonder aankondiging een welkomstmaal voor hem was aangericht, had het humeur van de generaal bedorven en José Palacios moest zijn beste verzoeningskunsten aanspreken om gedaan te krijgen dat hij van boord ging. De hartelijke sfeer die er op het feest heerste deed hem weer opleven. Hij roemde terecht de goede smaak van het huis en de lieftalligheid van de jonge meisjes van de familie, die beschroomd en gedienstig de eretafel met ouderwetse soepelheid bedienden. Hij roemde bovenal de zuiverheid van het servies en het timbre van het fijnzilveren bestek met de heraldieke emblemen van een of andere, door het noodlot van de nieuwe tijden meegesleurde familie, maar hij at met zijn eigen bestek.

Het enige dat hem ergerde was een Fransman die de gastvrijheid van de familie Campillo genoot en aan tafel zat met het onstilbare verlangen om ten overstaan van zulke gewichtige gasten zijn universele kennis van de raadsels van dit leven en van het hiernamaals te etaleren. Hij was zijn hele hebben en houden bij een schipbreuk kwijtgeraakt en nam al bijna een jaar met zijn gevolg van adjudanten en bedienden de helft van het huis in beslag, in afwachting van vage hulp die hem vanuit New Orleans zou bereiken. José Palacios wist dat hij Diocles Atlantique heette, maar hij kon er niet achter komen wat zijn specialisme was of met wat voor soort missie hij in Nueva Granada was. Naakt en met een drietand in de hand zou hij sprekend op koning Neptunus hebben geleken, en in het dorp had hij een stevige reputatie van lompheid en een onverzorgd uiterlijk opgebouwd. Maar hij raakte zo opgewonden door het vooruitzicht van de maaltijd met de generaal, dat hij fris gebaad en met schone nagels aan tafel verscheen, en in de verstikkende hitte van mei gekleed ging zoals in de winterse salons van Parijs, in de blauwe kazak met vergulde knopen en de streepjespantalon van de oude Directoire-mode.

Al meteen na de begroeting was hij in onberispelijk Spaans van wal gestoken met een encyclopedische verhandeling. Hij vertelde dat een klasgenoot van hem op de lagere school in Grenoble na veertien jaar slapeloosheid de Egyptische hiërogliefen had ontcijferd. Dat de maïsplant niet afkomstig was uit Mexico maar uit een streek in Mesopotamië, waar men fossielen van voor de komst van Columbus op de Antillen had aangetroffen. Dat de Assyriërs experimenteel vastgestelde bewijzen hadden gevonden voor de invloed van de hemellichamen op ziekten. Dat in tegenstelling tot wat in een recent verschenen encyclopedie werd beweerd, de Grieken tot vierhonderd jaar voor Christus geen katten hadden gekend. Terwijl hij ononderbroken over deze en andere zaken oreerde, laste hij alleen maar noodpauzes in om zich te beklagen over de gebreken van de criollo-keuken.

De generaal, die tegenover hem zat, schonk hem amper enige hoffelijke aandacht en terwijl hij veinsde meer te eten dan hij deed, hield hij zijn blik op zijn bord gevestigd. De Fransman had van meet af aan geprobeerd in zijn moedertaal met hem te praten en de generaal kwam hem uit vriendelijkheid tegemoet, maar ging vervolgens meteen weer over op het Spaans. José Laurencio Silva stond verbaasd over zijn geduld die dag, want hij wist hoe de generaal zich ergerde aan het absolutisme van de Europeanen.

De Fransman richtte zich op luide toon tot de verschillende gasten, zelfs tot degenen die het verst van hem verwijderd zaten, maar hij was duidelijk alleen gebrand op de aandacht van de generaal. Plotseling, van de os op de ezel springend, zoals hij zei, stelde hij hem rechtstreeks de vraag wat uiteindelijk het meest geschikte regeringsstelsel voor de nieuwe republieken zou zijn. Zonder van zijn bord op te kijken vroeg de generaal op zijn beurt: 'En wat is uw mening?'

'Ik denk dat het voorbeeld van Bonaparte niet alleen goed is voor ons, maar voor de hele wereld,' zei de Fransman.

'Ik twijfel er niet aan dat u dat vindt,' zei de generaal met onverholen ironie. 'Volgens Europeanen is alles wat Europa bedenkt goed voor het hele universum en alles wat daarvan afwijkt verwerpelijk.'

'Ik nam aan dat u een promotor van de monarchie was, excellentie,' merkte de Fransman op.

De generaal sloeg voor het eerst zijn ogen op. 'Neem dat maar niet meer aan,' zei hij. 'Mijn hoofd zal nooit door een kroon worden bezoedeld.' Hij wees naar zijn adjudanten en besloot: 'Daar zit Iturbide om me eraan te herinneren.'

'A propos,' zei de Fransman, 'de verklaring die u aflegde toen de keizer werd gefusilleerd, was zeer bemoedigend voor de Europese vorsten.'

'Ik zou geen woord terugnemen van wat ik toen heb gezegd,' zei de generaal. 'Het verbaast me dat zo'n gewone man als Iturbide zoveel buitengewone dingen heeft verricht, maar moge God me behoeden voor het lot dat hem trof, zoals Hij me heeft behoed voor zijn levensloop, hoewel ik weet dat Hij me niet zal behoeden voor dezelfde ondankbaarheid.'

Hij poogde onmiddellijk de scherpte van zijn woorden te verzachten door uit te leggen dat het initiatief tot de vestiging van een monarchie in de nieuwe republieken was uitgegaan van generaal José Antonio Páez. Het idee gedijde onder invloed van allerlei dubbelzinnige belangen, en hijzelf begon het, onder de mantel van een presidentschap voor het leven, te zien als een desperate formule om ten koste van alles de eenheid van Latijns-Amerika te bereiken en in stand te houden. Maar al spoedig had hij zich rekenschap gegeven van de dwaasheid ervan.

'Met het federalisme is het juist omgekeerd,' besloot hij. 'Het lijkt me te volmaakt voor onze landen, omdat het deugden en talenten vereist die boven de onze uit stijgen.'

'Hoe dan ook, het zijn niet de systemen maar de excessen ervan die de geschiedenis ontmenselijken,' zei de Fransman.

'Dat verhaal kennen we vanbuiten,' zei de generaal. 'Eigenlijk kun je het vergelijken met de onnozelheid van Benjamin Constant, de grootste koekebakker van Europa, die eerst tegen de revolutie was en daarna vóór, die eerst tegen Napoleon vocht en vervolgens een van zijn hovelingen was, die zich meermalen als republikein te slapen legde en als monarchist ontwaakte, of omgekeerd, en die zich nu door toedoen van de Europese almacht heeft opgeworpen als de absolute bewaarder van onze waarheid.'

'De argumenten van Constant tegen de tirannie zijn uiterst helder,' merkte de Fransman op.

'Voor meneer Constant gaat er, als rechtgeaarde Fransman, niets boven absolute belangen,' zei de generaal. 'Abbé Pradt daarentegen zei in die polemiek als enige iets helders, toen hij betoogde dat politiek wordt bepaald door de plaats waar men haar bedrijft en het moment waarop. Tijdens de "oorlog zonder genade" heb ik zelf het bevel gegeven om op één dag achthonderd Spaanse gevangenen, met inbegrip van de zieken in het hospitaal van La Guayra, te fusilleren. Vandaag en onder dezelfde omstandigheden zou ik niet aarzelen dat bevel opnieuw te geven, en de Europeanen zouden niet over het morele gezag beschikken om mij dat te verwijten, want als er één geschiedenis druipt van het bloed, van schanddaden en van onrecht, dan is het wel de geschiedenis van Europa.'

Naarmate hij verder analyseerde, stookte hij in de diepe stilte waarbinnen het hele dorp gevangen leek zijn eigen woede op. De Fransman probeerde hem verbijsterd te onderbreken, maar hij sneed hem met een handgebaar de pas af. De generaal bracht de verschrikkelijke slachtingen in de geschiedenis van Europa in herinnering. In de Sint-Bartholomeusnacht vielen er binnen tien uur ruim tweeduizend doden. Tijdens de grandeur van de renaissance werd Rome door twaalfduizend huurlingen van de keizerlijke legers geplunderd en verwoest en werden achtduizend inwoners over de kling gejaagd. En de apotheose: Ivan IV, de tsaar aller Russen, terecht De Verschrikkelijke genoemd, roeide alle bewoners van de steden tussen Moskou en Novgorod uit, en na laatstgenoemde stad bestormd te hebben, liet hij de bevolking van twintigduizend zielen afslachten alleen vanwege de verdenking dat er een samenzwering tegen hem werd beraamd.

'Vertel ons dus alsjeblieft niet meer wat we moeten doen,' besloot hij. 'Probeer ons niet te leren hoe we moeten zijn, probeer ons niet op jullie te laten lijken, verlang van ons niet dat wij in twintig jaar goed doen wat jullie in tweeduizend jaar zo slecht hebben gedaan.'

Hij legde zijn bestek kruiselings op zijn bord en vestigde voor het eerst zijn vlammende blik op de Fransman: 'Laat ons godverdomme rustig onze middeleeuwen afwerken!'

Hij snakte naar adem, overvallen door een nieuwe uithaal van de hoest. Maar toen hij zichzelf weer in de hand had, was er geen spoor van woede overgebleven. Hij wendde zich tot El Nene Campillo en vereerde hem met zijn beste glimlach.

'Neem me niet kwalijk, waarde vriend,' zei hij. 'Dat soort leuterpraat past niet bij zo'n gedenkwaardig middagmaal.'

Kolonel Wilson vertelde het voorval aan een kroniekschrijver van die tijd, die niet de moeite nam het te vermelden. 'Die arme generaal is een hopeloos geval,' zei hij. Eigenlijk was dat voor iedereen die hem op die laatste reis zag een uitgemaakte zaak en misschien was het daarom dat niemand er iets van op papier stelde. Zelfs voor sommigen van zijn gezelschap zou de generaal niet in de geschiedenis worden opgenomen.

Na Zambrano was het oerwoud minder dicht en werden de dorpen vrolijker en kleuriger, en in sommige werd zonder enige aanleiding op straat muziek gemaakt. De generaal wierp zich in zijn hangmat en probeerde in een vredige siësta de onbeschoftheden van de Fransman te verteren, maar het viel hem niet licht. Hij bleef zich met hem bezighouden en beklaagde zich tegenover José Palacios dat hij niet tijdig de trefzekere woorden en de onweerlegbare argumenten had gevonden die hem nu pas te binnen schoten. Maar tegen de avond voelde hij zich beter en gaf hij generaal Carreño instructies er bij de regering op aan te dringen verbetering te brengen in het lot van de in ongenade gevallen Fransman.

De meeste officieren lieten, opgeleefd door de nabijheid van de zich steeds duidelijker in de hunkerende natuur manifesterende zee, hun natuurlijke opgewektheid de vrije teugel door de roeiers een handje te helpen, met bajonetten als harpoen op kaaimannen te jagen, de meest eenvoudige werkjes ingewikkeld te maken en dagenlang als galeislaven te werken om zo lucht te geven aan hun overtollige energie. José Laurencio Silva daarentegen sliep overdag en werkte als het maar even mogelijk was 's nachts, wegens zijn oude angst om met blindheid geslagen te worden door de staar, zoals een aantal familieleden van moederskant was overkomen. Hij stond bij donker op om te leren zich als blinde nuttig te maken. Tijdens slapeloze nachten in de kampementen had de generaal vaak gehoord hoe hij druk in de weer was met zijn ambachtelijke activiteiten, zoals planken zagen van de bomen die hij zelf gladschaafde en onderdelen in elkaar zetten met gedempte hamerslagen om de anderen niet in hun slaap te storen. In het volle zonlicht van de volgende

dag was het nauwelijks te geloven dat dergelijke timmer-
manskunstwerken in de duisternis tot stand waren gebracht. In de nacht van Puerto Real had José Laurencio
Silvo amper tijd gehad om het wachtwoord te geven toen
een schildwacht op het punt stond hem neer te schieten
omdat hij dacht dat iemand in het donker naar de hangmat van de generaal probeerde te sluipen.

De tocht verliep nu sneller en kalmer, en de enige tegenslag kwam van de kant van een in tegengestelde richting snuivend voorbijvarende stoomboot van commodore Elbers die met zijn kielzog de sampans in gevaar
bracht en de proviandboot deed omslaan. Op de sierlijst
was in grote letters te lezen: *De Bevrijder*. De generaal
stond de boot in gedachten verzonken na te kijken tot het
gevaar geweken was en hij uit het gezicht verdween. 'De
Bevrijder,' mompelde hij. Daarna, als iemand die een
bladzijde omslaat, zei hij bij zichzelf: 'En dan te bedenken dat ík dat ben.'

's Nachts lag hij wakker in zijn hangmat terwijl de
roeiers als een soort spelletje de geluiden van het oerwoud
thuis probeerden te brengen: de kapucijnapen, de papegaaien, de anaconda. Plotseling, zonder dat er enige aanleiding toe was, vertelde een van hen dat de familie Campillo hun Engelse servies, hun kristalwerk uit Bohemen
en hun tafellakens uit Holland op de patio hadden begraven, uit angst voor besmetting met tuberculose.

Het was de eerste keer dat de generaal die straatdiag-
nose hoorde, hoewel ze al gemeengoed was langs de rivier
en het ook spoedig in het hele kustgebied zou zijn. José
Palacios merkte dat de generaal onder de indruk was,
want de hangmat hield op te schommelen. Na langdurig
nagedacht te hebben zei hij: 'Ik heb met mijn eigen bestek
gegeten.'

De volgende dag legden ze in het dorp Tenerife aan om de bij de schipbreuk verloren gegane voorraden aan te vullen. De generaal bleef incognito aan boord, maar stuurde Wilson erop uit om nasporingen te doen naar een Franse koopman, Lenoit of Lenoir geheten, wiens dochter Anita toen tegen de dertig moest zijn. Toen de nasporingen in Tenerife niets opleverden, wilde de generaal dat ze verder bleven speuren in de naburige dorpen Guáitaro, Salamina en El Piñón, tot hij ervan overtuigd raakte dat de legende geen enkel steunpunt in de werkelijkheid had.

Zijn belangstelling was begrijpelijk, want jarenlang was hij van Caracas tot Lima door het verraderlijke gemompel achtervolgd dat er tussen Anita Lenoit en hem een hevige en ongeoorloofde passie was opgelaaid toen hij tijdens de riviercampagne op doortocht in Tenerife was. Hij maakte zich er zorgen over, hoewel hij niets kon doen om die praatjes te ontzenuwen. In de eerste plaats omdat ook zijn vader, kolonel Juan Vicente Bolívar, verscheidene aanklachten en processen van de bisschop van het dorp San Mateo aan zijn broek had gehad omdat hij, in begerige uitoefening van het recht op de eerste nacht, meerderjarige en minderjarige meisjes verkracht zou hebben, en wegens zijn kwalijke vriendschap met vele andere vrouwen. En in de tweede plaats omdat hij tijdens de riviercampagne maar twee dagen in Tenerife was geweest, te kort voor zo'n hartverscheurende liefde. De legende was echter zo'n bloeiend leven gaan leiden dat zich op het kerkhof van Tenerife een graf met de steen van mejuffrouw Anne Lenoit bevond, dat tot het einde van de eeuw een pelgrimsoord voor verliefden was.

Onder het gevolg van de generaal gaven de pijnen die

José María Carreño in de stomp van zijn arm voelde, aanleiding tot vriendelijke spotternijen. Hij voelde de bewegingen van de hand, de aanraking van de vingers en de door het slechte weer veroorzaakte pijn in de botten die hij niet bezat. Hij had nog genoeg gevoel voor humor om om zichzelf te kunnen lachen. Maar zijn gewoonte antwoord te geven op vragen die men hem in zijn slaap stelde, baarde hem zorgen. Hij voerde allerlei gesprekken, niet gehinderd door de remmingen die hij in wakende toestand had, en onthulde plannen en frustraties die hij ongetwijfeld voor zich had gehouden als hij wakker was geweest, en bij een bepaalde gelegenheid werd hij er zonder enige grond van beschuldigd dat hij zich in zijn slaap aan een daad van militaire trouweloosheid schuldig had gemaakt. De laatste vaarnacht hoorde José Palacios, die naast de hangmat van de generaal waakte, Carreño vanaf de voorplecht zeggen: 'Zevenduizend achthonderd tweeëntachtig.'

'Waar hebben we het over?' informeerde José Palacios.

'Over de sterren,' zei Carreño.

De generaal deed zijn ogen open, in de overtuiging dat Carreño in zijn slaap praatte, en kwam overeind in zijn hangmat om door het raam naar de nacht te kijken. Ze was onmetelijk en stralend, en de heldere sterren lieten geen plekje aan het uitspansel vrij.

'Het moeten er minstens tien keer zoveel zijn,' zei de generaal.

'Zoveel als ik zei, plus twee vallende sterren die voorbijschoten terwijl ik aan het tellen was.'

Toen kwam de generaal uit zijn hangmat en zag hoe hij op zijn rug op de voorplecht lag uitgestrekt, wakkerder dan ooit, zijn bovenlijf overdekt met een warnet van litte-kens, terwijl hij met de stomp van zijn arm de sterren telde. Na de veldslag bij Cerritos Blancos, in Venezuela, hadden ze hem zo aangetroffen, rood van het bloed en half in mootjes gehakt, en ze hadden hem in de modder laten liggen omdat ze dachten dat hij dood was. Hij had veertien sabelwonden en enkele daarvan hadden hem zijn arm gekost. Later liep hij in andere veldslagen nog meer verwondingen op. Maar zijn moreel bleef onaange-tast, en hij wist zo handig met zijn linkerarm om te gaan dat hij niet alleen beroemd was om de woestheid van zijn wapens maar ook om zijn prachtige schoonschrift.

'Zelfs de sterren ontkomen niet aan het verval van het leven,' merkte Carreño op. 'Er zijn nu minder sterren dan achttien jaar geleden.'

'Je bent gek,' zei de generaal.

'Nee,' zei Carreño. 'Ik mag oud zijn, maar ik dacht niet dat ik gek was.'

'Ik ben acht volle jaren ouder dan jij,' zei de generaal.

'Voor elke verwonding van mij tel ik er twee jaar bij,' zei Carreño. 'Ik ben dus de oudste van allemaal.'

'In dat geval zou José Laurencio de oudste zijn,' zei de generaal. 'Zes verwondingen van een kogel, zeven van een lans en twee van een pijl.'

Carreño vatte dit verkeerd op en antwoordde met boosaardig venijn: 'Dan moet u de jongste zijn, want u heeft geen schrammetje.'

Het was niet de eerste keer dat de generaal die waar-heid als een verwijt te horen kreeg, maar hij scheen er geen aanstoot aan te nemen dat Carreño, wiens vriend-schap de zwaarste proeven had doorstaan, dat tegen hem zei. Hij ging naast hem zitten om samen de sterren in de rivier te beschouwen. Toen Carreño na een lange pauze weer begon te praten, stond hij al aan de afgrond van de slaap.

'Ik kan niet aanvaarden dat het leven eindigt met deze reis,' zei hij.

'Het leven eindigt niet alleen door de dood,' zei de generaal. 'Er zijn andere, zelfs waardiger manieren.'

Carreño weigerde dat te geloven.

'We zouden er iets aan moeten doen,' zei hij. 'Al was het maar dat we een heerlijk bad van paarse *cariaquito* nemen. En niet alleen wij, maar het hele bevrijdingsleger.'

Tijdens zijn tweede reis naar Parijs had de generaal nog niemand horen praten over de baden met cariaquito, de bloem van de *lantana*, die populair was in zijn land om rampspoed te bezweren. Het was dokter Aimé Bonpland, een medewerker van Humboldt, die met gevaarlijke wetenschappelijke ernst over die geneeskrachtige bloemen met hem sprak. In diezelfde periode leerde hij een achtenswaardige magistraat van het Franse gerechtshof kennen, die zijn jeugd in Caracas had doorgebracht en regelmatig met zijn prachtige, door de zuiverende baden paarsgekleurde haardos en apostelbaard in de literaire salons van Parijs opdook.

Hij lachte om alles wat naar bijgeloof of bovennatuurlijke kunsten zweemde en om elke cultus die in strijd was met het rationalisme van zijn leermeester Simón Rodríguez. Hij was toen net twintig, sinds kort weduwnaar, bezat een fortuin, was diep onder de indruk van de kroning van Napoleon Bonaparte, was vrijmetselaar geworden, declameerde uit het hoofd zijn favoriete pagina's uit *Emile* en *La Nouvelle Héloïse* van Rousseau, wat lange tijd de boeken waren die op zijn nachtkastje lagen, en hij had, aan de hand van zijn meester en met de rugzak op de schouder, te voet vrijwel heel Europa doorkruist. Op een van de heuvels van Rome, met de stad aan hun voeten, had don Simón Rodríguez een van zijn hoogdravende profetieën over de toekomst van de beide Amerika's ten beste gegeven. Híj zag het scherper.

'Wat we moeten doen is die vervloekte *chapetones* Venezuela uitschoppen,' zei hij. 'En ik zweer u dat ik dat zal doen.'

Toen hij meerderjarig was en eindelijk over zijn erfenis kon beschikken, vatte hij het soort leven op dat het koortsachtige tijdperk en zijn onstuimige karakter van hem eisten en joeg er in drie maanden honderdvijftigduizend frank doorheen. Hij verbleef in de duurste kamers van het duurste hotel van Parijs, had twee livreiknechten, een koets met witte paarden en een Turkse palfrenier, een minnares voor elke gelegenheid, hetzij aan zijn favoriete tafel in café Procope, in de danszalen van Montmartre of in zijn privé-loge in de opera, en hij vertelde aan ieder die het maar wilde geloven dat hij in één onfortuinlijke roulettenacht drieduizend pesos had verloren.

Terug in Caracas stond hij nog steeds dichter bij Rousseau dan bij zijn eigen hart en hij bleef *La nouvelle Héloïse*, een exemplaar dat in zijn handen uiteenviel, met een ietwat beschaamde hartstocht herlezen. Maar kort voor de aanslag van de vijfentwintigste september, toen hij zijn Romeinse eed al ruimschoots en eervol was nagekomen en Manuela Sáenz hem voor de tiende keer *Emile* voorlas, onderbrak hij haar en zei dat hij het een verschrikkelijk boek vond. 'Nergens heb ik me zo verveeld als in 1804 in

Parijs,' zei hij bij die gelegenheid. Maar gedurende zijn verblijf aldaar had hij zich niet alleen gelukkig gevoeld, maar bovendien gedacht dat hij de gelukkigste van de wereld was, zonder zijn levenslot gekleurd te hebben met de voorspellende wateren van de paarse cariaquito.

Vierentwintig jaar later, toen hij, stervend en afge-leefd, verzonken was in de magie van de rivier, vroeg hij zich misschien af of hij de moed zou hebben om de blaad-jes oregano en salie en de bittere sinaasappels van de ont-spanningsbaden van José Palacios op de mesthoop te gooien en zich, de raad van Carreño volgend, met zijn le-gers van bedelaars, zijn nutteloze overwinningen, zijn gedenkwaardige fouten en het hele vaderland in een ver-lossende oceaan van paarse cariaquito onder te dompe-len.

De nacht was vervuld van een weidse stilte, zoals in de kolossale riviermondingen in de Llanos, waar de reso-nantie zo sterk was dat men over een afstand van enige mijlen intieme gesprekken kon horen. Christoffel Colum-bus had een moment als dit meegemaakt en had in zijn dagboek geschreven: 'De hele nacht hoorde ik de vogels overvliegen.' Want na negenenzestig dagen varen was het land dichtbij. Ook de generaal hoorde de vogels. Ter-wijl Carreño sliep begonnen ze tegen acht uur over te vliegen, en een uur later vlogen er zoveel boven zijn hoofd dat de wind van de vleugels sterker was dan de wind zelf. Korte tijd later begonnen enorme vissen, die verdwaald waren tussen de sterren op de bodem, onder de sampans door te zwemmen en bespeurde men de geur van de eerste vlagen van verrotting vanuit het noordoosten. De onver-biddelijke energie die dat vreemde gevoel van vrijheid in de harten opwekte, was merkbaar zonder zichtbaar te hoeven zijn. 'Godallemachtig!' verzuchtte de generaal. 'We zijn er.' En zo was het. Want daar was de zee en aan de andere kant van de zee was de wereld.

ZODAT HIJ OPNIEUW in Turbaco was. In hetzelfde huis met de schaduwrijke vertrekken, grote maanvormige bogen en manshoge ramen die uitkeken op het met grind bedekte plein, en met de kloosterachtige patio waar hij de geest van don Antonio Caballero y Góngora, aartsbisschop en onderkoning van Nueva Granada, had ontwaard, die in maannachten tussen de sinaasappelbomen wandelde om verlichting te zoeken voor zijn vele zonden en zijn onoplosbare schulden. In tegenstelling tot het hete, vochtige klimaat van de kust was dat van Turbaco koel en gezond door haar ligging boven zeeniveau, en langs de oevers van de beken stonden kolossale laurierbomen met tentakelachtige wortels, in de schaduw waarvan de soldaten zich uitstrekten voor een middagdutje.

Twee avonden eerder waren ze in Barranca Nueva aangekomen, een pleisterplaats op de rivierreis waar verlangend naar was uitgekeken, maar waar ze moesten overnachten in een stinkende schuur van leem en riet, tussen opgestapelde zakken rijst en ongelooide huiden, omdat er geen herberg voor hen was gereserveerd en de tijdig bestelde muildieren evenmin klaarstonden. Zodat de generaal doorweekt en treurig en hunkerend om te slapen, maar zonder slaap, in Turbaco aankwam.

Ze waren nog niet eens van boord gegaan, maar het

nieuws van hun komst was hun al vooruitgesneld naar het slechts zes mijl verderop gelegen Cartagena de Indias, waar generaal Mariano Montilla, bestuurder en militair commandant van de provincie, voor de volgende dag een algemene ontvangst op het programma had staan. Maar híj was niet in de stemming voor ontijdige feesten. Degenen die hem op de koloniale weg in de hardvochtige motregen stonden op te wachten, werden door hem als oude bekenden uitbundig begroet, maar even openhartig verzocht hem met rust te laten.

In werkelijkheid was hij er slechter aan toe dan zijn slechtgehumeurdheid onthulde, hoe hij ook zijn best deed dat te verbergen, en zelfs zijn eigen gevolg kon van dag tot dag zijn onstuitbare slijtage waarnemen. Hij was volkomen uitgeput. De kleur van zijn huid was van bleekgroen in een dodelijk geel veranderd. Hij had koorts en zijn hoofdpijn week niet meer. De pastoor had hem aangeboden een arts te laten halen, maar hij verzette zich: 'Als ik naar mijn artsen had geluisterd, lag ik al jaren in mijn graf.' Hij was van plan geweest de volgende dag naar Cartagena door te reizen, maar in de loop van de ochtend had hij bericht gekregen dat er in de haven geen enkele boot met bestemming Europa lag en zijn paspoort was evenmin met de laatste post gekomen. Hij besloot dan ook drie dagen rust te nemen. Zijn officieren juichten dat niet alleen toe ter wille van zijn gezondheid, maar ook omdat de eerste berichten die hen in het geheim bereikten over de situatie in Venezuela niet zo heilzaam voor zijn gemoedsrust waren.

Hij kon echter niet verhinderen dat er vuurpijlen uiteen bleven spatten tot het kruit op was en dat er in de buurt een groepje doedelzakspelers werd opgesteld dat tot diep in de nacht zou blijven doorspelen. Ook haalden ze vanuit de naburige moerasgebieden van Marialabaja een vrolijke troep negers en negerinnen, uitgedost als zestiende-eeuwse hovelingen, die met Afrikaanse vaardigheid Spaanse salondansen parodieerden. Ze lieten die groep optreden omdat hij tijdens zijn vorige bezoek zo van hen genoten had dat hij ze verschillende keren liet terugroepen, maar ditmaal keurde hij hun geen blik waardig.

'Hou dat zootje alsjeblieft uit mijn buurt,' zei hij.

Het huis was gebouwd door de onderkoning Caballero y Góngora, die er ongeveer drie jaar in had gewoond, en de spookachtige echo's in de vertrekken schreef men toe aan de beheksheid van zijn dolende ziel. De generaal wilde niet opnieuw de nacht doorbrengen in het vertrek waar hij de vorige keer had geslapen en dat hij zich herinnerde als de kamer van de nachtmerries, want hij had daar elke nacht gedroomd van een vrouw met lichtgevende haren die een rood lint om zijn hals wond tot hij er wakker van werd, en dat ging maar door tot het ochtendkrieken. Vandaar dat hij zijn hangmat aan een paar haken in de salon liet ophangen en een tijdje droomloos sliep. Het stortregende, en voor de ramen aan de straatkant stond een groepje kinderen geposteerd om hem te zien slapen. Een van hen maakte hem met gedempte stem wakker: 'Bolívar, Bolívar.' Hij zocht hem in de nevels van de koorts, en het kind vroeg hem: 'Hou jij van me?'

De generaal knikte met een beverige glimlach, maar beval vervolgens om de kippen die op elk uur van de dag door het huis wandelden, te verjagen, de kinderen weg te sturen en de ramen te sluiten. Toen hij opnieuw wakker werd, regende het nog steeds en was José Palacios bezig het muskietennet voor de hangmat in orde te brengen.

'Ik droomde dat een straatjongetje me door het raam vreemde vragen stelde,' zei de generaal tegen José.

Hij accepteerde een kom kruidenaftreksel, de eerste in vierentwintig uur, maar hij dronk hem niet leeg. Bevangen door een duizeling strekte hij zich weer in zijn hangmat uit en terwijl hij de op een rijtje aan de dakbinten hangende vleermuizen beschouwde, lag hij langdurig verzonken in een schemerig gemijmer. Ten slotte verzuchtte hij: 'We zijn rijp om van de armen begraven te worden.'

Hij had zich zo vrijgevig betoond tegenover de vroegere officieren en gewone soldaten van het bevrijdingsleger die hem langs de rivier hun tegenslagen hadden verteld, dat hem in Turbaco niet meer dan een kwart van zijn reisgeld restte. Hij moest nog uitzoeken of er in de gehavende schatkisten van de provinciale regering voldoende geldmiddelen aanwezig waren om de kredietbrief te dekken, of dat er op zijn minst de mogelijkheid was om een regeling met een wisselagent te treffen. Hij rekende op de dankbaarheid van Engeland, dat hij zoveel gunsten had bewezen, om zich voorshands in Europa te kunnen vestigen. 'De Engelsen houden van me,' placht hij te zeggen. Hij rekende op de illusoire verkoop van de Aroa-mijnen om zich met zijn bedienden en een minimaal gevolg staande te kunnen houden met het decorum dat zijn heimwee waardig was. Maar indien hij werkelijk van plan was het land te verlaten, dan waren de overtocht en de reiskosten voor hem en zijn gevolg een zorg voor de dag van morgen; de contanten die hem restten, waren trouwens niet toereikend om er zelfs maar aan te denken. Het mankeerde er maar aan dat hij van zijn onbegrensde vermogen tot het koesteren van illusies af zou zien op een moment waarop hij er het meest baat bij had. Integendeel. Hoewel hij, ondermijnd door koorts en hoofdpijn, vuurvliegjes zag waar ze niet waren, overwon hij toch de loomheid die zijn zintuigen verlamde en dicteerde hij Fernando drie brieven.

De eerste was een hartroerend antwoord op de afscheidsbrief van generaal Sucre, waarin hij geen enkele opmerking maakte over zijn ziekte, hoewel hij dat gewoonlijk niet naliet in situaties zoals van die middag, wanneer hij zo dringend behoefte aan medelijden had. De tweede brief was gericht aan don Juan de Dios Amador, de prefect van Cartagena, waarin hij deze dringend verzocht de achtduizend pesos van de kredietbrief ten laste van de provinciale schatkist uit te betalen. 'Ik ben arm en heb dat geld nodig voor mijn vertrek,' schreef hij hem. Het verzoek miste zijn uitwerking niet, want binnen vier dagen ontving hij een positief antwoord, en Fernando vertrok naar Cartagena om het geld op te halen. De derde was bestemd voor de gevolmachtigd minister van Colombia in Londen, de dichter José Fernández Madrid, waarin hij hem verzocht een wissel, die de generaal had getrokken ten gunste van sir Robert Wilson, te betalen, en nog een ten gunste van de Engelse professor José Lancaster, aan wie ze twintigduizend pesos verschuldigd waren omdat deze in Caracas zijn gloednieuwe systeem van wederzijdse opvoeding had ingevoerd. 'Mijn eer staat hierbij op het spel,' zei hij. Want hij vertrouwde erop dat zijn slepende proces tegen die tijd was beslist en dat de mijnen al waren verkocht. Een zinloze stap: toen de brief Londen bereikte, was minister Fernández Madrid overleden.

José Palacios beduidde de officieren die luid discussiërend op de binnenpatio zaten te kaarten, dat ze hun mond moesten houden, maar de discussies werden fluisterend voortgezet tot de klok van de naburige kerk elf uur sloeg. Kort daarna verstomden de doedelzakken en de trommels van het volksfeest, de bries van de verre zee voerde de donkere wolken mee die zich na de stortbui van die middag weer hadden opgestapeld en de volle maan ontstak haar licht op de patio van de sinaasappelbomen.

José Palacios week geen moment van de zijde van de generaal, die sinds de namiddag in zijn hangmat ten prooi was geweest aan ijlkoortsen. Hij maakte het gebruikelijke drankje voor hem klaar en diende hem een lavement van seneblad toe, in afwachting van iemand die hem met meer gezag een medicijn waagde toe te dienen, maar niemand deed dat. Tegen de ochtend viel de generaal amper een uurtje in slaap.

Die dag kwam generaal Mariano Montilla hem met een select groepje vrienden uit Cartagena bezoeken, onder wie de mannen die bekend stonden als de drie Juans van de bolivaristische partij: Juan García del Río, Juan de Francisco Martín en Juan de Dios Amador. Alle drie waren ontzet over dat gekwelde lichaam dat zich probeerde op te richten in de hangmat en adem te kort kwam om hen allen te omhelzen. Ze hadden hem in het Bewonderenswaardige Congres gezien, waarvan zij deel uitmaakten, en konden niet geloven dat hij in zo korte tijd zo afgetakeld was. Zijn botten staken door zijn vel heen en het lukte hem niet zijn blik te fixeren. Hij moest zich bewust zijn van zijn hete, stinkende adem, want hij zorgde ervoor afstand te houden en bijna van terzijde te praten.

Maar wat de meeste indruk op hen maakte was dat hij duidelijk kleiner was geworden, en toen generaal Montilla hem omarmde, kwam het hem zelfs voor dat hij maar tot zijn middel reikte.

Hij woog achtentachtig pond en zou aan de vooravond van zijn dood nog tien pond minder wegen. Zijn officiële lengte was een meter vijfenzestig, hoewel zijn medische gegevens niet altijd spoorden met de militaire en hij op de autopsietafel vier centimeter korter zou zijn. Zowel zijn voeten als zijn handen waren klein in verhouding tot het lichaam en leken eveneens gekrompen. José Palacios had opgemerkt dat hij zijn broek bijna tot aan zijn borst ophees en de manchetten van zijn hemd moest omslaan. De generaal was zich bewust van de nieuwsgierigheid van zijn bezoekers en gaf toe dat de dagelijks door hem gedragen laarzen, die de Franse maat vijfendertig hadden, hem sinds januari te groot waren. Generaal Montilla, befaamd om zijn spitsvondige grapjes die hij zelfs op minder geschikte momenten debiteerde, drukte de pathetiek de kop in.

'Het belangrijkste is dat u vanbinnen niet krimpt, excellentie,' zei hij.

Zoals gewoonlijk onderstreepte hij zijn eigen geestigheid met een patrijzegeschater. De generaal zond hem een oude kameraden-glimlach en ging op een ander onderwerp over. Het weer was verbeterd en buiten kon men aangenaam zitten praten, maar hij gaf er de voorkeur aan zijn bezoekers, zittend in de hangmat en in hetzelfde vertrek waar hij had geslapen, te ontvangen.

Het overheersende thema was de toestand van de natie. De bolivaristen in Cartagena weigerden de nieuwe grondwet en de gekozen vertegenwoordigers te erken-

nen, onder het voorwendsel dat er door de santanderistische studenten ontoelaatbare druk op het congres was
uitgeoefend. De loyale militairen daarentegen hadden
zich op last van de generaal afzijdig gehouden en de plat-
telandsgeestelijken die hem steunden, kregen niet de
kans zich te roeren. Generaal Francisco Carmona, commandant van een garnizoen in Cartagena en trouw aan
zijn zaak, had op het punt gestaan een opstand te ontketenen en had zijn dreigement nog niet ingetrokken. De generaal verzocht Montilla om Carmona naar hem toe te
sturen zodat hij een poging kon doen hem tot kalmte te
brengen. Terwijl hij zich vervolgens tot iedereen richtte,
zonder iemand rechtstreeks aan te kijken, vatte hij de
nieuwe regering in één grove zinsnede samen: 'Mosquero
is een slapjanus en Caycedo is een koekebakker, en alle-
bei zijn ze geïntimideerd door de jongens van het San
Bartolomé.'

Wat in het Caribisch woordgebruik wilde zeggen dat
de president een zwakkeling was en de vice-president een
met alle partijwinden meedraaiende opportunist. Hij
merkte daarbij nog op, met een wrangheid die typerend
voor hem was in slechte tijden, dat het niet zo vreemd was
dat beiden een geestelijke als broer hadden. De nieuwe
grondwet vond hij daarentegen beter dan men kon verwachten op zo'n historisch moment waarop het gevaar
niet school in een electorale nederlaag, maar in de burgeroorlog die Santander vanuit Parijs met zijn brieven
aanwakkerde. De gekozen president had in Popayán allerlei oproepen tot orde en eenheid gedaan, maar had nog
niet gezegd dat hij het presidentschap aanvaardde.

'Hij wacht tot Caycedo het vuile werk heeft opge-
knapt,' zei de generaal.

'Mosquera moet al in Santa Fe zijn,' zei Montilla. 'Hij is maandag uit Popayán vertrokken.'

De generaal wist dat niet, maar hij toonde zich niet verbaasd. 'Let op mijn woorden, die zal als een kalebas leeglopen als hij moet handelen,' zei hij. 'Die man zou zelfs als boodschappenjongen van een regering niet deugen.' Hij verzonk in een diep gepeins en werd bevangen door treurigheid.

'Jammer,' zei hij. 'Onze man was Sucre.'

'De voortreffelijkste van alle generaals,' glimlachte De Francisco.

Ondanks de pogingen van de generaal om de verspreiding ervan tegen te gaan, waren het al gevleugelde woorden in het land.

'Een geniale opmerking van Urdaneta,' schertste Montilla.

De generaal liet de interruptie over zijn kant gaan en stond klaar om, meer voor de aardigheid dan serieus, de intimiteiten van de plaatselijke politiek aan te horen, maar Montilla bracht opeens weer de plechtstatige sfeer terug die hij zelf zojuist had doorbroken. 'Neemt u mij niet kwalijk, excellentie,' zei hij, 'ù weet beter dan wie ook hoezeer ik de Grootmaarschalk ben toegewijd, maar hij is niet de geschikte man.' En met theatrale nadruk besloot hij: 'U bent onze man.'

De generaal kapte hem ruw af. 'Ik besta niet.'

Terwijl hij vervolgens de draad weer oppakte, vertelde hij hoe maarschalk Sucre zich had verzet tegen zijn dringende verzoeken om het presidentschap van Colombia te aanvaarden. 'Hij heeft alles in zich om ons van de anarchie te redden,' zei hij, 'maar hij liet zich bedwelmen door de zang van de sirenen.' García del Río dacht dat de wer-

kelijke reden voor zijn weigering was dat Sucre geen enkele roeping voor de macht voelde. De generaal vond dat
geen onoverkomelijk obstakel. 'In de lange geschiedenis
van de mensheid is vaak aangetoond dat roeping de wettige dochter van de noodzaak is,' zei hij. Het waren hoe
dan ook late heimweegevoelens, want hij wist beter dan
wie ook dat de voortreffelijkste generaal van de republiek
toen al aan andere, minder vergankelijke legers dan de
zijne toebehoorde.

'De hoogste macht bestaat in de kracht van de liefde,'
zei hij, en hij maakte zijn schelmse opmerking af met:
'Dat heeft Sucre zelf gezegd.'

Terwijl hij in Turbaco de herinnering aan hem ophaalde, vertrok maarschalk Sucre vanuit Santa Fe met bestemming Quito, ontgoocheld en alleen, maar in de bloei
van zijn jaren en van zijn gezondheid en op het toppunt
van zijn roem. Als laatste onderneming had hij de vorige
avond in het geheim een bezoek gebracht aan een beroemde waarzegster in de Egyptische wijk, die hem in
verschillende oorlogszaken raad had gegeven, en zij had
uit de kaarten gelezen dat de voorspoedigste wegen voor
hem nog steeds over zee leidden, zelfs in dat seizoen van
stormen. De Grootmaarschalk van Ayacucho vond die
wegen te langzaam voor zijn spoedeisende liefde en onderwierp zich, tegen het verstandige oordeel van de kaarten in, aan de wisselvalligheden van het vasteland.

'Er is dus niets aan te doen,' besloot de generaal. 'We
zitten zo diep in de nesten dat onze beste regering de
slechtste is.'

Hij kende zijn plaatselijke partijgenoten. In de heroïsche bevrijdingsoorlogen waren ze illustere figuren met
een teveel aan titels geweest, maar in de kleine politiek

waren het verwoede zwendelaars en kleine scharrelaars in baantjes, die zelfs zover waren gegaan om het op een akkoordje te gooien met Montilla en zich tegen hem te keren. Hij had hen, zoals zovele anderen, onophoudelijk bestookt tot het hem was gelukt ze naar zijn kant over te halen. Zodat hij hun verzocht de regering te steunen, zelfs ten koste van hun persoonlijke belangen. De redenen die hij daarvoor aanvoerde, waren zoals gewoonlijk profetisch getint: morgen, als hij er niet meer was, zou de regering voor wie hij nu hun steun vroeg, Santander laten roepen en deze zou omkranst met roem terugkeren om de puinhopen van zíjn dromen op te ruimen, het onmetelijke en verenigde land dat hij in zoveel jaren van oorlogen en opofferingen had gesticht, zou in brokstukken uiteenvallen, de partijen zouden elkaar vierendelen, zijn naam zou in de herinnering van de eeuwen worden verguisd en zijn werk onteerd. Maar dat liet hem op dat moment allemaal koud, mits een nieuwe bloederige episode kon worden vermeden. 'Opstanden zijn als de golven van de zee die elkaar opvolgen,' zei hij. 'Daarom heb ik er nooit van gehouden.' En tot verbazing van zijn bezoekers besloot hij: 'Het is zo dat ik op dit moment zelfs onze opstand tegen de Spanjaarden betreur.'

Generaal Montilla en zijn vrienden voelden dat dat het einde was. Voordat ze afscheid namen, ontvingen ze van hem een gouden medaille met zijn beeltenis, en ze konden zich niet aan de indruk onttrekken dat het een postuum geschenk was. Terwijl ze naar de deur liepen, zei García del Río op gedempte toon: 'De dood staat hem al op het gezicht geschreven.'

Die door de echo's van het huis verbreide en herhaalde woorden achtervolgden de generaal de hele nacht. Maar de volgende dag verbaasde generaal Francisco Carmona zich erover dat hij er zo goed uitzag. Hij trof hem aan op de naar oranjebloesem geurende patio, in een hangmat waarop in zijdedraad zijn naam was geborduurd, die in het naburige dorp San Jacinto voor hem was vervaardigd en door José Palacios tussen twee sinaasappelbomen was opgehangen. Hij was fris gebaad, en het haar dat strak naar achteren was gekamd en de blauwlakense kazak waaronder hij geen hemd droeg, verleenden hem een aura van onschuld. Terwijl hij heel traag schommelde, dicteerde hij zijn neef Fernando een verontwaardigde brief aan president Caycedo. Generaal Carmona vond dat hij er minder afgeleefd uitzag dan men hem had verteld, misschien omdat hij in de roes van een van zijn legendarische woedebuien verkeerde.

Carmona was een te opvallende man om waar dan ook onopgemerkt te blijven, maar de generaal keek hem aan zonder hem te zien terwijl hij een zin dicteerde tegen de trouweloosheid van degenen die hem belasterden. Pas tegen het eind wendde hij zich tot de reus die in zijn volle lichaamslengte tegenover de hangmat stond geposteerd en hem zonder met zijn ogen te knipperen fixeerde, en zonder hem te begroeten vroeg hij: 'Vindt u ook dat ik een promotor van opstanden ben?'

Bedacht op een vijandige ontvangst vroeg generaal Carmona ietwat hooghartig: 'En waaruit leidt u dat af, generaal?'

'Waaruit zíj het hebben afgeleid.'

Hij overhandigde hem een paar kranteknipsels die hij zojuist met de post uit Santa Fe had ontvangen en waarin hij er weer eens van werd beticht dat hij in het geheim de rebellie van de grenadiers had aangewakkerd om tegen het besluit van het congres in opnieuw aan de macht te komen. 'Schandelijke en onbeschofte aantijgingen,' zei hij. 'Terwijl ik mijn tijd verdoe met het verkondigen van de eenheid, word ik er door die onderkruipsels van beschuldigd dat ik een samenzweerder ben.' Generaal Carmona was teleurgesteld toen hij de knipsels las.

'Niet alleen dat ik het geloofde,' zei hij, 'maar ik was dolblij dat het waar was.'

'Dat kan ik me voorstellen,' zei hij.

Hij gaf geen blijk van ergernis, maar vroeg hem te wachten tot hij klaar was met het dicteren van de brief, waarin hij voor de zoveelste keer officiële toestemming vroeg om het land te verlaten. Toen hij klaar was, had hij zijn kalmte even snel en gemakkelijk herwonnen als hij haar had verloren bij het lezen van de kranten. Hij stond zonder hulp op, nam generaal Carmona bij de arm en wandelde met hem om de waterput heen.

Het licht was een goudpoeder dat na drie dagen regen door het gebladerte van de sinaasappelbomen dwarrelde en de vogels tussen de oranjebloesems in rep en roer bracht. De generaal luisterde een ogenblik aandachtig en terwijl hun zang hem tot in zijn ziel roerde, zei hij bijna zuchtend: 'Gelukkig dat ze nog zingen.' Vervolgens gaf hij generaal Carmona een erudiete uiteenzetting over waarom de vogels op de Antillen in april mooier zingen dan in juni om daarna prompt, zonder overgang, weer ter zake te komen. Hij had geen tien minuten nodig om hem ervan te overtuigen dat hij onvoorwaardelijk het gezag van de nieuwe regering moest eerbiedigen. Nadat hij hem vervolgens naar de deur had begeleid, begaf hij zich naar zijn slaapkamer om eigenhandig een brief te schrijven aan Manuela Sáenz, die zich bleef beklagen over de belemmeringen die de regering haar brieven in de weg legde.

Hij raakte nauwelijks het bord maïspap aan dat Fernanda Barriga hem als middagmaal bracht terwijl hij in zijn slaapkamer zat te schrijven. Op het uur van de siësta vroeg hij Fernando hem weer voor te lezen uit een boek over Chinese plantkunde, waarin ze de vorige avond waren begonnen. Kort daarna kwam José Palacios de slaapkamer binnen met het oreganowater voor het warme bad en trof Fernando slapend aan in de stoel, met het boek opengeslagen op zijn schoot. De generaal lag wakker in de hangmat en legde zijn wijsvinger tegen zijn lippen om hem te beduiden dat hij stil moest zijn. Voor het eerst sinds twee weken had hij geen koorts.

Zo, de tijd rekkend tussen de ene aflevering van de post en de andere, bleef hij negenentwintig dagen in Turbaco. Hij was er tweemaal eerder geweest, maar de keer dat hij werkelijk van de geneeskrachtige verdiensten van de plaats had genoten was drie jaar geleden, toen hij vanuit Caracas naar Santa Fe terugkeerde om de separatistische plannen van Santander te dwarsbomen. Het klimaat van het dorp was hem zo goed bevallen dat hij toen tien dagen was gebleven in plaats van, zoals hij van plan was, twee nachten. Dagen achtereen waren er volksfeesten gehouden. Ten slotte was er, in strijd met zijn afkeer van stieregevechten, een fantastische *corraleja* gehouden en had hij zich hoogstpersoonlijk gemeten met een vaars die de doek aan zijn handen ontrukte en een kreet van schrik aan de menigte ontlokte. Nu, tijdens zijn derde bezoek, was zijn betreurenswaardige lotsbestemming voltrokken, wat met het verstrijken van de dagen tot zijn verbittering werd bevestigd. De regens werden veelvuldiger en troostelozer en het leven beperkte zich tot het wachten op berichten over nieuwe tegenslagen. Op een nacht hoorde José Palacios hem in zijn hangmat in de helderheid van zijn slapeloosheid verzuchten: 'God mag weten waar Sucre uithangt!'

Generaal Montilla was nog tweemaal teruggekomen en had hem veel beter gevonden dan de eerste dag. Sterker nog: het kwam hem voor dat hij gaandeweg zijn gedrevenheid van vroeger hervond, vooral omdat hij zo aanhoudend zijn misnoegen uitte over het feit dat Cartagena nog steeds niet de nieuwe grondwet noch de nieuwe regering had erkend, zoals bij het vorige bezoek was afgesproken. Generaal Montilla improviseerde het excuus dat ze eerst wilden afwachten of Joaquín Mosquera het presidentschap zou aanvaarden.

'Jullie zouden beter af zijn als je daarop vooruitliep,' zei de generaal.

Tijdens het volgende bezoek gaf hij opnieuw en nog nadrukkelijker uiting aan zijn ontevredenheid, want hij kende Montilla van kind af aan en wist dat het verzet dat deze aan anderen toeschreef, niet anders dan zijn eigen verzet kon zijn. Zij waren niet alleen verbonden door een vriendschap op grond van hun klasse en beroep, maar waren ook hun hele leven met elkaar opgetrokken. In een bepaalde periode was hun relatie zo verkoeld dat ze niet meer met elkaar spraken, omdat Montilla de generaal in Mompox, op een van de gevaarlijkste momenten in de strijd, geen militaire steun had geboden, waarop de generaal hem beschuldigend een morele onruststoker en de veroorzaker van alle rampen had genoemd. Montilla reageerde heftig en daagde hem tot een duel uit, maar ondanks zijn persoonlijke wrokgevoelens was hij toch de zaak van de onafhankelijkheid trouw gebleven.

Hij had wiskunde en filosofie gestudeerd aan de Militaire Academie van Madrid en was tot de dag waarop hem de eerste berichten over de onafhankelijkheid van Venezuela bereikten lijfwacht van koning Fernando VII geweest. Hij was een slimme samenzweerder in Mexico, een handige wapenhandelaar in Curaçao en waar dan ook een goed soldaat geweest sinds hij op zeventienjarige leeftijd zijn eerste verwondingen had opgelopen. In 1821 zuiverde hij de kust, van Riohacha tot Panama, van Spanjaarden en veroverde hij Cartagena op een numeriek sterker en beter bewapend leger. Toen bood hij de generaal in een grootmoedig gebaar de verzoening aan: hij zond hem de gouden sleutels van de stad, waarna de generaal ze terugstuurde, vergezeld van zijn bevordering tot brigadegeneraal en het bevel om het bestuur over het kustgebied op zich te nemen. Hoewel hij zijn buitensporigheden met gevoel voor humor binnen de perken placht te houden, was hij als gouverneur niet geliefd. Hij bezat het beste huis van de stad en zijn haciënda in Aguas Vivas was een van de mooiste van de provincie, maar het dorp vroeg hem in opschriften op de muren waar hij het geld ervoor vandaan haalde. Hij zat er echter nog steeds en had zich, na acht jaar harde alleenheerschappij, ontpopt tot een slimme, moeilijk te weerstreven politicus.

Elke keer dat de generaal aandrong, kwam Montilla met een ander argument aandragen. Maar voor één keer zei hij zonder franje de waarheid: de bolivaristen in Cartagena waren vastbesloten geen eed af te leggen op een compromisgrondwet noch een zwakke regering te erkennen die niet op de instemming maar op de verdeeldheid van allen was gegrondvest. Het was kenmerkend voor de lokale politiek met haar geschillen, die de oorzaak van grote historische tragedies waren geweest. 'En ze hebben geen ongelijk, excellentie, als u, de liberaalste van allen, ons overlevert aan de genade van hen die zich de naam van liberalen hebben toegeëigend om uw werk te vernietigen,' zei Montilla. De enige manier om tot een akkoord te komen was dan ook dat de generaal in het land bleef om te voorkomen dat het uiteen zou vallen.

'Goed, als de zaak er zo voorstaat, vertel Carmona dan maar dat hij me nog een keer moet opzoeken en dan zullen we hem overhalen om in opstand te komen,' antwoordde de generaal met het sarcasme dat zo typerend voor hem was. 'Dat is een minder bloedige oplossing dan de burgeroorlog die de Cartagenen met hun onbeschoftheid zullen ontketenen.'

Maar voordat hij afscheid nam van Montilla had hij zichzelf weer in de hand en hij verzocht hem zijn voornaamste aanhangers mee naar Turbaco te nemen zodat zij hun hart konden luchten over de geschillen. Terwijl hij op hen wachtte, kwam generaal Carreño met het gerucht dat Joaquín Mosquera het ambt van president had aanvaard.

'Kolere!' schreeuwde hij. 'Ik geloof het pas als hij hier voor me staat.'

Generaal Montilla kwam het bericht diezelfde middag bevestigen, terwijl er een stortbui neerplensde met wervelwinden die bomen met wortel en al uitrukte, het halve dorp vernielde, verwoestingen aanrichtte op het achtererf van het huis en de verdronken dieren meevoerde. Maar het noodweer verzachtte ook de klap van het slechte nieuws. Het officiële gevolg, dat stierf van verveling door het dagenlange nietsdoen, voorkwam groter onheil.

Montilla hulde zich in een waterdichte veldjas en leidde de reddingswerkzaamheden. De generaal zat vanuit een schommelstoel, met een deken om zich heen geslagen, met peinzende blik en rustig ademhalend te kijken naar de modderstroom die het puin van de ramp meesleurde. Van jongs af aan was hij vertrouwd met die Caribische weersverslechteringen. Maar terwijl de soldaten druk bezig waren het huis weer op orde te brengen, merkte hij tegen José Palacios op dat hij nog nooit iets dergelijks gezien had. Toen de rust eindelijk was weergekeerd, kwam Montilla binnen, druipend van het water en tot zijn knieën besmeurd met modder. De generaal bleef onwrikbaar vasthouden aan zijn idee.

'Zo zie je maar, Montilla,' zei hij, 'Mosquera is al president en Cartagena heeft hem nog steeds niet erkend.'

Maar Montilla liet zich evenmin door de storm afleiden.

'Het zou veel gemakkelijker zijn als u in Cartagena was, excellentie,' zei hij.

'We zouden de kans lopen dat dat als inmenging wordt beschouwd en ik heb niet de minste lust om waarin dan ook een belangrijke rol te spelen,' zei hij. 'Sterker nog: ik ga niet weg voordat die zaak is opgelost.'

Die avond schreef hij generaal Mosquera een verzoenende brief. 'Ik heb zojuist niet zonder verbazing vernomen dat u het presidentschap van ons land heeft aanvaard, wat voor het land en voor mij een verheugende zaak is,' schreef hij. 'Maar het spijt me voor u en het zal me blijven spijten.' En hij besloot de brief met een huichelachtig PS: 'Ik ben niet vertrokken omdat ik mijn paspoort nog niet heb ontvangen, maar zodra het komt vertrek ik.'

Die zondag kwam generaal Daniel Florencio O'Leary, een prominent lid van het Britse Legioen, die lange tijd adjudant en tweetalige klerk van de generaal was geweest, in Turbaco aan om zich bij zijn gevolg te voegen. Montilla, beter gehumeurd dan ooit, was vanuit Cartagena met hem meegekomen, en beiden brachten onder de sinaasappelbomen een aangename, vriendschappelijke middag met de generaal door. Nadat hij uitgebreid met O'Leary gesproken had over zijn militaire wederwaardigheden, kwam de generaal met zijn gebruikelijke vraag aanzetten: 'En wat zeggen ze daarginds?'

'Dat het niet zeker is dat u weggaat,' zei O'Leary.

'Aha,' zei de generaal. 'En waarom dan wel?'

'Omdat Manuelita is achtergebleven.'

Met ontwapenende oprechtheid zei de generaal: 'Maar ze is toch altijd achtergebleven?'

O'Leary, een intieme vriend van Manuela Sáenz, wist dat de generaal gelijk had. Want zij bleef inderdaad altijd achter, en niet uit vrije wil, maar omdat de generaal altijd wel een excuus vond om haar achter te laten, in een gewaagde poging om aan de slavernij van de formele liefde te ontsnappen. 'Ik zal nooit weer verliefd worden,' bekende hij op een gegeven moment aan José Palacios, het enige menselijke wezen met wie hij ooit dergelijke vertrouwelijkheden uitwisselde. 'Het is alsof je twee zielen in één lichaam hebt.' Manuela drong zich, niet geremd door gevoelens van waardigheid, met onstuitbare vastbeslotenheid aan hem op, maar hoe meer ze haar best deed hem te onderwerpen des te begeriger leek de generaal om zich van haar juk te bevrijden. Het was een liefde van eeuwig vluchten. Toen hij in Quito was moest hij, na de eerste buitensporige weken met haar, naar Guayaquil reizen voor een onderhoud met generaal José de San Martín, de bevrijder van het Río de la Plata-gebied, en zij bleef achter terwijl ze zich afvroeg wat voor soort minnaar dat was die de welvoorziene tafel halverwege de maaltijd verliet. Hij had beloofd dat hij haar elke dag en overal vandaan zou schrijven om zijn hart bloot te leggen en haar te bezweren dat hij haar meer dan wie ook op deze wereld liefhad. Hij schreef haar inderdaad, en soms eigenhandig, maar hij verzond de brieven niet. Intussen vond hij troost in een veelvoudige idylle met de vijf onafscheidelijke vrouwen van het matriarchaat van Garaycoa, zonder dat hij zelf ooit met zekerheid kon zeggen aan wie hij de voorkeur gaf: de grootmoeder van zesenvijftig, de dochter van achtendertig of de drie kleindochters in de bloei van hun leven. Toen zijn taak in Guayaquil was beëindigd, ontsnapte hij aan de vrouwen met beloften van eeuwige liefde en spoedige terugkeer en ging hij naar Quito terug om opnieuw in het drijfzand van Manuela Sáenz weg te zinken.

In het begin van het daaropvolgende jaar vertrok hij opnieuw zonder haar om de bevrijding van Peru te voltooien, de definitieve poging om zijn droom te verwezenlijken. Manuela wachtte vier maanden, maar nam de boot naar Lima zodra zij brieven begon te ontvangen die niet alleen, zoals vaak gebeurde, door Juan José Santana, de particuliere secretaris van de generaal, waren geschreven maar ook door hem waren bedacht en doorvoeld. Ze trof hem op het buitenverblijf La Magdalena aan, door het congres bekleed met dictatoriale macht en belegerd door de mooie, vrijmoedige vrouwen van het nieuwe republikeinse hof. De chaos in het presidentiële huis was zo groot dat een kolonel van de lansiers om mid-

dernacht was verhuisd omdat hij uit de slaap werd gehouden door de liefdesuitbarstingen in de slaapvertrek-
ken. Maar Manuela bevond zich toen op een terrein waar
ze zich buitengewoon vertrouwd voelde. Ze was geboren
in Quito, als clandestiene dochter van een rijke haciënda-
bezitster, een criolla, en een getrouwde man, en op haar
achttiende was ze uit het raam van het klooster waar ze
studeerde gesprongen en ervandoor gegaan met een officier uit het leger van de koning. Maar twee jaar later
trouwde ze, getooid met maagdelijke oranjebloesems, in
Lima met James Thorne, een goedmoedige arts die tweemaal zo oud was als zij. Toen ze dan ook, op jacht naar
haar grote liefde, naar Peru terugkeerde, hoefde niemand
haar iets te leren om te midden van het schandaal haar
tenten op te slaan.

O'Leary was haar beste adjudant in die oorlogen van
het hart. Manuela woonde niet in La Magdalena, maar
ze kon er binnenlopen wanneer ze maar zin had, door de
grote poort en met militaire eer. Ze was slim, ontembaar,
bezat een onweerstaanbare charme, had gevoel voor
macht en beschikte over een ijzeren wil. Ze sprak goed
Engels, door haar echtgenoot, en een onbeholpen maar
verstaanbaar Frans, en ze bespeelde het clavichord op de
kwezelachtige manier van novicen. Ze hield er een on-
leesbaar handschrift en een ondoorgrondelijke zinsbouw
op na en ze kon smakelijk lachen om wat zij zelf haar spel-
lingsgruwelen noemde. De generaal benoemde haar tot
beheerster van zijn archieven om haar bij zich in de buurt
te hebben, en dat maakte het gemakkelijker om op elk uur
en op elke plaats en te midden van het gebrul van de wilde
Amazonedieren die door Manuela met haar charmes
werden getemd de liefde te bedrijven.

Toen de generaal echter de verovering begon van de ontoegankelijke gebieden van Peru die nog in handen van de Spanjaarden waren, kreeg Manuela het niet gedaan dat hij haar in zijn generale staf opnam. Ze volgde hem zonder zijn toestemming met haar hutkoffers van aanzienlijke dame, de kisten met archieven en haar gevolg van slavinnen, in een achterhoede van Colombiaanse soldaten die haar op handen droegen wegens de kazernetaal die ze uitsloeg. Ze legde op de rug van een muilezel driehonderd mijl langs de duizelingwekkend steile bergpaden van de Andes af, maar in vier maanden tijd lukte het haar niet om meer dan twee nachten met de generaal door te brengen, een daarvan omdat ze hem de stuipen op het lijf wist te jagen met haar dreigement dat ze zelfmoord zou plegen. Het duurde een poosje voordat ze in de gaten kreeg dat, terwijl zij hem niet kon bereiken, hij zich troostte met andere gelegenheidsminnaressen die hij op zijn pad vond. Onder wie Manuelita Madroño, een boers mestiezenmeisje van achttien dat zijn slapeloze nachten heiligde.

Vanaf haar terugkeer in Quito had Manuela besloten haar echtgenoot te verlaten; ze beschreef hem als een smakeloze Engelsman die zonder genot de liefde bedreef, zonder enige gratie converseerde, met bedachtzame tred liep, met een buiging groette, behoedzaam ging zitten en staan en zelfs niet om zijn eigen grapjes lachte. Maar de generaal wist haar ervan te overtuigen dat ze ten koste van alles de privileges van haar burgerlijke staat moest behouden, en zij onderwierp zich aan zijn plannen.

Een maand na de overwinning bij Ayacucho, toen hij al de halve wereld beheerste, vertrok de generaal naar Opper-Peru, de latere republiek Bolivia. Niet alleen vertrok hij zonder Manuela, maar hij liet haar voor zijn vertrek bovendien weten, alsof het om een staatsaangelegenheid ging, dat het beter was om definitief te scheiden. 'Ik zie dat niets ons in onschuld en eer verenigen kan,' schreef hij haar. 'In de toekomst zul jij alleen zijn, hoewel aan de zijde van je echtgenoot, en ik zal alleen zijn midden in de wereld. De roem van de zelfoverwinning zal onze enige troost zijn.' Binnen drie maanden ontving hij een brief van Manuela waarin ze hem aankondigde dat ze met haar echtgenoot naar Londen vertrok. Het nieuws verraste hem in het vreemde bed van Francisca Zubiaga de Gamarra, een dappere vrouw in wapenrok, echtgenote van een maarschalk die later president van de republiek zou worden. De generaal wachtte de tweede minnares van die nacht niet af om Manuela per omgaande een brief te schrijven die meer weg had van een krijgsbevel: 'Vertel de waarheid en vertrek onder geen beding.' En hij onderstreepte eigenhandig de laatste zin: *Ik hou onvoorwaardelijk van je.* Zij gehoorzaamde verrukt.

De droom van de generaal begon op dezelfde dag waarop ze haar hoogtepunt bereikte, in scherven te vallen. Hij had Bolivia nog niet gesticht en de institutionele reorganisatie van Peru nog niet voltooid of hij moest onder druk van de eerste afscheidingspogingen van generaal Páez in Venezuela en de politieke intriges van Santander in Nueva Granada in allerijl naar Santa Fe terugkeren. Ditmaal kostte het Manuela meer tijd om gedaan te krijgen dat ze hem mocht volgen, maar toen dat dan eindelijk gebeurde was het een zigeunerverhuizing, met haar hutkoffers dolend over een dozijn muildieren, met haar onsterfelijke slavinnen, elf katten, zes honden, drie apen die getraind waren in de kunst van paleisobsceniteiten, een beer die was afgericht om een draad in de naald te steken en negen kooien met papegaaien en ara's die in drie talen tegen generaal Santander tekeergingen.

Zij kwam ternauwernood op tijd in Santa Fe aan om in de kwade nacht van 25 september het weinige leven dat de generaal restte te redden. Er waren vijf jaar verstreken sinds ze elkaar hadden ontmoet, maar hij was zo afgetakeld en zo onzeker dat het er net zo goed vijftig hadden kunnen zijn, en Manuela had het gevoel dat hij doelloos rondtastte in de nevels van de eenzaamheid. Hij zou kort daarop naar het Zuiden vertrekken om de koloniale ambities van Peru ten aanzien van Quito en Guayaquil in te tomen, maar alle inspanningen waren toen al tevergeefs. Manuela bleef in Santa Fe achter, zonder de minste lust hem te volgen, want ze wist dat er voor haar eeuwige vluchteling geen ontsnapping meer mogelijk was.

O'Leary heeft in zijn memoires opgemerkt dat de generaal nog nooit zo spontaan de herinnering aan zijn heimelijke liefdes had opgehaald als die zondagmiddag in Turbaco. Montilla dacht, en dat schreef hij ook jaren later in een persoonlijke brief, dat het een onmiskenbaar symptoom van de ouderdom was. Aangemoedigd door zijn goede humeur en zijn vertrouwelijke stemming kon Montilla de verleiding niet weerstaan om de generaal vriendelijk uit zijn tent te lokken.

'Bleef alleen Manuela achter?' informeerde hij.

'Alle vrouwen bleven achter,' zei de generaal serieus. 'Maar Manuela in de eerste plaats.'

Montilla gaf O'Leary een knipoogje en zei: 'Zegt u eens eerlijk, generaal, hoeveel waren het er?'

De generaal gaf een ontwijkend antwoord. 'Veel minder dan u denkt,' zei hij.

Terwijl hij 's avonds in zijn warme bad lag, wilde José Palacios hem van zijn twijfels verlossen. 'Volgens mijn berekeningen waren het er vijfendertig,' zei hij. 'De madelieven voor één nacht niet meegeteld natuurlijk.' Dat aantal kwam overeen met de berekeningen van de generaal, maar hij had dat niet aan de bezoekers willen vertellen.

'O'Leary is een bijzondere man, een groot soldaat en een trouwe vriend, maar hij noteert alles,' lichtte hij toe. 'En er is niets gevaarlijker dan een geschreven herinnering.'

Nadat hij de volgende dag langdurig en onder twee ogen met O'Leary gesproken had om zich op de hoogte te stellen van de toestand aan de grens, verzocht hij hem naar Cartagena te reizen, met als officiële taak hem te informeren over de vertrektijden van boten naar Europa, hoewel zijn werkelijke missie eruit bestond dat hij hem op de hoogte moest houden van de geheime details van de plaatselijke politiek. O'Leary was nog maar nauwelijks aangekomen of het Congres van Cartagena legde op zaterdag 12 juni de eed af op de grondwet en erkende de gekozen magistraten. Tegelijk met dat bericht zond Montilla hem de onontkoombare boodschap: 'Wij wachten op u.'

Hij wachtte nog steeds toen het gerucht dat de generaal dood was hem uit zijn bed deed springen. Hij reed in volle galop naar Turbaco, zonder zich de tijd te gunnen bevestiging te krijgen van het bericht, en trof de generaal daar beter dan ooit aan, het middagmaal gebruikend met de Franse graaf de Raigecourt, die hem had uitgenodigd om samen op een Engelse pakketboot die een week later Cartagena zou aandoen naar Europa te vertrekken. Het was de apotheose van een heilzame dag. De generaal had zich voorgenomen om zijn slechte toestand met moreel verzet te lijf te gaan, en niemand kon beweren dat hij er niet in was geslaagd. Hij was vroeg opgestaan, had tegen melktijd een rondje langs de veekralen gemaakt, had de kazerne van de grenadiers bezocht, had zich door henzelf op de hoogte laten stellen van hun leefomstandigheden en uitdrukkelijke bevelen gegeven om deze te verbeteren. Op de terugweg ging hij een marktkroeg binnen om een kop koffie te drinken en nam de kop mee om zich de vernedering te besparen dat ze die kapot zouden maken. Onderweg naar huis liep hij bij het omslaan van de hoek in een hinderlaag van kinderen die uit school kwamen en onder ritmisch handgeklap *Leve de Bevrijder! Leve de Bevrijder!* zongen. Hij raakte zo in verwarring dat hij niet wist wat hij had moeten doen als de kinderen niet uit zichzelf opzij waren gegaan.

In zijn huis trof hij de graaf de Raigecourt aan, die onaangekondigd was gekomen, in het gezelschap van de mooiste, elegantste en hooghartigste vrouw die hij ooit gezien had. Zij was in rijkleding, hoewel ze in feite in een door een ezel getrokken kales waren gearriveerd. Het enige dat zij over haarzelf onthulde was dat ze Camille heette en afkomstig was uit Martinique. De graaf voegde er geen enkel gegeven aan toe, hoewel in de loop van de dag maar al te duidelijk zou blijken dat hij dolverliefd op haar was.

De aanwezigheid van Camille alleen al gaf de generaal zijn vroegere elan terug en hij liet in allerijl een galamaal klaarmaken. Hoewel de graaf uitstekend Spaans sprak, bleef men in het Frans, Camilles moedertaal, converseren. Toen zij vertelde dat ze in Trois-Ilets was geboren, verscheen er een geestdriftige uitdrukking op zijn gezicht en in zijn doffe ogen vlamde plotseling een vonk.

'Aha,' zei hij. 'Waar Joséphine is geboren.'

Zij schoot in de lach. 'Excellentie, alstublieft, ik had van u iets intelligenters verwacht dan zo'n afgezaagde opmerking.'

Hij toonde zich gekwetst en verdedigde zich door in lyrische bewoordingen de herinnering op te halen aan de suikerfabriek La Pagerie, het geboortehuis van Marie Joséphine, keizerin van Frankrijk, dat zich over de uitgestrekte suikerrietvelden al van mijlenver aankondigde door het rumoer van de vogels en de warme geur van de distilleertoestellen. Zij was verbaasd dat de generaal die omgeving zo goed kende.

'In werkelijkheid ben ik noch daar, noch ergens anders op Martinique ooit geweest,' zei hij.

'Et alors?'

'Ik heb me er jarenlang op voorbereid,' zei de generaal, 'want ik wist dat ik die wetenschap op een dag nodig zou hebben om de mooiste vrouw van die eilanden te behagen.'

Hij praatte aan één stuk door, met gebarsten stem maar welbespraakt, gekleed in een pantalon van bedrukt katoen en een satijnen kazak, en met rode sloffen. Het viel haar op dat er een geur van eau de cologne door de eetkamer zweefde. Hij bekende haar dat dit een zwakte van hem was en dat hij er door zijn vijanden zelfs van was beticht dat hij achtduizend pesos aan staatsgelden voor eau de cologne had uitgegeven. Hij bood een even uitgeteerde aanblik als de vorige dag, maar het enige waarin de wreedaardigheid van zijn ziekte zich verried, was in de traagheid van zijn lichaam.

Als hij onder mannen was, kon de generaal vloeken en tieren als de liederlijkste veedief, maar de aanwezigheid van een vrouw was voldoende om zijn manieren en taalgebruik tot op het geaffecteerde af te verfijnen. Hij ontkurkte, proefde en schonk eigenhandig een voortreffelijke bourgogne in, die door de graaf onbeschaamd als een fluwelen liefkozing werd omschreven. Men was doende de koffie te serveren toen kapitein Iturbide hem iets in het oor fluisterde. Hij luisterde met een ernstig gezicht, maar vervolgens wierp hij zich uitbundig lachend achterover in zijn stoel.

'Moeten jullie nu eens horen,' zei hij, 'er is hier een delegatie uit Cartagena die mijn begrafenis wil bijwonen.'

Hij liet ze binnenkomen. Voor Montilla en zijn metgezellen zat er niets anders op dan het spelletje mee te spelen. De adjudanten lieten een stel doedelzakspelers uit San Jacinto halen die daar sinds de vorige avond rondhingen en een groepje oude mannen en vrouwen danste ter ere van de gasten de *cumbia*. Camille stond verbaasd over de elegantie van die populaire dans van Afrikaanse oorsprong en wilde hem leren. De generaal genoot de reputatie een voortreffelijk danser te zijn en sommige gasten herinnerden zich dat hij tijdens zijn laatste bezoek de cumbia volmaakt had gedanst. Maar toen Camille hem uitnodigde, bedankte hij voor de eer. 'Drie jaar is een lange tijd,' zei hij glimlachend. Na een paar aanwijzingen danste zij alleen. Plotseling, tijdens een pauze in de muziek, hoorde men een ovationeel gejuich en een reeks donderende explosies en geweerschoten. Camille schrok.

De graaf zei in ernst: 'Godverdorie, een revolutie!'

'U kunt zich niet voorstellen hoe hard we die nodig

hebben,' zei de generaal lachend. 'Helaas, het is maar een hanengevecht.'

Bijna gedachteloos dronk hij zijn koffie op en met een weids gebaar nodigde hij iedereen uit om mee naar de hanenvechtplaats te gaan.

'Kom mee, Montilla, dan kun je zien hoe dood ik ben,' zei hij.

En zo begaf hij zich om twee uur 's middags naar de hanenvechtplaats, vergezeld van een grote groep mensen met de graaf de Raigecourt voorop. Maar in een dergelijk gezelschap van louter mannen had iedereen alleen maar oog voor Camille en niet voor hem. Niemand kon geloven dat die prachtige vrouw niet een van zijn vele geliefdes was, vooral omdat het een plek was waar vrouwen geen toegang hadden. En nog minder toen er gezegd werd dat ze met de graaf omging, want het was bekend dat de generaal zijn clandestiene geliefdes door anderen liet vergezellen om de waarheid te verbloemen.

Het tweede gevecht was afschuwelijk. Een rode haan pikte zijn tegenstander met een stel trefzekere sporen de ogen uit. Maar de blinde haan gaf zich niet gewonnen. Hij beet zich in de ander vast tot hij het klaarspeelde zijn kop af te bijten die hij vervolgens al hakkend verslond.

'Ik had niet kunnen dromen dat het zo'n bloederig feest zou worden,' zei Camille. 'Maar ik vond het prachtig.'

De generaal legde haar uit dat het nog veel prachtiger was als de hanen met obscene kreten werden aangevuurd en er schoten in de lucht werden gelost, maar dat de hanenfokkers zich die middag geremd voelden omdat er een vrouw aanwezig was, en nog wel zo'n mooie. Hij keek haar koket aan en zei: 'Het is dus úw schuld.'

Zij lachte geamuseerd. 'Uw schuld, excellentie, omdat

u dit land zoveel jaren hebt bestuurd en geen wet hebt gemaakt die de mannen verplicht zich in gezelschap van vrouwen net zo te blijven gedragen als wanneer ze er niet zijn.'

Hij begon zijn kalmte te verliezen.

'Excellent hoeft u mij niet te noemen,' zei hij. 'Goed is goed genoeg.'

Toen José Palacios hem die avond dobberend in het nutteloze badwater achterliet, zei hij: 'Ze is de mooiste vrouw die ik ooit gezien heb.' De generaal deed zijn ogen niet open.

'Ze is afschuwelijk,' zei hij.

Dat hij op de hanenvechtplaats was verschenen, beantwoordde volgens iedereen aan een vooropgezet plan om de verschillende versies over zijn ziekte, die de laatste dagen zo alarmerend waren dat niemand het gerucht van zijn dood in twijfel trok, tegen te spreken. Het miste zijn uitwerking niet, want de koeriers die vanuit Cartagena vertrokken, verspreidden het bericht van zijn welzijn in verschillende richtingen, en zijn aanhangers vierden het met openbare feesten die eerder uitdagend dan juichend van toon waren.

De generaal had zelfs zijn eigen lichaam om de tuin weten te leiden, want de volgende dagen bleef hij uiterst actief en hij stond het zichzelf zelfs toe om opnieuw aan te schuiven aan de speeltafel van zijn adjudanten, die hun verveling in eindeloze partijen voortsleepten. Andrés Ibarra, de jeugdigste en vrolijkste van het stel en degene bij wie zich nog een romantisch gevoel over de oorlog staande hield, schreef in die dagen aan een vriendin in Quito: 'Ik verkies de dood in jouw armen boven deze vrede zonder jou.' Ze speelden dag en nacht, nu eens verzonken in het raadsel van de kaarten, dan weer luidkeels discussiërend, maar steevast gekweld door de muggen die hen in die regentijd zelfs midden op de dag bestookten, ondanks de met mest uit de stallen opgestookte vuren die door de dienstdoende ordonnansen brandend werden gehouden. Hij had sinds die kwalijke nacht in Guaduas niet meer met hen gekaart, want het onaangename incident met Wilson had een bittere smaak bij hem achtergelaten die hij uit zijn hart wilde bannen, maar vanuit zijn hangmat hoorde hij hun geschreeuw, hun confidenties en hun heimwee naar de oorlog in de lediggang van een dralende vrede. Op een avond liep hij heen en weer door het huis en kon geen weerstand bieden aan de verleiding om naar de gaanderij te gaan. Hij beduidde de mensen tegenover hem hun mond te houden en benaderde Andrés Ibarra van achteren. Hij legde zijn handen, als roofvogelklauwen, op zijn schouder en vroeg: 'Zeg eens, neef, vind jij ook dat ik er als een dode uitzie?'

Ibarra, gewend aan die manieren, keek niet op of om.

'Ik niet, generaal.'

'Dan ben je of blind of je liegt,' zei hij.

'Of ik zit met mijn rug naar u toe,' zei Ibarra.

De generaal raakte geïnteresseerd in het spel, ging zitten en deed ten slotte mee. Iedereen beschouwde dat als een terugkeer naar de normale situatie, niet alleen die avond maar ook de volgende. 'Tot wij het paspoort ontvangen,' zoals de generaal zei. Toch benadrukte José Palacios nog eens dat de officieren van het gevolg, ondanks de rite van het kaarten, ondanks zijn persoonlijke aandacht en ondanks hemzelf, dat heen en weer trekken naar nergens spuugzat waren.

Niemand was meer gespitst dan hij op het lot van zijn

officieren, op hun dagelijkse futiliteiten en op de horizon van hun bestemming, maar wanneer de problemen niet te verhelpen waren, loste hij ze op door zichzelf een rad voor ogen te draaien. Sinds het incident met Wilson, en vervolgens langs de hele rivier, had hij pauzes in zijn kwellingen ingelast om zich met hen bezig te houden. Het gedrag van Wilson was ongehoord, en een dergelijke scherpe reactie kon alleen maar uit een diepe frustratie voortkomen. 'Hij is net zo'n voortreffelijke militair als zijn vader,' had de generaal gezegd toen hij hem in Junín zag vechten. 'En bescheidener,' had hij eraan toegevoegd, toen Wilson na de slag bij Tarqui de hem door generaal Sucre verleende bevordering tot kolonel weigerde, die híj hem vervolgens had geprest te accepteren.

Het regime waaraan hij hen allen onderwierp, zowel in tijden van vrede als van oorlog, was niet alleen gebaseerd op een heroïsche discipline maar ook op een trouw die bijna helderziende gaven vereiste. Het waren vecht-jassen en geen kazernemilitairen, want ze hadden zoveel gevochten dat ze nauwelijks de tijd hadden gekregen om hun bivak op te slaan. Er zat van alles tussen, maar de kern van de mannen die de onafhankelijkheid aan de zijde van de generaal had bevochten, behoorde tot de bloem van de criolla-aristocratie en had zijn opleiding op de scholen van de vorsten ontvangen. Hun leven bestond uit her en der oorlogvoeren, ver van hun huizen, hun vrouwen en hun kinderen, ver van alles, en noodgedwongen hadden zij zich opgeworpen als politici en staatsmen-sen. Buiten Iturbide en de Europese adjudanten, waren het allen Venezolanen, en bijna allen waren het directe of aangetrouwde verwanten van de generaal: Fernando, José Laurencio, de Ibarra's, Briceño Méndez. De ban-

den van hun klasse of hun bloed onderscheidden en ver-
enigden hen.

Een van hen viel daarbuiten: José Laurencio Silva,
zoon van de vroedvrouw uit het dorp El Tinaco, in Los
Llanos, en van een riviervisser. Van zijn vader en zijn
moeder had hij de donkere huid van de achtergestelde
klasse van de mulatten geërfd, maar de generaal had hem
met Felicia, een van zijn nichten, laten trouwen. Zijn carrière had hij gemaakt door op zijn zeventiende vrijwillig
als soldaat in het bevrijdingsleger dienst te nemen en het
op zijn achtenvijftigste tot bevelvoerend generaal te
brengen, en in tweeënvijftig acties van bijna alle onaf-
hankelijkheidscampagnes had hij meer dan vijftien ernstige en talrijke lichte verwondingen van uiteenlopende
wapens opgelopen. De enige tegenslag die hem als mulat
ten deel was gevallen, was dat hij tijdens een galabal door
een dame van de plaatselijke aristocratie werd afgewe-
zen. De generaal had toen verzocht de wals te herhalen en
die met hem gedanst.

Generaal O'Leary was zijn tegenpool: blond, lang,
met een zwierig uiterlijk dat geflatteerd werd door zijn
Florentijnse uniformen. Op zijn zeventiende was hij als
luitenant van de Rode Huzaren naar Venezuela gekomen, en hij had er in bijna alle gevechten van de onafhankelijkheidsoorlog zijn carrière voltooid. Ook hij had, net
als iedereen, zijn moment van ongenade gekend, omdat
hij de kant van Santander had gekozen in zijn twist met
José Antonio Páez, terwijl de generaal hem had gestuurd
om een verzoeningsformule te zoeken. De generaal had
hem niet meer gegroet en hem veertien maanden lang aan
zijn lot overgelaten, tot zijn wrok was bekoeld.

Hun persoonlijke verdiensten waren boven alle twijfel

181

verheven. De ellende was dat de generaal zich geen enkel moment bewust was van het bolwerk van macht dat hij zelf tegenover hen had opgetrokken en dat des te ongenaakbaarder was naarmate hij meer van zichzelf dacht dat hij toegankelijk en mild was. Maar de avond waarop José Palacios hem opmerkzaam maakte op de gemoedstoestand waarin ze verkeerden, kaartte hij op gelijke voet met hen en verloor naar hartelust, tot zelfs zijn officieren zich ontlast voelden.

Het bleek duidelijk dat ze niet onder oude frustraties gebukt gingen. Ze hadden maling aan het gevoel van nederlaag dat zich, zelfs na een overwinning in de oorlog, van hen meester maakte. Ze hadden maling aan de traagheid waarmee hij iemand bevorderde om de schijn van privileges te vermijden, zoals ze ook maling hadden aan de ontworteling van hun rondtrekkende leven of de wisselvalligheid van hun gelegenheidsliefdes. Wegens de schaarse staatsmiddelen was hun soldij met een derde verminderd, en zelfs dan nog werden ze met een achterstand van drie maanden uitbetaald in staatsobligaties waarvan de inwisseling onzeker was en die zij met verlies aan geldwisselaars verkochten. Maar ze hadden er maling aan, zoals ze er ook maling aan hadden dat de generaal bij zijn vertrek de deur achter zich dichtsloeg met een klap die in de hele wereld zou nagalmen of dat hij hen aan de genade van hun vijanden overleverde. Het interesseerde ze niet: laat anderen de roem opstrijken. Wat ze niet konden verdragen was de onzekerheid waaraan ze ten prooi waren sinds hij had besloten afstand te doen van de macht, en die ondraaglijker werd naarmate die eindeloze reis naar nergens zich voortzette om in een moeras vast te lopen.

De generaal voelde zich die avond zo voldaan dat hij, terwijl hij een bad nam, tegen José Palacios zei dat er tussen hem en zijn officieren niet de minste wrijving was. Zijn officieren hadden echter de indruk dat het hun niet gelukt was een gevoel van dankbaarheid of schuld bij de generaal op te roepen, maar dat er juist een kiem van wantrouwen bij hem was ontstaan.

Vooral José María Carreño. Sinds die avond van het gesprek in de sampan bleef hij zich achterbaks gedragen en zonder het te weten gaf hij voedsel aan het gerucht dat hij in contact stond met de Venezolaanse separatisten. Of, zoals men toen zei, dat hij *cosiatero* werd. Vier jaar eerder had de generaal hem uit zijn hart gebannen, net zoals O'Leary, Montilla, Briceño Méndez, Santana en al die anderen, omdat hij hem er eenvoudigweg van verdacht dat hij zich ten koste van het leger populair wilde maken. Net zoals toen liet de generaal hem nu volgen, besnuffelde zijn doen en laten, leende het oor aan alle roddel die men over hem verzon, terwijl hij poogde een vonkje in de duisternis van zijn eigen twijfels te ontwaren.

Op een nacht, nooit kwam hij erachter of het in zijn slaap was of terwijl hij wakker lag, hoorde hij hem in het aangrenzende vertrek zeggen dat het voor het heil van het vaderland gewettigd was verraad te plegen. Hij pakte hem toen bij zijn arm, nam hem mee naar de patio en onderwierp hem aan de onweerstaanbare magie van zijn verleiding, met een weloverwogen getutoyeer waarop hij alleen in extreme situaties een beroep deed. Carreño vertelde hem de waarheid. Hij voelde zich er inderdaad verbitterd over dat de generaal zijn werk naar de knoppen liet gaan zonder zich te bekommeren om de verweesde staat waarin hij hen allen achterliet. Maar het waren geen afvallige maar loyale plannen. Vermoeid van het zoeken naar een glimp van hoop op die reis van blinden en niet in staat om onbezield verder te leven, had hij besloten ervandoor te gaan naar Venezuela en zich aan het hoofd te stellen van een gewapende beweging om de eenheid te bevechten.

'Ik kon niets waardigers bedenken,' besloot hij.

'En dacht jij dat je in Venezuela een betere behandeling ten deel zou vallen?' vroeg de generaal.

Carreño durfde geen bevestigend antwoord te geven.

'Goed, maar Venezuela is hoe dan ook ons vaderland.'

'Sukkel,' zei de generaal. 'Ons vaderland is Latijns-Amerika en op dat continent is het overal hetzelfde: niets aan te doen.'

Hij liet hem verder niet aan het woord. Hij sprak heel uitvoerig met hem, alsof ieder woord uit het diepst van zijn hart kwam, hoewel noch Carreño of wie dan ook ooit zou weten of het echt zo was. Ten slotte gaf hij hem een klopje op de schouder en liet hem in het duister achter.

'Hou op met die wartaal, Carreño,' zei hij. 'De hele zaak is naar de verdommenis gegaan.'

WOENSDAG 16 JUNI ontving hij het bericht dat de regering de lijfrente die hem door het congres was toegekend had goedgekeurd. Hij bevestigde president Mosquera de ontvangst ervan in een formele brief die niet verstoken was van ironie en toen hij hem gedicteerd had zei hij tegen Fernando, de pluralis majestatis en de rituele nadruk van José Palacios imiterend: 'Wij zijn rijk.' Op 22 maart ontving hij het paspoort waarmee hij het land kon verlaten en terwijl hij ermee boven zijn hoofd zwaaide, riep hij: 'Wij zijn vrij.' Twee dagen later, toen hij na een uur slecht geslapen te hebben wakker werd, deed hij in de hangmat zijn ogen open en zei: 'Wij zijn treurig.' Hij besloot toen meteen naar Cartagena af te reizen, gebruikmakend van het feit dat het een bewolkte en koele dag was. De enige specifieke order die hij gaf, was dat de officieren van zijn gevolg in burger en zonder wapens moesten reizen. Hij gaf geen enkele verklaring, geen enkel teken waaruit zijn motieven konden blijken en gunde zich niet de tijd om van iemand afscheid te nemen. Ze vertrokken zodra zijn escorte gereed stond, met achterlating van de bagage die later met de rest van het gevolg zou meekomen.

Op zijn reizen had de generaal de gewoonte hier en daar een tussenstop in te lassen om de problemen aan te horen van de mensen die hij op zijn weg vond. Hij informeerde naar alles: de leeftijd van hun kinderen, wat voor ziekten ze hadden, hoe hun zaken ervoor stonden, hoe ze over alles dachten. Ditmaal zei hij geen woord, bewoog zich niet van zijn plaats, hoestte niet, gaf geen blijk van vermoeidheid en kwam de dag door op een glas port. Tegen vier uur 's middags tekende zich tegen de horizon het oude klooster op de La Popa-berg af. Het was de tijd van de openbare smeekgebeden, en vanaf de koloniale weg zag men de rijen pelgrims als ezeldrijvende mieren langs het steile bergpad omhoogklimmen. Even later zagen ze in de verte de eeuwige vlek van aasgieren die boven de openbare markt en de wateren bij het slachthuis cirkelden. Toen hij de stadsmuren in zicht kreeg, gaf de generaal José María Carreño een wenk. Deze kwam naar hem toe en bood hem zijn solide valkeniersstomp ter ondersteuning. 'Ik heb een vertrouwelijke opdracht voor u,' zei de generaal op gedempte toon. 'Zoek na aankomst voor me uit waar Sucre uithangt.' Hij gaf hem het gebruikelijke afscheidsklopje op de schouder en besloot met te zeggen: 'Dit blijft natuurlijk onder ons.'

Een grote stoet mensen, met Montilla aan het hoofd, stond hen op de koloniale weg op te wachten, en de generaal zag zich gedwongen zijn reis te beëindigen in de oude, door een span uitgelaten muildieren getrokken karos van de Spaanse gouverneur. Hoewel de zon begon te dalen, leken de mangrovewortels te koken in de hitte van de dode kustmeren die de stad omringden en waarvan de verpestende walm minder draaglijk was dan de stank van de wateren van de baai, die sinds een eeuw verrot waren door het bloed en het afval van het slachthuis. Toen ze door de Poort van de Halve Maan de stad binnenreden, steeg een stormwind van opgeschrikte aasgieren van de markt op in de lucht. Er waren nog sporen van paniek om een dolgeworden hond die 's morgens verschillende personen van uiteenlopende leeftijd had gebeten, onder wie een Spaanse dame die rondzwierf op een plek waar ze niets te zoeken had. Hij had ook een paar kinderen uit de slavenwijk gebeten, maar zij hadden hem zelf met stenen weten te doden. Het kadaver hing in een boom bij de ingang van de school. Generaal Montilla liet het verbranden, niet zozeer om sanitaire redenen als wel om te verhinderen dat men het onheilsteken met Afrikaanse toverkunsten zou pogen te bezweren.

De bewoners van de ommuurde stad, opgeroepen door een spoedproclamatie, waren de straat opgegaan. In die dagen van de zonnewende van juni begonnen de namiddagen trager en doorschijnender te worden, er waren bloemenslingers en als Spaanse schonen uitgedoste vrouwen op de balkons, en het gedaver van de klokken van de kathedraal, de muziekkorpsen en de artilleriesalvo's weerklonk tot aan de zee, maar niets kon de ellende verzachten die ze wilden verbergen. Terwijl hij zwaaiend met zijn hoed vanuit het wrakke rijtuig de mensen groette, moest de generaal zichzelf wel in een deerniswekkend licht zien toen hij die armzalige ontvangst vergeleek met zijn triomfale intocht in Caracas in augustus 1813: gekroond met lauweren in een karos die door de zes mooiste jongemeisjes van de stad werd voortgetrokken, te midden van een in tranen badende menigte die hem op die dag vereeuwigde met zijn glorierijke naam: De Bevrijder. Caracas was toen nog een lelijke, trieste en onbeduidende plaats, ver van de koloniale provincie verwijderd, maar met heimwee dacht hij terug aan de hartverscheurende middagen in het Avila-gebergte.

Het was of die twee herinneringen, die verre en deze, niet van een en dezelfde mens waren. Want de heel nobele en heldhaftige stad Cartagena de las Indias, verschillende keren hoofdstad van het onderkoninkrijk en duizendmaal bezongen als een van de mooiste steden van de wereld, was toen geen schaduw van wat ze ooit geweest was. Ze had negen belegeringen doorstaan, te land en ter zee, en was verschillende malen door zeerovers en generaals geplunderd. Maar door niets was ze zo geteisterd als door de onafhankelijkheidsgevechten en vervolgens de oorlogen tussen politieke groeperingen. De rijke families uit de tijden van het goud waren gevlucht. De vroegere slaven waren op drift geraakt in een nutteloze vrijheid en de door de arme massa in bezit genomen paleizen van de markiezen lieten op de mesthoop van de straten ratten zo groot als katten los. De krans van onneembare vestingwerken, die de koning van Spanje vanaf de uitzichttorens van zijn paleis door zijn verrekijkers had willen beschouwen, waren tussen het struikgewas nauwelijks zichtbaar. De handel, die in de zeventiende eeuw tot volle bloei was gekomen door de slavenhandel, was beperkt tot een paar vervallen winkels. Haar glorie viel onmogelijk te rijmen met de stank van de open riolen. De generaal fluisterde Montilla in het oor: 'Die klote-onafhankelijkheid is ons duur komen te staan.'

Montilla verzamelde die avond het puikje van Cartagena in zijn statige huis in de Calle de La Factoría, waar de markies van Valdehoyos een ellendig bestaan had geleid en zijn markiezin rijk was geworden door de smokkel van meel en de handel in slaven. In de voornaamste huizen waren lichten zoals met Pasen ontstoken, maar de generaal maakte zich geen illusies, want hij wist dat in het

Caribisch gebied elke gelegenheid, zelfs een illustere dode, kon worden aangegrepen om een openbaar feest te houden. Het was inderdaad een vals feest. Sinds enige dagen circuleerden er schandelijke vlugschriften in de stad en zijn politieke tegenstanders hadden hun bendes opgeruid om ramen in te gooien en met stokken op de politie in te slaan. 'Gelukkig maar dat we geen ramen meer hebben om te breken,' zei Montilla met zijn gebruikelijke humor, zich bewust dat de woede meer tegen hemzelf dan tegen de generaal was gericht. Hij versterkte de grenadiers van de garde met plaatselijke troepen, legde een cordon om de wijk en verbood zijn gast in te lichten over de oorlogstaferelen op straat.

De graaf de Raigecourt kwam de generaal die avond vertellen dat de Engelse pakketboot vanaf de burchten van Boca Chica in zicht was, maar dat hijzelf niet meeging. Als officiële reden gaf hij op dat hij niet de onmetelijkheid van de oceaan wilde delen met een groep vrouwen die opeengepakt in de enige hut de reis maakten. Maar de ware reden was dat de graaf, ondanks het wereldse middagmaal in Turbaco, ondanks het avontuur van de hanenvechtplaats en ondanks het feit dat de generaal alles in het werk had gesteld om de tegenspoed van zijn gezondheid te boven te komen, zich er rekenschap van gaf dat de generaal niet in staat was de reis te ondernemen. Hij dacht dat misschien zijn geest de overtocht zou doorstaan maar niet zijn lichaam, en hij weigerde de dood een gunst te bewijzen. Maar noch deze argumenten noch andere wogen zwaar genoeg om de generaal van zijn besluit af te brengen.

Montilla gaf zich niet gewonnen. Hij nam vroegtijdig afscheid van zijn gasten opdat de zieke kon gaan rusten, maar hij hield hem nog lange tijd op het binnenbalkon, terwijl een kwijnende adolescente in een bijna onzichtbare mousselinen tunica zeven liefdesromancen voor hen op de harp tokkelde. De muziek was zo prachtig en werd zo liefdevol ten gehore gebracht dat de twee militairen het hart niet hadden een woord te uiten zolang de laatste asresten van de muziek niet door de zeebries waren weggevaagd. De generaal zat dromerig in zijn schommelstoel, drijvend op de golven van de harp, en plotseling ging er een innerlijke huivering door hem heen en zong hij zacht, maar duidelijk en heel zuiver, de tekst van het laatste lied. Ten slotte draaide hij zich om naar de harpiste, terwijl hij een dankwoord prevelde dat uit het diepst van zijn hart kwam, maar het enige dat hij zag was de harp met slechts een slinger van verlepte laurieren. Toen schoot het hem te binnen.

'Er is een man die in Honda gevangen zit op grond van gerechtvaardigde doodslag,' zei hij.

Montilla begon al bij voorbaat om zijn eigen grapje te lachen: 'Wat voor kleur hebben zijn hoorntjes?'

De generaal liet het langs zich heen glijden en legde hem de zaak omstandig uit, behalve het detail van zijn persoonlijke voorgeschiedenis met Miranda Lyndsay op Jamaica. Montilla had een simpele oplossing klaar.

'Hij moet vragen om gezondheidsredenen naar hier overgeplaatst te worden,' zei hij. 'Zodra hij er is regelen we kwijtschelding van straf.'

'Kan dat?' vroeg de generaal

'Dat kan niet,' zei Montilla, 'maar dat doen we.'

De generaal sloot zijn ogen, zich niet bewust van het rumoer van de vogels die plotseling tekeergingen, en Montilla dacht dat hij weer in slaap gevallen was. Na diep nagedacht te hebben deed hij zijn ogen weer open en borg de kwestie weg.

'Afgesproken,' zei hij. 'Maar ik weet van niets.'

Toen pas hoorde hij het geblaf dat zich in concentrische cirkels vanuit de ommuurde stad naar de verste kustmeren verspreidde, waar honden getraind waren in de kunst van niet blaffen om hun meesters niet te verraden. Generaal Montilla vertelde hem dat ze doende waren de straathonden te vergiftigen om de verspreiding van de hondsdolheid tegen te gaan. Ze hadden maar twee van de kinderen uit de slavenbuurt die gebeten waren te pakken kunnen krijgen. De anderen werden zoals gewoonlijk door de ouders verborgen gehouden, zodat ze met het ritueel van hun goden konden sterven, of ze waren naar de nederzettingen van de zwarte slaven in de moerasgebieden van Marialabaja gebracht, tot waar de arm van de regering niet reikte, om te proberen hen met toverkunsten te redden.

De generaal had nooit een poging gedaan die riten van het noodlot op te heffen, maar de vergiftiging van de honden leek hem een mensonwaardige zaak. Hij hield net zoveel van honden als van paarden en bloemen. Toen hij zich voor de eerste maal naar Europa had ingescheept, had hij tot Veracruz een stel jonge hondjes meegenomen. Hij nam er ruim tien mee toen hij vanuit Los Llanos, in Venezuela, aan het hoofd van vierhonderd llaneros op blote voeten de Andes was overgestoken om Nueva Granada te bevrijden en de republiek Colombia te stichten. Als hij ten oorlog trok, nam hij steevast honden mee. Nevado, zijn beroemdste hond, die hem vanaf zijn eerste veldtochten had vergezeld en in zijn eentje een brigade van twintig bloedhonden van de Spaanse legers in de pan

hakte, werd in de eerste slag bij Carabobo door een lans-
steek gedood. In Lima had Manuela Sáenz, buiten de talrijke en veelsoortige dieren die ze op het landgoed La
Magdalena hield, meer honden dan ze kon verzorgen. Iemand had tegen de generaal gezegd dat wanneer een
hond stierf hij onmiddellijk door een andere van hetzelfde ras en met dezelfde naam vervangen moest worden,
zodat men kon denken dat het dezelfde hond was. Hij was
het daar niet mee eens. Hij wilde altijd andere honden om
zich heen, opdat hij ze zich allemaal afzonderlijk met hun
eigen identiteit, met het verlangen in hun ogen en de onrust van hun adem kon herinneren en kon treuren om hun
dood. In de kwade nacht van de vijfentwintigste september liet hij de twee speurhonden die door de samenzweerders waren gekeeld, meetellen onder de slachtoffers. Nu,
op zijn laatste reis, had hij de twee honden die hem nog
restten bij zich, afgezien van het schurftige tijgertje dat ze
uit de rivier hadden opgevist. Toen Montilla met het bericht kwam dat er alleen al op de eerste dag meer dan vijftig honden waren vergiftigd, was de gemoedstoestand
waarin de liefdesharp hem had gebracht, definitief ver-
pest.

Montilla betreurde het oprecht en beloofde hem dat er
geen dode honden meer in de straten zouden zijn. De belofte kalmeerde hem, niet omdat hij geloofde dat deze zou
worden nagekomen, maar omdat de goede voornemens
van zijn generaals hem tot troost dienden. De luisterrijke
nacht zorgde voor de rest. Vanaf de verlichte patio steeg
de geur van de jasmijnen op, de lucht leek van diamant en
aan de hemel fonkelden meer sterren dan ooit. 'Zoals Andalucía in april,' had hij denkend aan Columbus in een
andere periode gezegd. Een tegenwind veegde de gelui-

den en de geuren weg en nu was er alleen nog maar het gedruis van de golven die tegen de muren beukten.

'Generaal,' smeekte Montilla. 'Blijf toch.'

'De boot ligt in de haven,' zei hij.

'Er komen wel andere,' zei Montilla.

'Dat maakt niet uit,' antwoordde hij. 'Ze zullen allemaal de laatste zijn.'

Hij gaf geen krimp. Na vele vergeefse smeekbeden zat er voor Montilla niets anders op dan hem het geheim te openbaren dat hij had gezworen tot aan de vooravond van de gebeurtenissen te bewaren: generaal Rafael Urdaneta bereidde, aan het hoofd van de bolivaristische officieren, in Santa Fe een staatsgreep voor die begin september moest plaatsvinden. Tegen de verwachting van Montilla in leek de generaal niet verbaasd.

'Ik wist het niet,' zei hij, 'maar het lag voor de hand.'

Montilla onthulde hem toen de details van de militaire samenzwering, waarbij met de instemming van Venezolaanse officieren alle loyale garnizoens in het land waren betrokken. De generaal dacht diep na. 'Het heeft geen zin,' zei hij. 'Als Urdaneta echt de wereld wil hervormen, laat hij dan met Páez tot een akkoord komen en opnieuw vanaf Caracas tot Lima de geschiedenis van de afgelopen vijftien jaar herhalen. Van daaruit naar Patagonië moet een burgerwandelingetje zijn.' Voordat hij zich echter terugtrok om te slapen, hield hij de deur op een kier.

'Is Sucre op de hoogte?'

'Hij is tegen,' zei Montilla.

'Omdat hij ruzie met Urdaneta heeft, natuurlijk.'

'Nee,' zei Montilla, 'omdat hij tegen alles is wat hem belet naar Quito te gaan.'

'Hoe het ook zij, híj is de persoon met wie jullie moeten

praten,' zei de generaal. 'Aan mij verknoeien jullie je tijd.'

Dat leek zijn laatste woord. En wel zo dat hij de volgende ochtend heel vroeg aan José Palacios opdroeg om, terwijl de pakketboot in de baai lag, de bagage aan boord te brengen en aan de kapitein het verzoek liet doorgeven om 's middags tegenover het Santo Domingo-fort voor anker te gaan, zodat hij de boot vanaf het balkon van het huis kon zien. Zijn aanwijzingen waren zo nauwkeurig dat zijn officieren dachten dat hij niemand mee zou nemen, omdat hij niet gezegd had wie hem op zijn reis zouden vergezellen. Wilson deed zoals sinds januari was afgesproken en bracht zijn bagage aan boord zonder iemand te raadplegen.

Zelfs zij die er het minst van overtuigd waren dat hij zou vertrekken, kwamen afscheid van hem nemen toen ze de zes hoogopgetaste karren door de straten in de richting van de aanlegsteiger zagen rijden. De graaf de Raigecourt, ditmaal in gezelschap van Camille, was eregast aan het middagmaal. Zij zag er jeugdiger uit, haar ogen stonden minder wreed nu haar haren strak naar achteren waren gekamd in een wrong en ze droeg een groene tuniek met een paar huismuiltjes in dezelfde kleur. De generaal verhulde met een hoffelijke opmerking zijn ongenoegen over haar komst.

'Een dame moet wel overtuigd zijn van haar schoonheid als groen haar flatteert,' zei hij in het Spaans.

De graaf vertaalde het prompt, waarop Camille haar lach van ongebonden vrouw liet horen en het hele huis verzadigd raakte van haar zoethoutadem. 'Laten we niet opnieuw beginnen, don Simón,' zei ze. In beiden was iets veranderd, want geen van tweeën waagde het om het retorische steekspel van de eerste keer weer op te vatten, uit angst de ander te kwetsen. Camille vergat hem, terwijl ze vrolijk rondfladderde tussen een menigte die speciaal voor dit soort gelegenheden Frans had leren spreken. De generaal knoopte een gesprek aan met *fray* Sebastián de Sigüenza, een eerbiedwaardig man, die terecht in hoog aanzien stond omdat hij Humboldt had behandeld tegen de pokken die hij in het jaar nul op zijn doortocht door de stad had opgelopen. De monnik zelf was de enige die dat niet belangrijk vond. 'God heeft bepaald dat sommigen aan de pokken zullen sterven en anderen niet, en de baron hoorde bij de laatsten,' zei hij. Tijdens zijn vorige reis had de generaal gevraagd hem aan de monnik voor te stellen, toen hij hoorde dat die driehonderd verschillende ziekten met behandelingen op basis van aloë kon genezen.

Montilla had juist voorbereidingen laten treffen voor de militaire afscheidsparade, toen José Palacios van de haven terugkwam met de officiële boodschap dat de pakketboot na het middagmaal tegenover het huis zou liggen. Wegens de felheid van de zon op dat uur, halverwege de maand juni, liet hij zeildoeken spannen over de sloepen die de generaal vanaf het Santo Domingo-fort aan boord zouden brengen. Om elf uur, toen het huis stampvol genodigden en spontane bezoekers was die smoorden van de hitte, werden op de lange tafel allerlei speciale gerechten uit de lokale keuken opgediend. Camille kon geen verklaring vinden voor de rilling van opwinding die door de salon ging, tot ze vlak bij haar oor de gebarsten stem hoorde: '*Après vous, madame.*' De generaal was haar behulpzaam om van alles een beetje te nemen, terwijl hij haar de naam, het recept en de oorsprong van elk gerecht vertelde, en voorzag vervolgens zichzelf van een nog rijker gesorteerde portie, tot verbazing van zijn kokkin, van wie hij een uur daarvoor exquisere hapjes dan die op de tafel stonden had versmaad. Terwijl hij zich een weg baande door de groepjes mensen die een plaats zochten, leidde hij haar even later naar de rust van het binnenbalkon met zijn grote equatoriale bloemen en ging zonder omhaal op zijn doel af.

'Het zou verrukkelijk zijn elkaar in Kingston te zien,' zei hij.

'Ik kan me niets aangenamers voorstellen,' zei ze zonder een zweem van verbazing. 'Ik ben dol op de Blauwe Bergen.'

'Alleen?'

'Met wie ik ook ben, ik zal altijd alleen zijn,' zei ze. En schalks voegde ze eraan toe: 'Excellentie.'

Hij glimlachte.

'Ik zal u via Hyslop opsporen,' zei hij.

Dat was alles. Hij leidde haar opnieuw door de salon naar de plaats waar hij haar had aangesproken, nam afscheid met een contradans-hoofdknik, liet zijn bord onaangeroerd op een vensterkozijn staan en keerde naar zijn plaats terug. Niemand kwam erachter wanneer of waarom hij de beslissing nam om te blijven. Terwijl hij werd belaagd door politici die over plaatselijke conflicten uitweidden, wendde hij zich plotseling tot Raigecourt en zei zonder dat het ter zake deed, maar duidelijk hoorbaar voor iedereen: 'U hebt gelijk, graaf. Wat moet ik met al die vrouwen nu ik er zo ellendig aan toe ben?'

'Inderdaad, generaal,' zei de graaf met een zucht. En haastig voegde hij eraan toe: 'Maar volgende week komt de Shannon, een Engels fregat dat niet alleen een mooie salon heeft, maar ook een uitstekende arts.'

'Dat is erger dan honderd vrouwen,' zei de generaal.

De reden die hij aanvoerde was hoe dan ook niet meer dan een voorwendsel, want een van de officieren was bereid om hem tot Jamaica zijn hut af te staan. De enige duidelijke uitleg kwam van José Palacios met zijn onfeilbare uitspraak: 'Wat meneer denkt, weet meneer alleen.' Hij had trouwens toch niet kunnen vertrekken, want toen de pakketboot naar Santo Domingo voer om hem op te halen, strandde hij en liep zware averij op.

Zodat hij bleef, met als enige voorwaarde dat hij niet in het huis van Montilla wilde blijven. De generaal beschouwde het als het mooiste huis van de stad, maar door de nabijheid van de zee was het te vochtig voor zijn botten, vooral in de winter als hij met doorweekte lakens wakker werd. Zijn gezondheid vereiste minder heraldieke luchten dan die van de ommuurde stad. Montilla legde dit uit als een aanwijzing dat zijn verblijf van langere duur zou zijn en beijverde zich om het hem naar de zin te maken.

In de uitlopers van de Popa-berg lag een landelijke buitenwijk, die in 1815 door de Cartageners eigenhandig was platgebrand om te verhinderen dat de royalistische legers die de stad kwamen heroveren zich daar zouden legeren. Het offer leverde niets op, want de vestingstad werd door de Spanjaarden na een beleg van honderdzeventien dagen ingenomen, en in die periode aten de belegerden zelfs de zolen van hun schoenen op en kwamen ruim zesduizend mensen van honger om. Vijftien jaar later was de geblakerde grond nog steeds aan de schaamteloze zon van twee uur 's middags blootgesteld. Een van de weinige huizen die herbouwd werden, was dat van de Engelse koopman Judah Kingseller, die in die periode op reis was. Het huis was de generaal opgevallen toen hij vanuit Turbaco kwam, want het had een goed onderhouden dak van palmbladeren, de muren waren in feestelijke kleuren geschilderd en het lag verscholen in een bos van vruchtbomen. Generaal Montilla vond het huis te armzalig voor de hooggeplaatste huurder, maar deze herinnerde hem eraan dat hij net zo goed in het bed van een hertogin had geslapen als in zijn cape gewikkeld op de grond van een varkensstal. Zodat hij het voor onbepaalde tijd huurde, met een toeslag voor het bed en de lampetkan, de zes leren bankjes in de salon en het ambachtelijke distilleertoestel waarin de heer Kingseller zijn eigen drank stookte. Generaal Montilla bracht hem bovendien een met fluweel beklede armstoel uit het regeringsgebouw en liet voor de grenadiers van de garde een schuur van riet en leem optrekken. Het huis was vanbinnen koel wanneer de zon op haar felst was en te allen tijde minder vochtig dan dat van de markies de Valdehoyos, en het telde vier slaapkamers waar de wind vrij spel had en waar de leguanen doorheen kropen. De slapeloosheid was minder onaangenaam wanneer hij in de vroege ochtend de korte ploffen van de rijpe *guanábanas* hoorde die van de bomen vielen. 's Middags, vooral in tijden van overvloedige regens, zag men de stoeten armen met hun drenkelingen langskomen om in het klooster de dodenwake te houden.

Sinds hij naar de Voet van de Popa was verhuisd, was de generaal niet vaker dan driemaal in de ommuurde stad teruggeweest, en dan alleen maar om voor Antonio Meucci, een Italiaanse schilder op doorreis in Cartagena, te poseren. Hij voelde zich zo zwak dat hij in een zittende houding op het binnenterras van het huis van de markies moest poseren, tussen de wilde bloemen en de vrolijk kwetterende vogels, en hij was hoe dan ook niet in staat langer dan een uur onbeweeglijk te blijven zitten. Het portret beviel hem, hoewel de kunstenaar hem duidelijk met overdreven medelijden had beschouwd.

De Granadijnse schilder José María Espinosa had hem, kort voor de aanslag van september, in het regeringsgebouw in Santa Fe geschilderd, en dat portret kwam hem zo anders voor dan het beeld dat hij van zichzelf had, dat hij geen weerstand kon bieden aan de impuls om bij generaal Santana, zijn toenmalige secretaris, zijn hart te luchten.

'Weet u op wie dat portret lijkt?' zei hij. 'Op de oude Olaya, die man uit La Mesa.'

Manuela Sáenz reageerde geschokt toen ze dat hoorde, want ze kende de oude man uit La Mesa.

'Het lijkt me dat u heel weinig om uzelf geeft,' zei ze tegen hem. 'Olaya was bijna tachtig toen we hem de laatste keer zagen en kon zich amper overeind houden.'

Het oudste van zijn portretten was een anoniem miniatuur, dat in Madrid was gemaakt toen hij zeventien was. Op zijn tweeëndertigste werd er op Haïti een portret van hem geschilderd, en beide waren een getrouwe weergave van zijn leeftijd en zijn Caribische aard. Hij had Afrikaans bloed in zijn aderen van de kant van een betovergrootvader van vaderszijde, die een zoon had bij een slavin, en dat sprak zo duidelijk uit zijn gelaatstrekken dat de Limeense aristocraten hem El Zambo* noemden. Maar naarmate zijn roem toenam, gingen de kunstschilders hem idealiseren, het bloed van hem afwassen en hem

* De Neger (vert.)

tot een mythe verheffen, tot hij met het Romeinse profiel van zijn standbeelden in het officiële geheugen werd ingeplant. Het portret van Espinosa daarentegen leek op niemand anders dan op hém, vijfenveertig jaar oud en al aangetast door de ziekte die hij tot aan de vooravond van zijn dood koppig probeerde te verbergen, zelfs voor zichzelf.

Toen hij op een regenachtige nacht in het huis aan de Voet van de Popa uit een onrustige droom wakker schrok, ontwaarde de generaal in een hoek van het slaapvertrek een evangelisch wezen, gehuld in het grove canvas habijt van een lekencongregatie en haar haren met een kroon van lichtgevende glimwormen getooid. Ten tijde van de Kolonie stonden de Europese reizigers verbaasd als ze de inheemse vrouwen zagen die zich onderweg met een fles vol glimwormen bijlichtten. Later, tijdens de republiek, raakten ze in de mode bij de vrouwen, die ze als lichtgevende kransjes in het haar, als glanzende diademen op het voorhoofd en als fosforescerende broches op de borst droegen. Het meisje dat die avond het slaapvertrek binnentrad, had ze op een haarband bevestigd, die haar gezicht met een spookachtig schijnsel verlichtte. Ze was traag en mysterieus en had op haar twintigste al grijze haren, maar hij ontdekte terstond de fonkelingen van de deugd die hij het meest in een vrouw waardeerde: een onstuitbare intelligentie. Ze was naar het kampement van de grenadiers gekomen om haar diensten voor wat dan ook aan te bieden, en de dienstdoende officier vond dat zo merkwaardig dat hij haar naar José Palacios doorstuurde, voor het geval hij iets in haar zag voor de generaal. Hij nodigde haar uit bij hem te komen liggen, want hij voelde zich niet sterk genoeg om haar in zijn armen naar de hangmat te dragen. Zij deed de haarband af, stopte de glimwormen in een stuk suikerriet dat ze bij zich had en kwam naast hem liggen. Na wat heen-en-weergepraat waagde de generaal haar te vragen hoe ze in Cartagena over hem dachten.

'Ze zeggen dat u gezond bent, excellentie, maar dat u zich ziek houdt om medelijden op te wekken.'

Hij trok zijn nachthemd uit en verzocht het meisje hem bij het licht van de kandelaar aan een onderzoek te onderwerpen. Zij leerde toen iedere duimbreedte kennen van het meest onttakelde lichaam dat ze ooit had gezien: de ingevallen buik, de ribben die door de huid staken, de benen en armen die een en al bot waren, en het hele lijf dat in een onbehaard, doodskleurig vel was gewikkeld, met een hoofd dat, getaand als het was door de buitenlucht, van iemand anders leek te zijn.

'Het enige dat me nog te doen staat is sterven,' zei hij.

Het meisje gaf geen krimp.

'Ze zeggen dat u altijd al zo was, maar dat het u nu beter uitkomt dat ze het weten.'

Hij liet zich door dat argument niet uit het veld slaan. Hij bleef met doorslaggevende bewijzen voor zijn ziekte komen, terwijl zij zich bij tussenpozen door een moeiteloze slaap liet meevoeren en hem antwoord bleef geven zonder de draad van het gesprek kwijt te raken. Hij raakte haar de hele nacht zelfs met geen vinger aan en had er genoeg aan zich in de windstilte van haar adolescentie te koesteren. Plotseling begon kapitein Iturbide, vlak bij het raam, te zingen: *Als de storm aanhoudt en de orkaan in kracht toeneemt, omhels me dan en laat de zee ons verzwelgen.* Het was een lied uit andere tijden, toen de maag nog de verschrikkelijke herinneringskracht van de rijpe guaves en

de meedogenloosheid van een vrouw in het duister verdroeg. De generaal en het meisje luisterden er met bijna
vrome aandacht naar, maar halverwege het volgende
lied viel ze in slaap en vlak daarna verzonk hij in een
rusteloze apathie. Na de muziek was de stilte zo puur dat
de honden aansloegen toen zij op haar tenen wegliep om
de generaal niet wakker te maken. Hij hoorde haar op de
tast naar de grendel zoeken.

'Je vertrekt als maagd,' zei hij.

'Niemand is maagd na een nacht met u doorgebracht
te hebben, excellentie,' antwoordde ze vrolijk lachend.

Ze ging, zoals al die anderen. Want van al die vrouwen
die hij in zijn leven had gekend, onder wie vele voor kortstondige uren, was er niet een die hij zelfs maar vagelijk
had gesuggereerd te blijven. Als hij behoefte had aan
vrouwen, kon hij de wereld op zijn kop zetten om ze te vinden. Zodra zijn verlangen bevredigd was, had hij genoeg
aan de illusie van de herinnering, die hij bleef koesteren,
en hij gaf zich van verre aan hen in meeslepende brieven
en zond hun overweldigende cadeaus om zich tegen de
vergetelheid te weren, maar zonder ook maar een greintje
van zijn leven te betrekken bij een gevoel dat meer op
ijdelheid dan op liefde leek.

Zodra hij die nacht alleen was, stond hij op en voegde
zich bij Iturbide, die nog met andere officieren rond het
vuur op de patio zat te praten. Hij liet hem tot de vroege
ochtend zingen, op de gitaar begeleid door kolonel José
de la Cruz Paredes, en aan de liederen die hij wilde horen,
merkten ze dat hij in een slechte stemming was.

Van zijn tweede reis naar Europa was hij enthousiast
over de populaire café-chantantliedjes teruggekomen, en
hij zong ze uit volle borst en danste erop met een onover-

troffen gratie op de huwelijksfeesten van de elite in Caracas. Onder invloed van de oorlogen veranderde zijn smaak. De romantische liederen van volkse oorsprong, die hem over de zeeën van twijfel van zijn eerste liefdes hadden gevoerd, werden door pompeuze walsen en triomfale marsen vervangen. Die avond in Cartagena had hij opnieuw om de liederen uit zijn jeugd gevraagd, waarvan sommige zo oud waren dat hij ze Iturbide had moeten leren, omdat deze te jong was om ze nog te kennen. Het aantal toehoorders slonk naarmate de generaal inwendig leegbloedde, en ten slotte bleef hij samen met Iturbide bij de gloeiende asresten van het vuur achter.

Het was een vreemde nacht, zonder een ster aan de hemel, en met een zeebries die vervuld was van jammerklachten van wezen en geuren van verrotting. Iturbide was een man van langdurige stiltes, die bij het krieken van de dag zonder met zijn ogen te knipperen de ijzige asresten kon beschouwen, met dezelfde bezieling waarmee hij de hele nacht door zonder ophouden kon zingen. Terwijl de generaal het vuur met een stok opporde, verbrak hij de ban waarin Iturbide verkeerde: 'Wat zeggen ze in Mexico?'

'Ik heb daar niemand meer,' zei Iturbide. 'Ik ben een balling.'

'Dat zijn we hier allemaal,' zei de generaal. 'Sinds dit gedoe begonnen is, heb ik maar zes jaar in Venezuela gewoond en de rest van mijn leven heb ik verdaan met over de halve wereld tegen windmolens te vechten. U kunt zich niet voorstellen wat ik er voor zou geven om op dit moment achter een stoofpot met klapstuk in San Mateo te zitten.'

Zijn gedachten moesten nu werkelijk naar de rietsuikerfabrieken van zijn jeugd zijn weggegliept, want starend naar het zieltogende vuur verviel hij in een diep stilzwijgen. Toen hij opnieuw begon te praten, had hij weer vaste grond onder de voeten gekregen. 'De ellende is dat we ophielden Spanjaarden te zijn en dat we vervolgens van hot naar her zijn getrokken in landen die zo vaak van de ene op de andere dag van naam en regering veranderen dat we godverdomme zelfs niet meer weten waar we vandaan komen,' zei hij. Hij tuurde opnieuw lange tijd naar de asresten om daarna op een andere toon te vragen: 'Hoe haalde u het in uw hoofd om hierheen te komen terwijl er zoveel landen op deze wereld zijn?'

Iturbide gaf hem met veel omhaal antwoord. 'Op de militaire school leerden ze ons oorlog voeren op papier,' zei hij. 'We vochten op gipsen landkaarten tegen loden soldaatjes, ze namen ons zondags mee naar de naburige weiden, midden tussen koeien en dames die uit de mis kwamen, en dan vuurde de generaal een kanonschot af om ons te laten wennen aan de schrik van de ontploffing en de geur van kruit. Stelt u zich eens voor, een van onze beroemdste instructeurs was een Engelse invalide die ons leerde hoe we dood van onze paarden moesten vallen.'

De generaal onderbrak hem.

'Maar u was dol op de oorlog.'

'Uw oorlog, generaal,' zei Iturbide. 'Maar binnenkort zit ik al twee jaar in het leger en ik weet nog steeds niet wat een oorlog van vlees en bloed is.'

De generaal hield zijn blik nog steeds afgewend. 'Dan heeft u de verkeerde baan gekozen,' zei hij. 'Hier zullen alleen maar oorlogen van de ene groep tegen de andere zijn, en die zijn net zo erg als je eigen moeder doden.' José Palacios herinnerde hem er vanuit het donker aan dat het bijna ochtend was. Toen verspreidde hij de asresten met de stok, en terwijl hij overeind komend zich aan de arm van Iturbide vastklemde, zei hij: 'Als ik u was zou ik me zo snel mogelijk uit de voeten maken, voordat verguizing mijn deel wordt.'

José Palacios bleef bij hoog en bij laag volhouden dat kwade machten bezit hadden genomen van het huis aan de Voet van de Popa. Ze hadden er nog maar amper hun intrek genomen toen luitenant-ter-zee José Tomás Machado vanuit Venezuela met het bericht kwam dat verscheidene militaire garnizoens de separatistische regering niet hadden erkend en dat een nieuwe, de generaal welgezinde partij aan aanhang won. De generaal ontving hem alleen en hoorde hem aandachtig aan, maar hij toonde zich niet bijzonder enthousiast. 'Het zijn goede berichten, maar ze komen te laat,' zei hij. 'En wat mij betreft, wat kan een arme invalide tegen een hele wereld uitrichten?' Hij gaf instructies om de gezant met alle eerbewijzen onderdak te verschaffen, maar hij deed hem geen enkele toezegging.

'Ik verwacht geen heil voor het vaderland,' zei hij.

Maar hij had nog geen afscheid van kapitein Machado genomen of hij wendde zich tot Carreño met de vraag: 'Heeft u Sucre gevonden?' Ja, hij was half mei in haast uit Santa Fe vertrokken om precies op zijn verjaardag bij zijn vrouw en dochter te kunnen zijn.

'Hij was op tijd,' besloot Carreño, 'want president Mosquera kwam hem op de weg naar Popayán tegen.'

'Wat nu?' zei de generaal verbaasd. 'Is hij over land gegaan?'

'Inderdaad, generaal.'

'Godallemachtig!' riep hij uit.

Hij had er een voorgevoel van gehad. Diezelfde nacht ontving hij het bericht dat maarschalk Sucre in een hinderlaag was gelokt en in de rug was neergeschoten toen hij op 4 juni door de obscure streek bij Berruecos was getrokken. Montilla kwam met het slechte nieuws toen de generaal net zijn nachtelijke bad had genomen en deze liet hem amper uitspreken. Hij sloeg zich tegen zijn voorhoofd en rukte, verblind door een van zijn bijbelse woedeaanvallen, aan het tafellaken waarop nog het aardewerk van de avondmaaltijd stond.

'Godverdomme!' schreeuwde hij.

In het huis weerklonken nog de echo's van het kabaal, toen hij zichzelf alweer meester was. Hij liet zich in zijn stoel vallen en raasde: 'Dat is het werk van Obando.' En hij bleef het herhalen: 'Dat is het werk van Obando, de huurmoordenaar van de Spanjaarden.' Hij doelde op generaal José María Obando, bevelhebber van het aan de zuidelijke grens van Nueva Granada gelegen Pasto, die de generaal op die manier van zijn enig mogelijke opvolger beroofde en voor zichzelf het presidentschap van de gevierendeelde republiek veilig stelde om het aan Santander over te dragen. Een van de samenzweerders vertelde in zijn memoires dat hij, toen hij het huis aan de Plaza Mayor in Santa Fe verliet waar de misdaad was beklonken, tot in zijn ziel geschokt was toen hij in de ijzige nevel van de namiddag maarschalk Sucre ontwaarde, die in zijn zwartlakense overjas en met een armzalige hoed op en met zijn handen in zijn zakken gestoken, in zijn eentje door het voorportaal van de kathedraal liep.

In de nacht waarin hij de dood van Sucre vernam, kreeg de generaal een bloedspuwing. José Palacios hield dat verborgen, net zoals die keer in Honda, waar hij hem verraste toen hij op zijn knieën de vloer van de badkamer schoonmaakte. Zonder dat het hem gevraagd was, hield hij beide incidenten geheim, in de overweging dat het niet het moment was om aan de vele slechte berichten nog meer toe te voegen.

In Guayaquil, op een soortgelijke avond, was de generaal zich bewust geworden van zijn voortijdige ouderdom. Zijn haar hing nog tot op de schouders en hij bond het in zijn nek met een lint bijeen omdat dat in de veldslagen van de oorlog en van de liefde praktischer was, maar op dat moment besefte hij dat het bijna wit was geworden en dat zijn gezicht verwelkt en triest was. 'Als u me nu kon zien, zou u me niet herkennen,' schreef hij aan een vriend. 'Ik ben zesenveertig, maar ik lijk wel een oude man van zestig.' Die avond knipte hij zijn haar kort. Korte tijd later, in Potosí, schoor hij zijn snor en bakkebaarden af in een poging de harde bries van zijn vergankelijke jeugd die hem tussen de vingers doorgleed tegen te houden.

Na de moord op Sucre kon hij geen beroep meer doen op toilettafeltrucs om de ouderdom te verhullen. Het huis aan de Voet van de Popa dompelde zich in rouw. De officieren kaartten niet meer en bleven tot in de vroege uren wakker, terwijl ze zaten te praten op de patio, rond het vuur dat voortdurend brandde om de muggen af te schrikken of in de gemeenschappelijke slaapruimte, in hangmatten die op verschillende hoogte waren opgehangen.

De generaal kwam op de gedachte om zijn rancunes druppel voor druppel door te laten sijpelen. Hij koos lukraak twee of drie van zijn officieren uit en hield ze wakker door hen het slechtste te tonen dat hij in de mestkuil van zijn hart bewaarde. Hij liet hun voor de zoveelste keer het afgedraaide liedje horen dat zijn legers op het punt stonden uiteen te vallen door de gierigheid waarmee Santander, toen hij vice-president van Colombia was, weigerde hem troepen en geld te sturen om de bevrijding van Peru te voltooien.

'Hij is van nature al inhalig en krenterig,' zei hij, 'maar zijn motieven waren nog onbenulliger: hij was te stom om verder te zien dan de koloniale grenzen.'

Voor de duizendste keer bereed hij weer zijn stokpaardje van dat het de doodklap voor de eenwording was geweest de Verenigde Staten voor het Congres van Panama uit te nodigen, zoals Santander voor eigen rekening en verantwoording had gedaan, toen het om niet minder dan om de proclamatie van de eenheid van Latijns-Amerika ging.

'Dat was zoiets als de kat op het feest van de muizen uitnodigen,' zei hij. 'En dat alles omdat de Verenigde Staten ons ervan dreigden te beschuldigen dat wij bezig waren het continent om te smeden in een bond van volksstaten tegen de Heilige Alliantie. Wat een eer!'

Voor de zoveelste keer herhaalde hij hoe ontzet hij was over de onvoorstelbare koelbloedigheid waarmee Santander zijn doeleinden wist te verwezenlijken. 'Het is een kouwe kikker,' zei hij. Voor de duizendste keer spuide hij zijn kritiek over de leningen die Santander van Londen had gekregen en over het welbehagen waarmee hij zijn corrupte vrienden de hand boven het hoofd hield. Elke keer dat hij hem in herinnering bracht, privé of in het openbaar, voegde hij een druppel vergif toe aan een politieke atmosfeer die er niet één meer leek te verdragen. Maar hij kon zich niet inhouden.

'Daarmee is de teloorgang van de wereld ingezet,' zei hij.

Hijzelf ging zo strikt met de overheidsgelden om dat hij niet op die kwestie kon terugkomen zonder zijn zelfbeheersing te verliezen. Toen hij president was had hij voor elke functionaris die meer dan tien pesos verduisterde of stal de doodstraf afgekondigd. Daarentegen was hij zo royaal met zijn persoonlijke bezittingen dat hij een groot deel van het fortuin dat hij van zijn ouders had geërfd aan de onafhankelijkheidsoorlog had besteed. Zijn soldij werd onder de weduwen en de invaliden van de oorlog verdeeld. Hij schonk zijn neven de rietsuikerfabrieken die hij had geërfd, zijn zusters deed hij zijn huis in Caracas cadeau en het leeuwedeel van zijn landerijen verdeelde hij onder de vele slaven die hij al voor de afschaffing van de slavernij had vrijgelaten. Hij versmaadde de miljoen pesos die het Congres van Lima hem in de euforie van de bevrijding had aangeboden. Zijn landgoed in Monserrate, dat hem door de regering was toegewezen om hem een waardig onderkomen te verschaffen, schonk hij een paar dagen voordat hij aftrad aan een vriend die geldproblemen had. In Apure stapte hij uit de hangmat waarin hij sliep en deed hem cadeau aan een gids, zodat deze er de koorts in kon uitzweten, en híj sliep in een veldjas gewikkeld verder op de grond. De twintigduizend *pesos duros* die hij uit zijn eigen zak aan de pedagoog José Lancaster, een quaker, wilde betalen, waren niet een persoonlijke maar een staatsschuld. De paarden waarvan hij zoveel hield gaf hij weg aan vrienden die hij op zijn weg tegenkwam, zelfs Palomo Blanco, zijn beroemdste en glorierijkste paard, dat in Bolivia achterbleef om de paardestallen van de maarschalk van Santa Cruz te presideren. Zodat het thema van de verduisterde leningen hem buiten zichzelf bracht en tot uitersten van valsheid dreef.

'Casandro wast natuurlijk zijn handen in onschuld, net zoals op de vijfentwintigste september, want hij is een meester in het ophouden van de schijn,' zei hij tegen wie het maar horen wilde. 'Maar zijn vrienden hebben het- zelfde geld dat de Engelsen de natie tegen enorme rentes hadden geleend, weer meegenomen naar Engeland en zichzelf met woekerachtige zaakjes verrijkt.'

Hij toonde hun, nachtenlang, de troebelste diepten van zijn ziel. Vroeg in de ochtend van de vierde dag, toen aan de crisis geen eind leek te komen, verscheen hij in de- zelfde kleding die hij droeg toen hij het bericht van de mis- daad had ontvangen in de deur naar de patio, riep gene- raal Briceño Méndez bij zich en lag tot het eerste hane- gekraai met hem te praten. De generaal in zijn hangmat met muskietennet en Briceño Méndez naast hem in een andere hangmat, die José Palacios had opgehangen. Misschien was noch de een noch de ander zich ervan be- wust hoezeer zij de sedentaire gewoonten van de vrede achter zich hadden gelaten en dat zij zich binnen een paar dagen naar de onzekere nachten van de kampementen hadden teruggetrokken. Uit dat gesprek werd het de ge- neraal duidelijk dat de onrust en de verlangens die in Turbaco door José María Carreño tot uiting waren ge- bracht, niet alleen de zijne waren, maar door een meer- derheid van de Venezolaanse officieren werden gedeeld. Dezen voelden zich, na de manier waarop de Granadij- nen zich tegen hen hadden gekeerd, meer Venezolaan dan ooit, maar ze waren bereid hun leven te geven voor de eenheid. Als de generaal hun het bevel had gegeven om in Venezuela te gaan vechten, zouden ze er halsoverkop heen gerend zijn. Met Briceño Méndez voorop.

Het waren de slechtste dagen. Het enige bezoek dat de generaal wilde ontvangen was dat van de Poolse kolonel Mieczyslaw Napierski, held van de slag bij Friedland en overlevende van de ramp bij Leipzig, die daar in die dagen op aanbeveling van generaal Poniatowski kwam om in het Colombiaanse leger dienst te nemen.

'U komt te laat,' had de generaal gezegd. 'Hier is niets meer overgebleven.'

Na de dood van Sucre bleef er minder dan niets over. Dat gaf hij Napierski te verstaan en dat gaf deze te verstaan in zijn reisdagboek, dat een grote Granadijnse dichter honderdtachtig jaar later voor de geschiedenis zou redden. Napierski was met de Shannon meegekomen. De kapitein van het schip vergezelde hem naar het huis van de generaal en deze sprak met hen over zijn verlangen om naar Europa te reizen, maar geen van beiden ontdekte in hem een werkelijke bereidheid zich in te schepen. Aangezien het fregat La Guayra zou aandoen en opnieuw in Cartagena zou komen alvorens naar Kingston terug te varen, overhandigde de generaal de kapitein een brief voor zijn Venezolaanse gemachtigde in de kwestie van de Aroa-mijnen, in de hoop dat die hem per kerende boot geld zou sturen. Maar het fregat keerde zonder antwoord terug, en hij toonde zich zo verslagen dat niemand erover peinsde hem te vragen of hij zou vertrekken.

Er kwam geen enkel bericht dat troost verschafte. José Palacios, van zijn kant, zorgde ervoor de berichten die hen bereikten niet erger te maken en probeerde ze zo lang mogelijk op te houden. Wat de officieren van het gevolg veel zorgen baarde en wat ze voor de generaal verborgen hielden om hem diepere vernederingen te besparen, was dat de huzaren en de grenadiers van de garde het vurige zaad van een onsterfelijke druiper aan het verspreiden waren. Het was begonnen met twee vrouwen die in de nachten van Honda het complete garnizoen hadden aangestoken, en de soldaten hadden overal waar ze langskwamen de ziekte met hun kwade liefdes verder verspreid. Op dat moment was geen enkele soldaat ervoor gevrijwaard, hoewel men alle mogelijke academische medicijnen of kwakzalversmiddeltjes had aangewend.

De zorgen van José Palacios om zijn heer zinloze bitterheden te besparen, waren niet onfeilbaar. Op een avond ging er een anoniem briefje van hand tot hand en niemand wist hoe het zelfs de hangmat van de generaal bereikte. Hij las het zonder bril, op armsafstand, om het vervolgens in de vlam van de kaars te steken en met zijn vingers vast te houden tot het verteerd was.

Het was van Josefa Sagrario. Zij was daar die maandag, op doorreis naar Mompox, met haar echtgenoot en kinderen aangekomen, bemoedigd door het bericht dat de generaal was afgezet en het land zou verlaten. Hij onthulde nooit wat de inhoud van de boodschap was, maar die hele nacht was hij aan grote onrust ten prooi, en tegen de ochtend zond hij Josefa Sagrario een verzoeningsaanbod. Zij weerstond zijn smeekbeden en vervolgde haar reis zoals gepland, zonder een moment van zwakte. Haar enige motief daarvoor was, zoals ze tegen José Palacios zei, dat het geen enkele zin had vrede te sluiten met een man die al zo goed als dood was.

Die week hoorde men dat de persoonlijke oorlog die Manuela Sáenz in Santa Fe voor de terugkeer van de generaal voerde, zich verscherpte. In een poging haar het leven onmogelijk te maken had het ministerie van binnenlandse zaken haar gelast de archieven die zij beheerde over te dragen. Zij weigerde en zette een campagne van provocaties op touw die de regering uit haar vel deed springen. Ze werkte schandalen in de hand, verspreidde vlugschriften die de generaal verheerlijkten en wiste, vergezeld door twee van haar strijdlustige slavinnen, de met houtskool geschreven leuzen van de openbare muren. Het was een publiek geheim dat ze in kolonelsuniform de kazernes binnenging, en dat ze even vrolijk aan de feesten van de soldaten als aan de samenzweringen van de officieren deelnam. Het hardnekkigste gerucht was dat zij, onder de vleugels van Urdaneta, een gewapende opstand voorbereidde om de absolute macht van de generaal te herstellen.

Het was moeilijk te geloven dat hij voor dat alles de kracht nog had. De namiddagkoortsen kwamen steeds punctueler en zijn hoest werd hartverscheurend. Op een vroege ochtend hoorde José Palacios hem schreeuwen: 'Kutvaderland!' Hij ging de slaapkamer binnen, gealarmeerd door een kreet die de generaal zijn officieren kwalijk nam, en trof hem met een hevig bloedende wang aan. Hij had zich bij het scheren gesneden en wond zich meer op over zijn eigen onhandigheid dan over het ongelukje zelf. De in allerijl door kolonel Wilson geroepen apotheker trof hem zo wanhopig aan dat hij probeerde hem met een paar druppels belladonna te kalmeren. De generaal weerde hem bruusk af.

'Laat me zoals ik ben,' zei hij. 'Wanhoop is de gezondheid van verloren zielen.'

Zijn zuster María Antonia schreef hem vanuit Caracas. 'Iedereen klaagt erover dat je niet wilde komen om hier orde op zaken te stellen,' zei ze. De pastoors in de dorpen stonden achter hem, de deserties in het leger waren niet in de hand te houden en in de bergen wemelde het van gewapende lieden die zeiden dat ze niemand anders dan hem wilden. 'Het is hier een kermis van gekken die zelf niet begrijpen waarom ze hun revolutie hebben gemaakt,' schreef zijn zuster. Want terwijl sommigen om hem riepen, waren de muren van het halve land 's morgens vroeg met beledigende leuzen beklad. Zijn familie moest volgens de schotschriften tot in de vijfde generatie worden uitgeroeid.

De genadeklap kreeg hij van het Congres van Venezuela, dat in Valencia bijeen was gekomen en zijn besluiten bekroonde met de definitieve afscheiding en de plechtige verklaring dat er geen akkoord met Nueva Granada en Ecuador tot stand zou komen zolang de generaal zich op Colombiaans grondgebied bevond. Het deed hem pijn, net zoals het hem pijn deed dat de officiële nota uit Santa Fe hem werd overhandigd door een vroegere samenzweerder van de vijfentwintigste september, zijn doodsvijand, die door president Mosquera uit ballingschap was teruggeroepen om tot minister van binnenlandse zaken te worden benoemd. 'Ik moet zeggen dat deze gebeurtenis de smartelijkste van mijn leven is,' zei de generaal. Hij bleef de hele nacht op en dicteerde aan verschillende klerken uiteenlopende versies van antwoorden, maar zijn woede was zo groot dat hij in slaap viel. Tegen de dageraad, na een verwarde slaap, zei hij tegen José Palacios: 'Op de dag dat ik sterf zullen in Caracas de klokken luiden.'

Daar bleef het niet bij. Toen hij het nieuws van zijn dood vernam, zou de gouverneur van Maracaibo schrijven: 'Ik haast me de tijding van deze grote gebeurtenis te brengen die ongetwijfeld de zaak van de vrijheid en het welzijn van het land onnoemelijk veel goed zal doen. De genius van het kwaad, de fakkeldrager van de anarchie, de onderdrukker van het vaderland is niet meer.' Dit bericht, dat aanvankelijk bedoeld was om de regering van Caracas op de hoogte te stellen, werd ten slotte tot nationale proclamatie verheven.

Te midden van de verschrikking van die rampzalige dagen zong José Palacios 's morgens om vijf uur voor de generaal de datum van zijn verjaardag: 'Vierentwintig juli, de dag van de heilige Christina, maagd en martelares.' Hij deed zijn ogen open en moest zich er voor de zoveelste keer van bewust zijn dat hij een uitverkorene van de rampspoed was.

Hij had de gewoonte zijn naamdag te vieren in plaats van zijn verjaardag. Er kwamen elf heilige Simóns voor op de katholieke heiligenkalender, en hij was liever naar de Cyreniër genoemd die Christus had geholpen zijn kruis te dragen, maar door het lot viel hem een andere Simón ten deel, de apostel en prediker in Egypte en Ethiopië, wiens feestdag op 28 oktober is. Op een dag als deze hadden ze hem in Santa Fe tijdens het feest een lauwerkrans omgehangen. Hij had die goedgeluimd afgedaan en hem vol leedvermaak generaal Santander omgehangen, die de krans onverstoorbaar accepteerde. Maar de tel van zijn leven werd niet door zijn naam maar door zijn jaren bijgehouden. Zijn zevenenveertigste verjaardag had een speciale betekenis voor hem, want op 24 juli van het jaar daarvoor had hij, in Guayaquil, te midden van de slechte berichten van overal en het delirium van zijn verwoestende koortsen, plotseling de schok van een voorteken gevoeld. Het was een glashelder teken: als het hem

215

lukte tot zijn volgende verjaardag in leven te blijven, dan zou geen dood in staat zijn hem te vellen. Het mysterie van dat geheime orakel was de kracht die hem tot op dat moment tegen alle redelijkheid in overeind had gehouden.

'Al zevenenveertig, verdomme,' mompelde hij. 'En ik leef!'

Hij richtte zich op in zijn hangmat, met hernieuwde krachten en heftig kloppend hart door de wonderbaarlijke zekerheid dat hij gevrijwaard was voor alle kwaad. Hij riep Briceño Méndez, de leider van degenen die naar Venezuela wilden vertrekken om voor de eenheid van Colombia te strijden, en bracht hem op de hoogte van de gunst die hij zijn officieren ter gelegenheid van zijn verjaardag verleende.

'Laat iedereen vanaf de rang van luitenant en hoger, die in Venezuela wil gaan vechten, zijn boeltje pakken.'

Generaal Briceño Méndez was de eerste. Nog twee generaals, vier kolonels en acht kapiteins voegden zich bij de expeditie. Maar toen Carreño de generaal aan zijn vroegere belofte herinnerde, zei hij: 'Voor u zijn hogere bestemmingen weggelegd.'

Twee uur voor het vertrek besloot hij dat José Laurencio Silva mee zou gaan, want hij had de indruk dat de obsessie van zijn ogen door de roestverwekkende sleur verergerde. Silva wees de eer van de hand.

'Ook dit nietsdoen is een oorlog, en wel een van de zwaarste,' zei hij. 'Ik blijf dus hier, tenzij u anders beveelt, generaal.'

Iturbide, Fernando en Andrés Ibarra daarentegen kregen het niet gedaan om aan de expeditie mee te mogen doen. 'Als u gaat, gaat u ergens anders heen,' zei de generaal tegen Iturbide. Een ongebruikelijke reden aanvoerend maakte hij Andrés duidelijk dat generaal Diego Ibarra al aan de strijd deelnam en dat twee broers in dezelfde oorlog te veel van het goede was. Fernando bood zich niet eens aan, want hij was er zeker van dat hij het gebruikelijke antwoord zou krijgen: 'Een man trekt met alles wat hij heeft ten strijde, maar hij kan niet toestaan dat zijn twee ogen en zijn rechterhand mee gaan.' Hij legde zich neer bij de troost dat dit antwoord in zekere zin een militaire onderscheiding was.

Montilla bracht de hulpmiddelen bijeen waardoor ze nog de avond waarop ze toestemming kregen, konden afreizen, en hij nam deel aan de eenvoudige plechtigheid waarmee de generaal van ieder persoonlijk met een omhelzing en een paar woorden afscheid nam. Ze vertrokken afzonderlijk en langs verschillende wegen, sommigen reisden via Jamaica, anderen via Curaçao en weer anderen via La Guajira, allen in burgerkleding en zonder wapens of iets anders dat hun identiteit kon verraden, zoals ze in hun clandestiene acties tegen de Spanjaarden hadden geleerd. Tegen de ochtend was het huis aan de Voet van de Popa een ontmantelde kazerne, maar de generaal hield zich staande met de hoop dat door een nieuwe oorlog de lauweren van eertijds weer groen zouden worden.

GENERAAL RAFAEL URDANETA nam op 5 september de macht over. Het congres had zijn mandaat ter beschikking gesteld en er was geen ander wettig gezagsorgaan dat de staatsgreep kon legitimeren, maar de opstandelingen deden een beroep op het stadsbestuur van Santa Fe, dat Urdaneta als waarnemend president erkende tot de generaal de macht zou aanvaarden. Het was de apotheose van een opstand van de Venezolaanse soldaten en officieren die in Nueva Granada waren gelegerd en die het regeringsleger met steun van de kleine grondbezitters van de savanne en de plattelandsclerus versloegen. Het was de eerste staatsgreep in de republiek Colombia en de eerste van negenenveertig burgeroorlogen die we in de rest van de eeuw moesten doorstaan. President Joaquín Mosquera en vice-president Caycedo, eenzaam te midden van het niets, legden hun ambt neer. Urdaneta raapte de macht van de grond op en zond als eerste regeringsdaad een persoonlijke delegatie naar Cartagena om de generaal het presidentschap van de republiek aan te bieden.

José Palacios kon zich de tijd niet meer heugen dat hij zijn heer in zo'n stabiele gezondheidstoestand had gezien als in die dagen, want de hoofdpijnen en de namiddagkoortsen legden hun wapens neer zodra het nieuws van de militaire staatsgreep bekend werd. Maar ook nooit had hij hem aan een grotere onrust ten prooi gezien. Montilla had zich verzekerd van de medeplichtigheid van fray Sebastián de Sigüenza om de generaal op een bedekte manier te helpen. De monnik had bereidwillig toegestemd en deed het zo goed dat hij zich tijdens de monotone middagen waarop men op de gezanten van Urdaneta zat te wachten bij het schaken liet verslaan.

De generaal had op zijn tweede reis naar Europa geleerd hoe hij met de schaakstukken moest omgaan, en door tijdens de langdurige veldtocht in Peru de ledige avonden schakend met generaal O'Leary door te brengen, had hij zich bijna tot een meester in het spel ontwikkeld. Maar hij voelde zich niet in staat om ermee door te gaan. 'Schaken is geen spel maar een passie,' zei hij. 'En ik geef de voorkeur aan andere, onstuimiger passies.' Maar in zijn programma's voor het openbaar onderwijs had hij het op de lijst van nuttige en fatsoenlijke spelen gezet die op scholen moesten worden onderwezen. In werkelijkheid hield hij het niet vol omdat zijn zenuwen niet tegen zo'n traag spel bestand waren en hij de concentratie die het van hem vergde voor gewichtiger zaken nodig had.

Fray Sebastián trof hem heftig heen en weer schommelend in de hangmat aan, die hij tegenover de voordeur had laten ophangen om de verzengend hete, stoffige weg waar de gezanten van Urdaneta zouden opdoemen, in het oog te houden. 'Ach, eerwaarde,' zuchtte de generaal toen hij hem zag. 'U leert het ook nooit.' Hij ging ternauwernood zitten om zijn schaakstukken te verschuiven, want terwijl de monnik zat na te denken, stond hij na elke zet op.

'Leid me niet af, excellentie,' zei deze, 'want ik lust u rauw.'

De generaal lachte: 'Hoogmoed komt voor de val.'

O'Leary placht bij de tafel te blijven staan om het schaakbord te bestuderen en hem een of andere suggestie te doen. Hij wees die dan verontwaardigd van de hand. Als hij daarentegen won, liep hij elke keer naar de patio waar zijn officieren zaten te kaarten en kraaide zijn overwinning uit. Midden in een partij vroeg fray Sebastián hem of hij niet overwoog zijn memoires te schrijven.

'Nooit van mijn leven,' zei hij. 'Dat is gewauwel van de doden.'

De post, een van zijn overheersende obsessies, werd een marteling voor hem. Vooral in die verwarrende weken waarin de koeriers in Santa Fe, in afwachting van nieuwe berichten, talmden met te vertrekken en de verbindingskoeriers het wachten beu werden. Het clandestiene nieuws daarentegen kwam kwistiger en sneller aan. Zodat de generaal al bericht had van de berichten voordat ze binnenkwamen en hij ruim de tijd had om zijn beslissingen te laten rijpen.

Toen hij hoorde dat de gezanten dichtbij waren, zond hij op 17 september Carreño en O'Leary vooruit om hen bij de weg naar Turbaco op te wachten. Het waren de kolonels Vicente Piñeres en Julián Santa María, die al meteen verbaasd stonden over de opgewekte gemoedstoestand waarin ze de zieke zonder hoop, over wie in Santa Fe zoveel werd gesproken, aantroffen. Er werd een geïmproviseerde plechtigheid in het huis gehouden, in aanwezigheid van burgerlijke en militaire notabelen, en tijdens die bijeenkomst werden er gelegenheidstoespraken afgestoken en werd er een toost uitgebracht op het heil van het vaderland. Maar ten slotte trok de generaal zich met de afgezanten terug en werd er binnenskamers open kaart gespeeld. Kolonel Santa María, die zich verlustigde in pathetiek, kwam met het voornaamste bericht: als de generaal de leiding niet op zich nam, zou het land aan een verschrikkelijke anarchie ten prooi vallen. Híj draaide eromheen.

'Eerst ons bestaan veilig stellen en dan veranderen,' zei hij. 'Pas wanneer de politieke horizon is opgeklaard, zullen wij weten of er een vaderland is of niet.'

Kolonel Santa María begreep dat niet.

'Ik bedoel dat onze urgentste taak is de eenheid in het land gewapenderhand te herstellen,' zei de generaal. 'Het uiteinde van de draad bevindt zich echter niet hier maar in Venezuela.'

Vanaf dat moment zou dit zijn idee-fixe zijn: opnieuw beginnen, vanaf het begin en met de wetenschap dat de vijand zich in eigen huis en niet daarbuiten bevond. De oligarchieën van elk land, die in Nueva Granada door de santanderisten en door Santander zelf waren vertegenwoordigd, hadden de totale oorlog aan de idee van de integratie verklaard, omdat deze tegen de lokale belangen van de aanzienlijke families indruiste.

'Dat is de enige en werkelijke oorzaak van deze oorlog die ons uiteendrijft en ons kapot maakt,' zei de generaal. 'En het allertriestste is dat ze denken de wereld te veranderen terwijl ze in werkelijkheid het meest achterlijke denken van Spanje in stand houden.'

Hij ging in één adem door: 'Ik weet wel dat ze mij uitlachen omdat ik in dezelfde brief, op dezelfde dag en tegen dezelfde persoon eerst dit zeg en dan het tegenovergestelde, dat ik het plan voor een monarchie wél goedkeurde of dat ik het niet goedkeurde, of dat ik het ergens anders met twee dingen tegelijk eens ben.' Men beschuldigde hem ervan dat hij wispelturig was in zijn beoordeling van mensen en in het omgaan met de geschiedenis, dat hij tegen Fernando VII vocht en Morillo in zijn armen sloot, dat hij een oorlog zonder genade tegen Spanje voerde en een groot promotor van de Spaanse geest was, dat hij de steun van Haïti zocht om te winnen maar dat land vervolgens tot buitenstaander bestempelde en niet voor het Congres van Panama uitnodigde, dat hij vrijmetselaar was geweest en Voltaire onder de mis las maar de paladijn van de kerk was, dat hij de Engelsen het hof maakte terwijl hij trouwplannen had met een Franse prinses, dat hij lichtzinnig, hypocriet en zelfs trouweloos was omdat hij zijn vrienden in hun bijzijn vleide en zich achter hun rug denigrerend over hen uitliet. 'Nou goed, dat is allemaal wel waar, maar het zijn bijkomstigheden,' zei hij, 'want ik heb het uitsluitend en alleen gedaan om van dit continent één groot onafhankelijk land te maken, en wat dat betreft heb ik geen blijk gegeven van enige tegenstrijdigheid of twijfel.' En hij besloot met in onvervalst Caribisch te zeggen: 'De rest is gelul!'

In een brief die hij twee dagen later aan generaal Briceño Méndez stuurde, schreef hij: 'Ik heb het gezag dat mij door de besluiten van het Congres is verleend niet op me willen nemen, want ik wens niet als leider van de rebellen te worden beschouwd en met militaire middelen door de overwinnaars aan de macht te worden gebracht.' Maar in de twee brieven aan generaal Rafael Urdaneta die hij Fernando diezelfde avond dicteerde, hoedde hij zich er voor dergelijke radicale uitspraken te doen.

De eerste brief behelsde een formeel antwoord, en de

plechtige toon waarin deze was gesteld, kwam al meteen in de aanhef tot uiting: 'Excellentie.' Hij rechtvaardigde hierin de staatsgreep op grond van de anarchie en het verval waaraan de republiek ten prooi was gevallen nadat de vorige regering was ontbonden. 'Het volk laat zich in die omstandigheden niets wijsmaken,' schreef hij. Maar onder geen beding aanvaardde hij het presidentschap. Het enige dat hij kon aanbieden was zijn bereidheid naar Santa Fe terug te keren om de nieuwe regering als gewoon soldaat te dienen.

De andere brief was persoonlijk bedoeld, wat al meteen uit de eerste regel bleek: 'Waarde generaal.' Het was een uitvoerige en openhartige brief, die niet de minste twijfel over de redenen van zijn onzekerheid liet bestaan. Aangezien don Joaquín Mosquera geen afstand van zijn titel had gedaan, zou hij zich morgen als wettig president kunnen laten erkennen en hem als usurpator in zijn hemd zetten. Zodat hij herhaalde wat hij in zijn officiële brief had gezegd: zolang hij niet over een glashelder mandaat vanuit een wettige bron beschikte, peinsde hij er niet over de macht te aanvaarden.

De twee brieven gingen met dezelfde koerier mee, samen met het origineel van een proclamatie waarin hij het land opriep zijn hartstochten te vergeten en het nieuwe bewind te steunen. Maar hij hoedde zich voor het doen van wat voor belofte ook. 'Ook al lijkt het dat ik veel bied, toch bied ik niets,' zou hij later zeggen. En hij gaf toe dat hij sommige zinnen uitsluitend had geschreven om wie dat maar wilde te paaien.

Wat in zijn tweede brief het meest opviel was de gebiedende toon, verwonderlijk bij iemand die geen enkele macht meer bezat. Hij drong aan op de bevordering van kolonel Florencio Jiménez, zodat deze met voldoende manschappen en munitie naar het westen kon vertrekken om een eind te maken aan de zinloze oorlog die de generaals José María Obando en José Hilario López tegen de centrale regering voerden. 'De moordenaars van Sucre,' zei hij nadrukkelijk. Ook beval hij verschillende officieren voor hoge ambten aan. 'Zorgt u voor dat deel,' schreef hij aan Urdaneta, 'dan zal ik, vanaf de Magdalena tot Venezuela, met inbegrip van Boyacá, voor de rest zorgen.' Zelf stond hij klaar om aan het hoofd van tweeduizend man naar Santa Fe te trekken om op die manier zijn steentje bij te dragen aan het herstel van de openbare orde en de consolidatie van de nieuwe regering.

Gedurende tweeënveertig dagen bleef hij verstoken van rechtstreekse berichten van Urdaneta. Maar hij bleef hem desondanks schrijven tijdens die lange maand, waarin hij niets anders deed dan links en rechts militaire bevelen uitdelen. De boten kwamen en gingen, maar over de reis naar Europa werd niet meer gerept, hoewel hij er af en toe bij wijze van politiek drukmiddel op terugkwam. Het huis aan de Voet van de Popa veranderde in een hoofdkwartier voor het hele land, en er werden in die maanden maar weinig militaire besluiten uitgevoerd die niet door hem vanuit de hangmat overdacht of genomen waren. Stap voor stap, en bijna zonder het van plan te zijn, raakte hij eveneens betrokken bij beslissingen die verder dan militaire kwesties reikten. En hij hield zich zelfs bezig met futiliteiten zoals een baantje voor zijn goede vriend, de heer Tatis, bij de posterijen bemachtigen en generaal José Ucrós, die de vrede van de huiselijke haard niet meer verdroeg, weer in actieve dienst plaatsen.

Met hernieuwde nadruk herhaalde hij in die dagen zijn bekende zinsnede: 'Ik ben oud, ziek, vermoeid, ontgoocheld, gekweld, belasterd en onderbetaald.' Maar wie hem had gezien, zou het niet geloofd hebben. Want terwijl het leek of hij alleen maar als een geslagen hond te werk ging om de regering te versterken, was hij in werkelijkheid bezig om, onderdeel voor onderdeel en met de autoriteit en het gezag van een opperbevelhebber, de minutieuze militaire machine uit te denken waarmee hij van plan was Venezuela te heroveren, om zich vandaar opnieuw in te zetten voor het herstel van de grootste federatie ter wereld.

Een gunstiger gelegenheid was niet denkbaar. Nueva Granada was, met een liberale partij die op instorten stond en met Santander vast verankerd in Parijs, veilig in handen van Urdaneta. Van Ecuador was hij verzekerd door Flores, dezelfde ambitieuze en conflictueuze Venezolaanse leider die de afscheiding van Quito en Guayaquil van Colombia had bewerkstelligd om een nieuwe republiek te stichten, maar de generaal vertrouwde erop dat hij hem weer voor zijn zaak zou winnen nadat de moordenaars van Sucre waren onderworpen. Bolivia was veilig in handen van zijn vriend, de maarschalk van Santa Cruz, die hem zojuist de post van diplomatiek vertegenwoordiger bij de Heilige Stoel had aangeboden. Vandaar dat het onmiddellijke doel was om generaal Páez voor eens en altijd het gezag over Venezuela te ontnemen.

Het militaire plan van de generaal leek erop gericht om vanuit Cúcuta een groot offensief te lanceren, terwijl Páez zich op de verdediging van Maracaibo concentreerde. Maar op de eerste september onthief de provincie

Riohacha de militaire commandant van zijn functie, ontrok zich aan het gezag van Cartagena en verklaarde dat zij bij Venezuela hoorde. Niet alleen kreeg zij onmiddellijk de steun van Maracaibo, maar ook werd generaal Pedro Carujo, de leider van de vijfentwintigste september, die geholpen door Venezuela aan het gerecht was ontsnapt, erheen gestuurd om de helpende hand te bieden.

Zodra Montilla dat bericht ontving, kwam hij het de generaal vertellen, maar deze was al op de hoogte en verkeerde in een jubelstemming. Want de rebellie van Riohacha gaf hem de kans om vanaf een ander front nieuwe en betere legers tegen Maracaibo in te zetten.

'Bovendien,' zei hij, 'hebben we Carujo te pakken.'

Diezelfde avond sloot hij zich met zijn officieren op en gaf een gedetailleerde schets van zijn strategie; hij beschreef de geaccidenteerdheid van het terrein, verzette hele legers als schaakstukken en liep vooruit op de onwaarschijnlijkste plannen van de vijand. Wat zijn academische vorming betrof kon hij niet in de schaduw staan van wie van zijn officieren ook, die voor het merendeel hun opleiding aan de beste militaire academies van Spanje hadden ontvangen, maar hij verstond de kunst om een situatie in zijn geheel en tot in details te overzien. Zijn visueel geheugen was zo verbluffend dat hij obstakels voorzag die hij vele jaren eerder in het voorbijgaan had opgemerkt, en hoewel hij beslist geen meester in de krijgskunde was, was niemand zo bezield als hij.

Tegen de ochtendstond was het plan tot in de laatste details uitgewerkt. Het was een minutieus en gedurfd plan, en zo visionair dat het voorzag dat de bestorming van Maracaibo eind november of, in het ongunstigste geval, eind december zou plaatsvinden. Toen het op een regenachtige dinsdag om acht uur 's morgens voor de laatste maal was doorgenomen, had Montilla hem onder ogen gebracht dat de grote afwezige in het plan een Granadijnse generaal was.

'Geen enkele generaal in Nueva Granada stelt iets voor,' zei hij. 'En de generaals die niet onbekwaam zijn, zijn schurken.'

Montilla haastte zich over te stappen op een minder netelig thema: 'En u generaal, waar gaat u heen?'

'Cúcuta of Riohacha, het maakt me geen bal uit op dit moment.'

Hij draaide zich om en wilde zich terugtrekken toen het grimmig gefronste voorhoofd van generaal Carreño hem aan de vele malen niet nagekomen belofte herinnerde. De waarheid was dat hij hem ten koste van alles in zijn buurt wilde houden, maar hij kon zijn vurige verlangens niet meer op de lange baan schuiven. Hij gaf hem het gebruikelijke klopje op de schouder en zei: 'Ik houd me aan mijn woord, Carreño, u vertrekt eveneens.'

De expeditie, bestaande uit tweeduizend man, vertrok uit Cartagena op een datum die als een symbool gekozen leek te zijn: 25 september. Ze stond onder leiding van de generaals Mariano Montilla, José Félix Blanco en José María Carreño, en ieder van hen afzonderlijk had de opdracht in Santa Marta uit te kijken naar een landhuis waar de generaal, terwijl hij weer op krachten kwam, van dichtbij de oorlog kon volgen. Aan een vriend schreef hij: 'Over twee dagen ga ik naar Santa Marta om wat beweging te nemen, mijn ergernis te boven te komen en mijn humeur te verbeteren.' En zo gebeurde het: hij vertrok de eerste oktober. Op de tweede, toen hij nog onderweg was, toonde hij zich in een brief aan generaal Justo Briceño openhartiger: 'Ik reis naar Santa Marta om met mijn invloed bij te dragen aan de expeditie die tegen Maracaibo optrekt.' Diezelfde dag schreef hij opnieuw en nu aan Urdaneta: 'Ik reis naar Santa Marta om een bezoek te brengen aan dat land dat ik nooit heb gezien, en misschien zie ik kans een paar vijanden die de publieke opinie te veel beïnvloeden, om de tuin te leiden.' Pas toen onthulde hij hem het werkelijke doel van zijn reis: 'Ik zal van dichtbij de operaties tegen Riohacha kunnen volgen, en ik zal naar Maracaibo en naar de troepen gaan om te kijken of ik op een of andere belangrijke actie invloed kan uitoefenen.' Welbeschouwd was hij niet meer een met pensioen gezonden, afgetakelde generaal die in ballingschap vluchtte, maar een generaal te velde.

Aan zijn vertrek uit Cartagena gingen dringende oorlogszaken vooraf. Hij gunde zich geen tijd voor officiële vaarwels, en maar weinig vrienden waren van tevoren op de hoogte gebracht. Fernando en José Palacios lieten volgens zijn instructies de helft van de bagage onder de hoede van vrienden en handelskantoren achter om geen nutteloze ballast naar een onzekere oorlog mee te hoeven zeulen. Bij de plaatselijke koopman, don Juan Pavajeau, lieten ze tien hutkoffers met persoonlijke paperassen achter, met de opdracht deze te verzenden naar een adres in Parijs dat hem later zou worden meegedeeld. In het ontvangstbewijs was de bepaling opgenomen dat de heer Pavajeau de papieren zou verbranden in geval de eigenaar door overmacht niet in staat was ze op te eisen.

Fernando deponeerde bij het bankiershuis Busch & Co twaalfhonderd gouden *onzas* die hij op het laatste moment, zonder enige aanwijzing over de herkomst, tussen de bureauspullen van zijn oom had aangetroffen. Aan Juan de Francisco Martín gaf hij eveneens een koffer met vijfendertig gouden medailles in bewaring. Hij vertrouwde hem daarbij een fluwelen damestas met tweehonderd vierennegentig grote, zevenenzestig kleine en zesennegentig middelgrote zilveren medailles toe, plus eenzelfde tas met veertig zilveren en gouden gedenkpenningen, op sommige waarvan het profiel van de generaal was afgebeeld. Ook liet hij de gouden couverts die ze vanuit Mompox in een oude wijnkist hadden meegenomen, wat veelgebruikt beddegoed, twee hutkoffers met boeken, een met briljanten bezet zwaard en een onbruikbaar jachtgeweer bij hem achter. Tussen vele andere kleinigheden, sporen van vervlogen tijden, bevonden zich enige in onbruik geraakte brilleglazen; in oplopende sterkte, vanaf het moment dat de generaal op negenendertigjarige leeftijd had ontdekt dat hij vérziend begon te worden omdat hij problemen had bij het scheren, tot het moment dat hij zelfs niet meer op armsafstand kon lezen.

José Palacios, van zijn kant, liet een kist die verschillende jaren van hot naar her met hen was meegereisd en over de inhoud waarvan niets met zekerheid bekend was, onder de hoede van don Juan de Dios Amador achter. Het was typerend voor de generaal dat hij op bepaalde momenten geen weerstand kon bieden aan een bezitterige gulzigheid voor de merkwaardigste voorwerpen of de onbenulligste mensen, die hij dan na verloop van tijd op sleeptouw nam zonder te weten hoe hij er weer van af moest komen. Die kist had hij in 1826 van Lima naar Santa Fe meegesleept en deze was na de aanslag van de vijfentwintigste september, toen hij naar het Zuiden terugkeerde om zijn laatste oorlog te voeren, bij hem gebleven. 'We kunnen die kist niet zomaar achterlaten als we niet op zijn minst weten of hij van ons is,' zei hij. Toen hij voor de laatste maal naar Santa Fe terugkeerde, met het voornemen om het congres zijn definitieve ontslag aan te bieden, kwam de kist mee met het weinige dat hem van zijn vroegere vorstelijke bagage restte. Ten slotte besloten ze hem in Cartagena, tijdens een algemene inventarisatie van zijn bezittingen, open te maken en binnenin ontdekten ze een santenkraam van persoonlijke spullen die ze al sinds tijden als verloren hadden beschouwd. Hij bevatte vierhonderdvijftien in Colombia geslagen gouden onzas, een portret van generaal George Washington met een lok van zijn haar, een gouden snuifdoos die de Engelse koning hem cadeau had gedaan, een gouden foedraal met briljanten sleutels dat een medaillon bevatte, en de grote, met briljanten ingelegde ster van Bolivia. José Palacios liet de hele boel, omschreven en van aantekeningen voorzien, in het huis van De Francisco Martín achter en vroeg om het gebruikelijke ontvangstbewijs. De bagage was toen tot een redelijker omvang teruggebracht, hoewel ze nog de overbodige last van drie van de vier hutkoffers met zijn dagelijkse kleding meevoerden, een koffer met veelgebruikte katoenen en linnen tafellakens, en een kist met gouden en zilveren couverts in een bonte mengelmoes van stijlen, die de generaal niet wilde achterlaten of verkopen, voor het geval dat ze later met prominente gasten wilden tafelen. Men had hem vaak gesuggereerd die spullen te laten veilen om zijn schaarse geldmiddelen aan te vullen, maar hij weigerde dat steevast, met het argument dat het staatsbezittingen waren.

Met een lichtere last aan bagage en een geslonken gevolg reisden ze de eerste dag door tot Turbaco. De vol-

gende dag zetten ze hun reis onder gunstige weersomstandigheden voort, maar aan het eind van de ochtend
moesten ze schuilen onder een mahonieboom, waar ze de
nacht, blootgesteld aan de regen en de kwaadaardige
winden van de kustmeren, doorbrachten. De generaal
klaagde over pijn in zijn milt en lever, waarop José Palacios een drankje uit het Franse handboek voor hem klaarmaakte, maar de pijn werd heviger en de koorts liep op.
Tegen de ochtend was hij er zo slecht aan toe dat ze hem
in bewusteloze toestand naar het gehucht Soledad
brachten, waar een oude vriend van hem, don Pedro Juan
Visbal, hem in zijn huis opnam. Daar verbleef hij ruim
een maand, gekweld door allerlei pijnen die door de drukkende oktoberregens nog heviger werden.

Soledad deed zijn naam eer aan: vier brandendhete,
troosteloze straten met armzalige huizen, op zo'n twee
mijl afstand van het oude Barranca de San Nicolás, dat
zich in enkele jaren als de welvarendste en meest gastvrije
stad van het land zou ontpoppen. De generaal had in zijn
toestand geen vrediger plek noch een beter huis kunnen
vinden dan dit, met zijn zes Andalusische balkons die het
huis overgoten met licht en een patio waar men onder de
honderdjarige kapokboom aangenaam kon mediteren.
Het slaapkamerraam bood uitzicht op het verlaten
pleintje met de vervallen kerk en de huizen met hun
daken van palmblad die in kerstkleuren waren geschilderd.

De huiselijke vrede bekwam hem evenmin goed. De
eerste nacht voelde hij een lichte duizeling, maar hij weigerde toe te geven dat dit een nieuwe aanwijzing voor zijn
uitputting was. Overeenkomstig het Franse handboek
omschreef hij zijn kwalen als een door verkoudheid verer-

gerde zwarte gal en als een oude reumatische aandoe-
ning, die onder invloed van de weersomstandigheden de
kop weer opstak. Die veelvoudige diagnose vergrootte
zijn afkeer om gelijktijdig medicijnen in te nemen voor
verschillende kwalen, want volgens hem waren medicijnen die goed waren voor het een schadelijk voor het ander. Maar hij gaf ook toe dat er geen kruid gewassen is
voor wie geen medicijn inneemt, en hij klaagde dagelijks
dat hij geen goede dokter had, terwijl hij weigerde zich
door de vele die men hem toestuurde te laten onderzoeken.

Kolonel Wilson had in een brief die hij in die periode
aan zijn vader schreef, gezegd dat de generaal elk moment kon sterven, maar dat hij de artsen niet uit minachting maar uit luciditeit de deur wees. In feite was zijn
ziekte de enige vijand die de generaal vreesde, en hij weigerde deze tegemoet te treden om niet van de grootste onderneming van zijn leven te worden afgeleid. 'Een ziekte
verzorgen is alsof je op een boot te werk bent gesteld,' had
de generaal tegen hem gezegd. Vier jaar eerder, in Lima,
had O'Leary hem gesuggereerd om zich, terwijl hij de
grondwet van Bolivia aan het voorbereiden was, aan een
grondige medische behandeling te onderwerpen, maar
zijn antwoord was onherroepelijk: 'Men kan geen twee
heren tegelijk dienen.'

Hij leek de overtuiging toegedaan dat hij zijn ziekte
kon bezweren, als hij maar voortdurend in beweging
bleef en op zichzelf vertrouwde. Fernanda Barriga had de
gewoonte hem een slab voor te binden en hem als een kind
met een lepel te voeren, en hij slikte en kauwde zwijgend
en deed zelfs zijn mond weer open als hij klaar was. Maar
in die dagen nam hij het bord en de lepel van haar over en

at hij eigenhandig, zonder slab, om iedereen duidelijk te maken dat hij niemand nodig had. Het sneed José Palacios door de ziel als hij zag hoe hij zelf de huishoudelijke karweitjes probeerde op te knappen die zijn knechten, ordonnansen of adjudanten altijd voor hem hadden verricht, en hij was ontroostbaar toen hij hem een fles inkt over zich heen zag gooien terwijl hij deze in een inktkoker probeerde over te gieten. Dat was heel ongewoon, want iedereen stond verbaasd dat zijn handen, ondanks zijn slechte gezondheidstoestand, niet trilden en zelfs zo vast waren dat hij eenmaal per week eigenhandig zijn nagels knipte en polijstte en zich dagelijks schoor.

In zijn paradijs in Lima had hij een gelukzalige nacht doorgebracht met een jong meisje, wier bedoeïenenhuid tot op de laatste millimeter met sluik donshaar was bedekt. Terwijl hij zich bij het aanbreken van de dag stond te scheren, zag hij haar naakt op het bed liggen, varend op de aangename droom van een bevredigde vrouw, en hij kon de verleiding niet weerstaan om haar met een sacramentele daad voor altijd tot de zijne te maken. Hij bedekte haar in de vervoering van zijn genot van het hoofd tot de voeten met scheerschuim en schoor haar van top tot teen met zijn scheermes, nu eens met de linker-, dan weer met de rechterhand, stukje bij beetje, tot aan de doorlopende wenkbrauwen, en hij liet haar dubbel naakt achter met haar prachtige lichaam van een pasgeborene. Zij vroeg hem diepbedroefd of hij echt van haar hield en hij antwoordde haar met dezelfde rituele woorden die hij in de loop van zijn leven onbarmhartig in zoveel harten had gegoten: 'Meer dan van wie ook ooit op deze wereld.'

In Soledad, ook tijdens het scheren, onderwierp hij zich aan hetzelfde offer. Hij begon met een grijze en sluike lok haar af te snijden van de weinige die hij nog had, ogenschijnlijk toegevend aan een kinderlijke impuls. Meteen daarop sneed hij meer bewust een andere lok af en vervolgens lukraak de rest, alsof hij gras afsneed, terwijl hij met zijn gebarsten stem zijn favoriete strofen uit *La Araucana** declameerde. José Palacios kwam de slaapkamer binnen om te zien met wie hij praatte en trof hem aan terwijl hij doende was zijn met schuim overdekte schedel te scheren, tot hij vrijwel kaal was.

Hij slaagde er niet in zich door middel van die bezwering te bevrijden. Overdag droeg hij de zijden muts en 's nachts zette hij de rode bonnet op, maar het lukte hem amper de ijzige ademtochten van de moedeloosheid te verzachten. Hij stond op en dwaalde in het duister door het enorme, met maanlicht overgoten huis, alleen kon hij nu niet meer naakt rondlopen, en hij sloeg dan ook een deken om zich heen om in de warme nachten niet te lopen klappertanden van de kou. Na enige dagen had hij niet meer genoeg aan de deken en besloot hij de rode bonnet over de zijden muts te dragen.

De kleingeestige intriges van de militairen en de excessen van de politici verbitterden hem zo dat hij op een middag met een klap op de tafel besloot dat hij het een noch het ander nog langer verdroeg. 'Vertel hun maar dat ik de pest aan ze heb en dat ze niet meer terug hoeven te komen,' schreeuwde hij. Het was zo'n drastisch besluit dat hij uniformen en militaire riten in het huis verbood. Maar hij kon niet zonder hen overleven, zodat de troostende audiënties en de steriele beraadslagingen op de

* Episch gedicht van de Spaanse schrijver Alonso Ercilla y Zuñiga (1555-1594), dat de verovering van Chili door Valdivia beschrijft (vert.)

oude voet werden voortgezet, tegen zijn eigen orders in. Hij voelde zich toen zo beroerd dat hij het bezoek van een dokter toestond, op voorwaarde dat hij hem niet zou onderzoeken, geen vragen zou stellen over zijn pijnen en hem evenmin iets te drinken zou geven.

'Alleen maar om wat te praten,' zei hij.

De uitverkorene was geknipt voor zijn wensen. Hij heette Hércules Gastelbondo, een door het geluk gezalfde heer op leeftijd, kolossaal en gemoedelijk, met een schedel die glom van kaalheid en met een drenkelingengeduld dat op zich al verlichting voor andermans kwalen bood. Zijn ongelovigheid en zijn wetenschappelijke onverschrokkenheid waren befaamd langs de hele kust. Hij schreef chocoladecrème met gesmolten kaas tegen galstoornissen voor, adviseerde om in de lome uurtjes van de spijsvertering de liefde te bedrijven, als een goed lapmiddel voor een lang leven, en hij rookte zonder ophouden met stropapier gedraaide ezeldrijverssigaren, die hij zijn patiënten tegen alle soorten kwalen van het lichaam voorschreef. Diezelfde patiënten zeiden dat hij hen nooit helemaal beter maakte, maar dat hij hen met zijn bloemrijke breedsprakigheid amuseerde. Hij had een vulgaire lach over zich.

'Andere artsen hebben net zoveel zieken die doodgaan als ik,' zei hij. 'Maar bij mij gaan ze tevredener dood.'

Hij arriveerde met de karos van Bartolomé Molinares, die verschillende malen per dag heen en weer reed met allerlei komende en gaande spontane bezoekers, tot de generaal hen verbood te komen zonder te zijn uitgenodigd. Bij zijn aankomst was hij in een kreukelig, witlinnen pak gehuld en hij baande zich een weg door de regen, zijn zakken volgepropt met etenswaren en met een paraplu die zo haveloos was dat hij meer diende om het water op te vangen dan om het tegen te houden. Het eerste dat hij deed nadat ze elkaar vormelijk hadden begroet, was zich verontschuldigen voor de stank van de al half opgerookte sigaar. De generaal, die niet alleen op dat moment maar altijd de rook van sigaren verfoeide, had hem bij voorbaat geëxcuseerd.

'Ik ben eraan gewend,' antwoordde hij. 'Manuela rookt nog walgelijker sigaren dan u, zelfs in bed, en zij blaast me natuurlijk de rook van veel nabijer in het gezicht.'

Dokter Gastelbondo greep in het voorbijgaan de kans aan om een vraag te stellen die hem op de tong brandde.

'A propos,' zei hij. 'Hoe gaat het met haar?'

'Met wie?'

'Met doña Manuela.'

De generaal antwoordde kortaf: 'Goed.'

En hij ging zo ostentatief op een ander onderwerp over dat de arts in lachen uitbarstte om zijn impertinentie te verhelen. De generaal wist ongetwijfeld dat geen van zijn amoureuze avonturen veilig was voor het gefluister van zijn gevolg. Hij liep nooit te koop met zijn veroveringen, maar het waren er zovele en geruchtmakende geweest dat zijn slaapkamergeheimen publiek domein waren. Een gewone brief deed er van Lima naar Caracas drie maanden over, maar de roddelpraatjes over zijn avonturen leken met de gedachte mee te vliegen. Het schandaal zat hem als een tweede schaduw op de hielen en zijn minnaressen waren voor altijd met een askruisje getekend, maar hij vervulde de zinloze plicht zijn liefdesgeheimen door een heilig recht te laten beschermen. Niemand kreeg van hem een indiscretie te horen over een vrouw die zijn geliefde was geweest, behalve José Palacios, die zijn medeplichtige in alles was. Zelfs niet om de onschuldige nieuwsgierigheid van iemand als dokter Gastelbondo te bevredigen, en dan nog wel betreffende Manuela Sáenz, wier intieme leven zo openbaar was dat er maar heel weinig was waar ze zich nog om hoefde te bekommeren.

Met uitzondering van dat kortstondige incident betekende dokter Gastelbondo voor hem een geschenk uit de hemel. Hij monterde hem op met zijn wijze dwaasheden, deelde met hem de beestjes van suikerstroop, de crèmegebakjes en de met yucca-pasta gevulde chocolaatjes die hij in zijn zakken had en die de generaal uit vriendelijkheid accepteerde en bij wijze van afleiding opat. Op een dag beklaagde hij zich erover dat die salonzoetigheden alleen maar dienden om de honger af te leiden en niet om, zoals hij graag wilde, zijn gewicht op peil te brengen. 'Maakt u zich geen zorgen, excellentie,' antwoordde de dokter. 'Alles wat de mond binnengaat zet aan, en alles wat eruit komt vergaat.' De generaal vond dat zo'n vermakelijk argument dat hij erin toestemde om samen met de dokter een glas vurige wijn en een kom sagopap te nemen.

Maar terwijl de dokter zo toegewijd aan de verbetering van zijn humeur werkte, werd dit door de slechte berichten weer verstoord. Iemand vertelde hem dat de eigenaar van het huis dat hij in Cartagena had bewoond, uit angst voor besmetting het veldbed waarop hij sliep, met matras en lakens, en alles wat er tijdens zijn verblijf aldaar door zijn handen was gegaan, had verbrand. Hij gaf don Juan de Dios Amador toen opdracht om van het geld dat hij bij hem had achtergelaten niet alleen de huur te betalen, maar ook de nieuwwaarde van alle vernietigde spullen te vergoeden. Maar zelfs dat kon zijn bitterheid niet verzachten.

Nog ellendiger voelde hij zich toen hij een paar dagen later hoorde dat don Joaquín Mosquera, op doorreis naar de Verenigde Staten, in de omgeving was geweest en zich niet had verwaardigd hem een bezoek te brengen. Terwijl hij hier en daar informeerde, zonder zijn ongerustheid te verbergen, vernam hij dat Mosquera inderdaad, in afwachting van de boot, ruim een week aan de kust had vertoefd, dat hij veel gemeenschappelijke vrienden en ook enkele van zijn vijanden had gesproken, en dat hij tegenover iedereen zijn ongenoegen had geuit over wat hij de ondankbaarheden van de generaal noemde. Op het moment van vertrek, toen hij zich al in de sloep bevond die hem naar het schip zou brengen, had hij voor de mensen die hem uitgeleide deden zijn idee-fixe samengevat.

'Knoop het in uw oren,' zei hij. 'Die man houdt van niemand.'

José Palacios wist hoe gevoelig de generaal voor een dergelijk verwijt was. Niets kon hem meer pijn doen of meer van streek maken dan dat iemand zijn gevoelens in twijfel trok, en hij was in staat om met zijn geduchte verleidingskracht oceanen te splijten en bergen te verzetten tot hij die persoon van zijn vergissing had overtuigd. Toen hij op het toppunt van zijn roem stond, had Delfina Guardiola, de mooiste vrouw van Angostura, die door zijn wispelturigheden tot razernij was gedreven, de deur van haar huis voor zijn neus dichtgegooid. 'U bent een eminent man, eminenter dan wie ook, generaal,' zei ze, 'maar de liefde is u te groot.' Hij werkte zich door het keukenraam naar binnen, en terwijl hij op het punt stond niet alleen een veldslag te verliezen maar ook zijn huid, bleef hij drie dagen bij haar, tot het hem gelukt was Delfina van zijn liefde te overtuigen.

Mosquera was toen buiten zijn bereik, maar hij uitte zijn wrok tegen wie het maar wilde horen. Hij vroeg zich uitentreuren af met welk recht een man, die had toegestaan dat ze hem in een officiële nota op de hoogte stelden van het door Venezuela genomen besluit hem te ontslaan en te verbannen, het woord liefde in de mond durfde te nemen. 'En hij mag me op zijn knieën danken dat ik hem geen weerwoord heb gegeven om hem een historische veroordeling te besparen,' tierde hij. Hij bracht in herinnering hoeveel hij voor hem had gedaan, hoe hij hem had geholpen om te worden wat hij nu was en hoe hij had geleden onder zijn stupide plattelandsnarcisme. Ten slotte schreef hij een uitgebreide en wanhopige brief aan een gemeenschappelijke vriend, om er zeker van te zijn dat zijn verontruste stem Mosquera waar ook ter wereld zou bereiken.

Daarentegen hulden de berichten die uitbleven hem als het ware in een onzichtbare nevel. Zijn brieven aan Urdaneta bleven onbeantwoord. Briceño Méndez, zijn man in Venezuela, had hem wat vruchten uit Jamaica gestuurd, waar hij zo dol op was, maar de boodschapper was verdronken. Justo Briceño, zijn man aan de oostelijke grens, bracht hem met zijn traagheid tot wanhoop. Het stilzwijgen van Urdaneta had een schaduw over het land geworpen. De dood van Fernández Madrid, zijn berichtgever in Londen, had een schaduw over de wereld geworpen.

Wat de generaal niet wist was dat Urdaneta, terwijl hijzelf niets van hem hoorde, een drukke correspondentie met officieren van zijn gevolg voerde, waarin hij erop aandrong de generaal een ondubbelzinnig antwoord te ontlokken. Aan O'Leary schreef hij: 'Ik wil eens en voor altijd weten of de generaal nu wél of niet het presidentschap aanvaardt, of dat we ons hele leven achter een onbereikbare spookverschijning aan moeten hollen.' Niet alleen O'Leary, maar ook anderen in zijn omgeving probeerden af en toe terloops het onderwerp ter sprake te brengen, zodat ze Urdaneta een antwoord konden geven, maar de generaal draaide eromheen en was ondoorgrondelijk.

Toen er eindelijk duidelijke berichten uit Riohacha binnenkwamen, waren deze ernstiger dan boze voortekenen konden doen vermoeden. Generaal Manuel Valdés had, zoals was voorzien, op 20 oktober zonder weerstand de stad ingenomen, maar de week daarop had Carujo twee van zijn verkenningseenheden in de pan gehakt. Valdés bood Montilla een ontslag aan dat de pretentie had eervol te zijn, maar dat de generaal onwaardig vond. 'Die schoft doet het in zijn broek,' riep hij. Over nauwelijks twee weken zouden ze, volgens het oorspronkelijke plan, Maracaibo proberen in te nemen, maar eenvoudigweg Riohacha onder hun gezag brengen was al een onmogelijke droom.

'Godverdomme!' tierde de generaal. 'De bloem van mijn generaals is niet in staat geweest een kazerne-oproer te bedwingen.'

Wat hem echter het diepst schokte, was het bericht dat de bevolking op de vlucht sloeg als de regeringstroepen in aantocht waren omdat ze hen vereenzelvigden met de generaal, die door hen werd beschouwd als de moordenaar van admiraal Padilla, het idool van Riohacha, zijn geboortegrond. Daar kwam nog bij dat deze ramp leek samen te vallen met de rampen in de rest van het land. De anarchie en de chaos sloegen overal toe en Urdaneta was niet in staat er een einde aan te maken.

Dokter Gastelbondo stond voor de zoveelste maal versteld van de reanimerende kracht van de woede, toen hij de generaal aantrof terwijl die bezig was bijbelse scheldwoorden naar het hoofd van een speciale koerier te slingeren die hem zojuist de laatste berichten uit Santa Fe had gebracht. 'In plaats dat die kloteregering de volken en de mensen van kaliber aan zich bindt, verlamt ze hen,' schreeuwde hij. 'Ze zal opnieuw vallen en zich niet voor de derde keer oprichten, want de mensen die er deel van uitmaken en de massa's die haar steunen, zullen worden uitgeroeid.'

De dokter probeerde vruchteloos hem te kalmeren, want toen hij klaar was met zijn scheldkanonnade tegen de regering, nam hij schreeuwend en tierend de zwarte lijst van zijn generale staven door. Over generaal Joaquín Barriga, held uit drie grote veldslagen, zei hij dat hij tot alles in staat was, 'zelfs tot moord'. Over generaal Pedro Margueytío, die ervan verdacht werd dat hij betrokken was bij het komplot om Sucre te vermoorden, zei hij dat hij te onbenullig was om bevelhebber te zijn. Generaal González, de trouwste aanhanger die hij in Cauca had, werd door hem met een brute houw afgemaakt: 'De ziekten waaraan die lijdt zijn slapheid en scheten.' Hij liet zich hijgend in zijn schommelstoel vallen om zijn hart de pauze te gunnen waaraan het al sinds twintig jaar behoefte had. Toen zag hij dokter Gastelbondo verlamd van verbazing in de deuropening staan en zei met stemverheffing: 'Wat kun je per slot van rekening verwachten van een man die twee huizen heeft verdobbeld?'

Dokter Gaştelbondo stond perplex.

'Over wie hebben we het?' informeerde hij.

'Over Urdaneta,' zei de generaal. 'Hij raakte ze in Maracaibo aan een commandant van de marine kwijt, maar in de papieren deed hij het voorkomen alsof hij ze had verkocht.'

Hij ademde de lucht in die hij te kort kwam. 'Vergeleken met die schurk van een Santander zijn het natuurlijk allemaal brave jongens,' vervolgde hij. 'Zijn vrienden stalen het geld van de Engelse leningen door voor eentiende van de werkelijke prijs staatspapieren aan te kopen, en later nam de staat zelf ze weer voor de volle prijs terug.' Hij legde uit dat híj althans zich niet wegens het gevaar van corruptie tegen de leningen had verzet, maar omdat hij tijdig had ingezien dat ze een bedreiging vormden voor de onafhankelijkheid, die zoveel bloed had gekost.

'Ik verfoei schulden nog meer dan Spanjaarden,' zei hij. 'Daarom waarschuwde ik Santander dat al het goede dat we voor de natie deden, tenietgedaan zou worden als we die schuld accepteerden, omdat we tot in lengte van dagen rentes zouden blijven betalen. Het is nu zo duidelijk als wat: de schuld zal ons uiteindelijk te gronde richten.'

In de beginperiode van de huidige regering was hij het niet alleen eens geweest met de beslissing van Urdaneta het leven van de overwonnenen te sparen, maar juichte hij die ook toe als een nieuwe oorlogsethiek: 'Het mag niet gebeuren dat onze vijanden van nu ons hetzelfde aandoen als wat wij de Spanjaarden hebben aangedaan.' Ofwel, de oorlog zonder genade. Maar in zijn duistere nachten in het gehucht Soledad herinnerde hij Urdaneta er in een huiveringwekkende brief aan dat alle burgeroorlogen altijd waren gewonnen door degene die het wreedst optrad.

'Geloof me, waarde dokter,' zei hij tegen de arts. 'We kunnen ons gezag en ons leven alleen in stand houden ten koste van het bloed van onze tegenstanders.'

Plotseling was zijn woede zonder een spoor na te laten verdwenen, even ontijdig als ze was begonnen, en de generaal zette zich aan de historische vrijspraak van de officieren die hij zojuist had beledigd. 'Hoe dan ook, ik ben degene die zich vergist,' zei hij. 'Zij wilden alleen de onafhankelijkheid bevechten, wat urgent en concreet was, en hoe goed hebben ze het niet gedaan!' Hij strekte zijn hand, die een en al bot was, uit naar de dokter opdat deze hem zou helpen opstaan, en besloot met een zucht: 'Ik daarentegen ben verdoold in een droom, op zoek naar iets dat niet bestaat.'

In die dagen nam hij een beslissing over het lot van Iturbide. Eind oktober had deze, nog steeds vanuit Georgetown, een brief van zijn moeder ontvangen waarin ze hem vertelde dat het succes van de liberale krachten in Mexico de familie steeds minder hoop op terugkeer bood. Zijn onzekerheid, gevoegd bij die welke hij vanaf zijn vroegste jeugd diep in zich meedroeg, werd ondraaglijk voor hem. Toevallig haalde de generaal op een middag toen hij leunend op zijn arm door de galerij van het huis wandelde een onverwachte herinnering op.

'Aan Mexico bewaar ik alleen maar een slechte herinnering,' zei hij. 'In Veracruz hebben de waakhonden van de havenkapitein twee jonge hondjes die ik mee wilde nemen naar Spanje verscheurd.'

Dat was hoe dan ook zijn eerste ervaring met de wereld geweest, zei hij, en hij was er voor altijd door getekend. Het was de bedoeling geweest op zijn eerste reis naar Europa, in februari 1799, korte tijd aan te leggen in. Veracruz, maar dat verblijf werd met bijna twee maanden verlengd omdat de Engelsen de haven van Havanna hadden geblokkeerd dat de volgende tussenhaven zou zijn. Het uitstel gaf hem de tijd om per rijtuig naar Mexico Stad te gaan, bijna drieduizend meter omhoogklimmend te midden van besneeuwde vulkanen en hallucinerende woestijnen die in de verste verte niet leken op de pastorale ochtendstonden in de Aragua-vallei, waar hij tot dan toe had gewoond. 'Ik dacht dat het er zo op de maan moest uitzien,' zei hij. In Mexico Stad stond hij versteld van de zuivere lucht en raakte diep onder de indruk van de openbare markten, de overvloed en de schoonheid ervan, waar van alles werd verkocht om te eten: rode agavewormen, gordeldieren, rivieraaltjes, muggelarven, sprinkhanen, larven van zwarte mieren, wilde katten, kakkerlakken op honingwater, maïswespen, gefokte leguanen, ratelslangen, allerlei soorten vogels, dwerghondjes en een soort bonen met een eigen leven die onophoudelijk opwipten. 'Ze eten daar alles op wat rondloopt,' zei hij. Hij verbaasde zich over de doorzichtige wateren van de talrijke kanalen die dwars door de stad liepen, de in zondagse kleuren geschilderde boten en de rijkdom aan bloemen. Maar hij was gedeprimeerd door de korte februaridagen, de zwijgzame Indianen en de eeuwige motregen, alles wat hem later somber zou stemmen in Santa Fe, in Lima, in La Paz, en langs en over het hele Andesgebergte, een gevoel dat hij toen voor het eerst onderging. De bisschop, bij wie hij was aanbevolen, nam hem aan de hand mee naar een audiëntie bij de onderkoning, die hem bisschoppelijker voorkwam dan de bisschop. De onderkoning schonk nauwelijks enige aandacht aan het schriele, donkere jongetje in zijn fatterige kleren, dat verklaarde een bewonderaar van de Franse revolutie te zijn. 'Het had me mijn leven kunnen kosten,' zei de generaal geamuseerd. 'Maar misschien dacht ik wel dat je met een onderkoning over politiek moest praten, en dat was het enige dat ik op mijn zeventiende wist.' Voordat hij zijn reis voortzette, schreef hij een brief aan zijn oom don Pedro Palacio y Sojo, de eerste van hem die bewaard zou blijven. 'Mijn handschrift was zo slecht dat ik het zelf niet kon lezen,' zei hij stikkend van de lach. 'Maar ik legde mijn oom uit dat het van de vermoeiende reis kwam.' Op anderhalve pagina kwamen veertig spelfouten voor, waarvan twee in één enkel woord: 'wey'.

Iturbide kon er geen enkel commentaar op geven, omdat zijn herinnering niet zover terugging. Alles wat hem van Mexico was bijgebleven, was de herinnering aan rampen die zijn aangeboren melancholie hadden versterkt, en de generaal had alle reden om dit te begrijpen.

'Blijf niet bij Urdaneta,' zei hij. 'En ga ook niet met uw familie naar de Verenigde Staten, want die zijn almachtig en verschrikkelijk, en met het smoesje van de vrijheid zullen ze ons uiteindelijk allemaal in de ellende storten.'

Zijn woorden wierpen nog meer twijfel in een moeras van onzekerheid.

'U schrikt me af, generaal!'

'Laat u niet afschrikken,' zei de generaal bedaard. 'Ga naar Mexico, al wordt het uw dood of zou u sterven. En ga nu u nog jong bent, want op een dag zal het te laat zijn en dan zult u zich noch hier noch daar meer thuisvoelen. U zult zich overal een vreemdeling voelen en dat is erger dan de dood.' Hij keek hem recht in de ogen, legde zijn handpalm tegen zijn borst en besloot met te zeggen: 'Vertelt u míj wat.'

Zodat Iturbide begin december met twee brieven voor Urdaneta vertrok, in één waarvan hij schreef dat Iturbide, Wilson en Fernando de meest betrouwbare mensen in zijn omgeving waren. Hij bleef in Santa Fe, zonder vaste bestemming, tot april van het volgende jaar, toen Urdaneta door een santanderistische samenzwering werd afgezet. Zijn moeder kreeg met haar voorbeeldige vasthoudendheid gedaan dat hij tot secretaris van de Mexicaanse legatie in Washington werd benoemd. Hij sleet de rest van zijn leven in de vergetelheid van de overheidsdienst, en er werd niets meer van de familie vernomen, tot Maximiliaan van Habsburg, die met behulp van het Franse leger tot keizer van Mexico werd gekroond, tweeendertig jaar later twee mannelijke telgen van de derde generatie Iturbide adopteerde en tot opvolgers op zijn hersenschimmige troon benoemde.

In de tweede brief voor Urdaneta die de generaal aan Iturbide meegaf, verzocht hij hem al zijn vroegere en toekomstige brieven te vernietigen om geen sporen van zijn sombere uren achter te laten. Urdaneta voldeed niet aan zijn verzoek. Vijf jaar eerder had hij aan generaal Santander een soortgelijke smeekbede gericht: 'Laat mijn brieven niet publiceren, noch bij mijn leven noch bij mijn dood, want ze zijn heel vrijmoedig en heel onordelijk geschreven.' Aan dat verzoek werd door Santander evenmin voldaan, wiens brieven, in tegenstelling tot de zijne, volmaakt van vorm en inhoud waren, en men kon op het eerste gezicht zien dat hij ze schreef in het besef dat de geschiedenis hun eindbestemming was.

Vanaf de brief uit Veracruz tot aan de laatste die hij zes dagen voor zijn dood dicteerde, had de generaal er minstens tienduizend geschreven, sommige eigenhandig, andere aan zijn klerken gedicteerd en weer andere overeenkomstig zijn instructies door dezen opgesteld. Er bleven niet meer dan drieduizend brieven en zo'n achtduizend door hem ondertekende documenten bewaard. Soms bracht hij de klerken tot wanhoop. Of omgekeerd. Op een keer vond hij dat de zojuist door hem gedicteerde brief slecht geschreven was, en in plaats van een nieuwe te laten schrijven voegde hij er zelf een regel over de klerk aan toe: 'Zoals u ziet is Martell vandaag stompzinniger dan ooit.' In 1817, aan de vooravond van zijn vertrek uit Angostura om de bevrijding van het continent te voltooien, werkte hij zijn staatszaken bij door op één dag veertien documenten te dicteren. Misschien is toen de nooit weersproken legende ontstaan dat hij aan verschillende klerken verschillende brieven tegelijk placht te dicteren.

Oktober bleef beperkt tot het geruis van de regen. De generaal kwam zijn kamer niet meer uit en dokter Gastelbondo moest zijn vernuftigste hulpmiddelen aanwenden om hem te mogen bezoeken en eten geven. José Palacios had de indruk dat hij tijdens de bespiegelende siësta's, wanneer hij zonder zich te schommelen in zijn hangmat lag en naar de regen op het verlaten plein keek, zelfs de onbetekenendste momenten uit zijn voorbije leven voor zijn geestesoog liet passeren.

'Godallemachtig,' verzuchtte hij op een middag. 'Hoe zou het toch met Manuela zijn!'

'We weten alleen maar dat het goed met haar is omdat we niets van haar weten,' zei José Palacios.

Want er was een stilte over haar gevallen sinds Urdaneta de macht aan zich had getrokken. De generaal had haar niet meer geschreven, maar droeg Fernando op haar op de hoogte te houden van het verloop van de reis. Haar laatste brief dateerde van eind augustus en bevatte zoveel vertrouwelijk nieuws over de voorbereidingen voor de staatsgreep, dat het geen eenvoudige opgave was geweest om te midden van het geraas van de zinnen en de feiten die met opzet verdraaid waren om de vijand op een dwaalspoor te brengen, de mysteries ervan te ontcijferen.

Terwijl ze de goede raadgevingen van de generaal vergat, had Manuela zich met overgave en zelfs te uitgelaten op haar rol van eerste bolivariste van de natie geworpen en ze voerde in haar eentje een papieren oorlog tegen de regering. President Mosquera durfde niet tegen haar op te treden, maar hij belette zijn ministers niet om dat wel te doen. De aanvallen van de officiële pers beantwoordde Manuela met gedrukte scheldkritieken, die ze te paard en geëscorteerd door haar slavinnen in de Calle Real uitdeelde. Met gevelde lans achtervolgde ze door de geplaveide straatjes de lieden die tegen de generaal gerichte vlugschriften verspreidden en ze kalkte nog beledigender opschriften over de beledigende opschriften die 's morgens vroeg op de muren stonden.

De officiële oorlog ontaardde ten slotte in een oorlog tegen haar persoonlijk. Maar ze liet zich niet uit het veld slaan. Op een nationale feestdag werd ze door haar spionnen binnen de regering gewaarschuwd dat er op de Plaza Mayor een vuurwerktoren was gebouwd met een karikatuur van de generaal, als carnavalskoning uitgedost. Manuela en haar slavinnen drongen zich langs de wachtposten en vernietigden het bouwsel met een cavaleriecharge. De burgemeester in eigen persoon probeerde haar toen met een piket soldaten van haar bed te lichten, maar zij wachtte hen met twee getrokken pistolen op en het was alleen aan de bemiddeling van vrienden van beide partijen te danken dat groter onheil werd voorkomen.

Het enige dat haar kon intomen was de machtsovername van generaal Urdaneta. Hij was een echte vriend voor haar en zij werd zijn geestdriftigste medeplichtige. Wanneer de generaal in het Zuiden oorlog voerde tegen de Peruaanse invallers en zij alleen in Santa Fe achterbleef, was Urdaneta de vertrouwde vriend die over haar veiligheid waakte en in haar behoeften voorzag. Toen de generaal in het Bewonderenswaardige Congres zijn onfortuinlijke verklaring aflegde, was het Manuela die hém zover kreeg dat hij aan Urdaneta schreef: 'Ik bied u onvoorwaardelijk mijn vroegere vriendschap aan en een absolute en diep gemeende verzoening.' Urdaneta aanvaardde dat moedige aanbod en na de militaire staatsgreep beloonde Manuela hem daarvoor. Ze verdween uit het openbare leven, en wel zo grondig dat begin oktober het gerucht zich had verspreid dat ze naar de Verenigde Staten was vertrokken, wat door niemand in twijfel werd getrokken. Vandaar dat José Palacios gelijk had: met Manuela ging het goed, omdat men niets van haar wist.

Op een van die speurtochten door het verleden bereikte de generaal, verdoold in de regen en triest van het wachten zonder te weten op wie, wat of waarvoor, een dieptepunt: hij huilde in zijn slaap. Toen José Palacios het zachte gekerm hoorde, dacht hij dat het het zwerfhondje was dat ze uit de rivier hadden opgevist. Maar het was zijn heer. Hij raakte van zijn stuk, want in al die jaren van vertrouwelijkheid had hij hem maar één keer zien huilen, en dat was niet van verdriet maar van woede geweest. Hij riep kapitein Ibarra, die in de galerij waakte, en deze hoorde eveneens het gerucht van tranen.

'Dat zal hem opluchten,' zei Ibarra.

'Dat zal ons allemaal opluchten,' zei José Palacios.

De generaal sliep langer dan gewoonlijk. Hij werd niet door de vogels in de aangrenzende moestuin noch door de kerkklokken gewekt, en José Palacios boog zich verschillende malen over zijn hangmat om te luisteren of hij nog ademde. Toen hij zijn ogen opendeed was het over achten en was de warmte al begonnen.

'Zaterdag, zestien oktober,' zei José Palacios. 'Dag van de zuiverheid.'

De generaal verliet zijn hangmat en keek door het raam naar het verlaten, stoffige plein, de kerk met afgebladderde muren en de aasgieren die elkaar de restjes van een dode hond betwistten. De meedogenloosheid van de eerste zonnestralen kondigde een snikhete dag aan.

'Laten we hier als de weerlicht weggaan,' zei de generaal. 'Ik wil de schoten van de executie niet horen.'

José Palacios huiverde. Hij had dat moment op een andere plaats en op een andere tijd meegemaakt, en de generaal had er toen net zo uitgezien, blootsvoets op de ijskoude vloertegels, in een lange onderbroek en met de slaapmuts op zijn kale schedel. Het was een oude droom die zich in de werkelijkheid herhaalde.

'We zullen ze niet horen,' zei José Palacios, en met weloverwogen nadruk voegde hij eraan toe: 'Generaal Piar is al in Angostura gefusilleerd, en niet vandaag om vijf uur, maar op een dag als vandaag, dertien jaar geleden.'

Generaal Manuel Piar, een geharde, vijfendertigjarige mulat uit Curaçao, die zich in de patriottische milities roemvol en als de beste had onderscheiden, had het gezag van de generaal op de proef gesteld toen het bevrijdingsleger meer dan ooit bundeling van krachten nodig had om de onstuimige aanvallen van Morilla te weerstaan. Piar probeerde negers, mulatten en zambos, en alle weerlozen in het land, te verenigen tegen de criolla-aristocratie in Caracas, belichaamd door de generaal. Zijn populariteit en zijn messiaanse uitstraling waren alleen vergelijkbaar met die van José Antonio Páez of van Boves, de royalist, en hij slaagde erin sommige blanke officieren van het bevrijdingsleger aan zijn kant te krijgen. De generaal had al zijn overredingskunsten tevergeefs op hem losgelaten. Nadat Piar op zijn bevel was gearresteerd, werd hij naar Angostura gebracht, de voorlopige hoofdstad, waar de generaal zich met zijn naaste officieren had verschanst, onder wie verschillende die hem op zijn laatste reis over de rivier de Magdalena zouden vergezellen. Een door hem benoemde krijgsraad, bestaande uit militaire vrienden van Piar, wees standrechtelijk vonnis. José María Carreño maakte deel uit van het tribunaal. De door de staat aangewezen verdediger hoefde niet te liegen om Piar lof toe te zwaaien als een van de prominentste figuren uit de strijd tegen de Spaanse overheersers. Hij werd schuldig verklaard aan desertie, opstand en verraad, en veroordeeld tot de doodstraf, met verlies van al zijn militaire titels. Gezien zijn grote verdiensten achtte men het onwaarschijnlijk dat het vonnis door de generaal bevestigd zou worden, en al helemaal niet op een moment dat Morilla enkele provincies had heroverd en het moreel van de patriotten zo laag was dat men vreesde voor een wanordelijke vlucht. De generaal werd van alle kanten onder druk gezet, luisterde beminnelijk naar de mening van zijn naaste vrienden, onder wie Briceño Méndez, maar zijn besluit stond onherroepelijk vast. Hij trok de degradatie in en bevestigde de executie, een straf die nog verzwaard werd met het bevel dat hij in het openbaar te-rechtgesteld zou worden. Het was een eindeloze nacht waarin het kwaad van alle kanten kon toeslaan. Op 16 ok-tober, om vijf uur 's middags, werd het vonnis ten uitvoer gebracht onder de meedogenloze zon op de Plaza Mayor van Angostura, de stad die door dezelfde Piar zes maan-den eerder op de Spanjaarden was veroverd. De leider van het executiepeloton had de resten van een dode hond, waaraan de aasgieren zich te goed deden, laten opruimen en de toegangen tot het plein laten afsluiten om te belet-ten dat loslopende dieren de waardigheid van de executie zouden verstoren. Hij weigerde Piar de laatste eer zelf het peloton het bevel tot vuren te geven en hij blinddoekte hem onder dwang, maar hij kon niet verhinderen dat Piar met een kus op het crucifix en een vaarwel aan de vlag af-scheid nam van de wereld.

De generaal had geweigerd de executie bij te wonen. José Palacios was als enige bij hem in het huis en zag hoe hij moest vechten tegen zijn tranen toen hij het salvo hoorde. In de proclamatie waarmee hij de troepen op de hoogte stelde, verklaarde hij: 'Gisteren was een dag van droefenis voor mijn hart.' De rest van zijn levensdagen zou hij volhouden dat de executie een politieke eis was, waardoor het land werd gered, de opstandigen werden overtuigd en een burgeroorlog werd vermeden. Het was in ieder geval de meest brute, maar ook de meest opportu-ne machtsdaad van zijn leven, waarmee hij terstond zijn gezag consolideerde, eenheid bracht in de leiding en de weg naar de roem vrijmaakte.

Dertien jaar later, in het gehucht Soledad, leek het niet eens tot hem door te dringen dat hij het slachtoffer van een speling van de tijd was geweest. Hij hield zijn oog op het plein gevestigd, tot een haveloze oude vrouw met een ezel, die beladen was met kokosnoten waarvan ze de melk verkocht, het plein overstak en met haar schaduw de aasgieren verjoeg. Toen keerde hij met een zucht van verlichting naar zijn hangmat terug en zonder dat iemand het hem vroeg, gaf hij het antwoord dat José Palacios sinds de tragische avond in Angostura had willen weten.

'Ik zou het opnieuw doen,' zei hij.

LOPEN VORMDE DE grootste bedreiging voor hem, niet wegens het risico van een val, maar omdat het al te duidelijk was hoeveel moeite het hem kostte. Maar het was heel begrijpelijk dat iemand hem behulpzaam was om de trappen van het huis op en af te lopen, zelfs wanneer hij het alleen af kon. Wanneer hij echter werkelijk een ondersteunende arm nodig had, liet hij dat niet toe.

'Dank u,' zei hij dan, 'het gaat nog wel.'

Op zekere dag ging het niet meer. Hij stond op het punt de trap af te lopen toen alles om hem heen begon te draaien. 'Ik weet niet hoe het kwam, maar ik viel zomaar om, halfdood,' vertelde hij aan een vriend. Sterker nog: hij viel als door een wonder niet dood omdat de duizeling hem boven aan de trap beving, en hij rolde niet verder naar beneden omdat hij zo weinig woog.

Dokter Gastelbondo bracht hem in allerijl naar het oude Barranca de San Nicolás, in de koets van don Bartolomé Molinares, die hem tijdens een vorige reis in zijn huis onderdak had geboden en nu dezelfde ruime, goed geventileerde slaapkamer met uitzicht op de Calle Ancha voor hem in orde had gemaakt. Onderweg begon er uit zijn linkerooghoek een etterig vocht te sijpelen dat hem niet met rust liet. Hij schonk nergens aandacht meer aan, en soms leek het of hij zat te bidden, terwijl hij in werkelijkheid hele strofen van zijn favoriete gedichten mompelde. De arts maakte met zijn zakdoek zijn oog schoon, verbaasd dat hij het zelf niet deed terwijl hij er altijd zo op gebrand was er verzorgd uit te zien. Hij kwam nauwelijks tot leven toen bij de ingang van de stad een troep op hol geslagen koeien bijna tegen de koets op stormde en tot slot de berline van de parochieherder omverliep. Deze maakte een buiteling door de lucht en veerde onmiddellijk weer met een sprongetje omhoog, tot aan zijn haren wit van het zand en met zijn voorhoofd en handen onder het bloed. Toen men van de schrik bekomen was, moesten de grenadiers zich een weg banen door de lanterfantende voorbijgangers en de naakte kinderen die alleen maar van het ongeluk wilden genieten en er geen notie van hadden wie de reiziger was die in het halfdonker van de koets gezeten op een dode leek.

De arts stelde de priester aan hem voor als een van de weinigen die de generaal trouw waren gebleven in de tijd dat de bisschoppen vanaf de kansel donderpreken tegen hem hielden en hij als wellustige vrijmetselaar werd geëxcommuniceerd. De generaal leek geen besef te hebben van wat er zich afspeelde en werd zich pas weer van zijn omgeving bewust toen hij het bloed op de soutane van de pastoor zag en deze hem verzocht zijn gezag aan te wenden opdat er geen koeien meer los zouden ronddolen in een stad waar men met al die koetsen op de openbare weg al niet meer veilig kon rondlopen.

'Laat het uw leven niet vergallen, eerwaarde,' antwoordde hij zonder hem aan te kijken. 'Zo is het in het hele land.'

De zon van elf uur stond onbeweeglijk boven de zandvlaktes van de brede en troosteloze straten, en de hele stad schitterde van de hitte. De generaal was blij dat hij er niet langer hoefde te blijven dan nodig was om te herstellen van de valpartij en om uit te varen op een dag als de zee onstuimig was, want het Franse handboek beweerde dat zeeziekte goed was om het vocht van de gal op te wekken en de maag schoon te maken. Hij herstelde spoedig van de val, maar om én de boot én slecht weer op elkaar af te stemmen, was nog zo eenvoudig niet.

De generaal, die woedend was omdat zijn lichaam hem niet gehoorzaamde, had geen kracht meer voor politieke of sociale activiteiten, en als hij al bezoek ontving was dat van oude persoonlijke vrienden die naar de stad kwamen om afscheid van hem te nemen. Het huis was ruim en koel, voor zover november dat toeliet, en de bewoners veranderden het voor hem in een familiëziekenhuis. Don Bartolomé Molinares was als zovelen geruïneerd door de oorlogen, en het enige dat die hem gelaten hadden was zijn functie van administrateur van de posterijen, die hij al tien jaar onbezoldigd uitoefende. Hij was zo goedhartig dat de generaal hem sinds zijn vorige reis papa was gaan noemen. Zijn vrouw, welgedaan en met een ontembare matriarchale roeping, hield zich onledig met kantklossen en haar kantwerk vond goed aftrek op de boten uit Europa, maar vanaf de komst van de generaal wijdde ze al haar tijd aan hem. Dat ging zelfs zo ver dat ze in aanvaring kwam met Fernanda Barriga omdat deze olijfolie bij zijn linzen deed, in de overtuiging dat het goed was voor borstkwalen, en uit dankbaarheid at hij ze tegen heug en meug op.

Wat de generaal in die periode het meest dwarszat was zijn etterende oog, dat hem in een somber humeur hield, tot hij voor oogdruppels van kamillewater bezweek. Als een kortstondig soelaas voor de kwelling van de muggen en de triestheid van de namiddag nam hij vervolgens weer aan de kaarttafel plaats. Toen hij met zijn gastheer en gastvrouw half serieus half voor de grap aan het discussiëren was, verraste hij hen, in een van zijn schaarse buien van berouw, met de uitspraak dat een goed akkoord heel wat meer waard was dan duizend gewonnen processen.

'Ook in de politiek?' informeerde de heer Molinares.

'Vooral in de politiek,' zei de generaal. 'Het feit dat we niet tot een vergelijk met Santander zijn gekomen, heeft ons allen naar de ondergang gevoerd.'

'Zolang er nog vrienden zijn is er hoop,' zei Molinares.

'Integendeel,' zei de generaal. 'Niet de trouweloosheid van mijn vijanden maar de voortvarendheid van mijn vrienden heeft een einde gemaakt aan mijn roem. Zij betrokken mij in die rampzalige Conventie van Ocaña, zij brachten me in problemen met dat gedoe van de monarchie, zij dwongen mij om me opnieuw verkiesbaar te stellen, met dezelfde argumenten waarmee ze me later dwongen af te treden, en nu houden ze mij gevangen in dit land waar ik niets meer te zoeken heb.'

De regen hield niet meer op en de vochtigheid begon barsten in zijn geheugen te maken. Zelfs 's nachts was de hitte zo intens dat de generaal verscheidene malen zijn doorweekte hemd voor een ander moest verwisselen. 'Ik voel me alsof ik au bain-marie word gekookt,' klaagde hij. Op een middag zat hij ruim drie uur op het balkon en zag op straat het puin uit de arme wijken aan zich voorbijtrekken, het huisraad en de kadavers van dieren, alles meegesleurd door de stroom van een seismische stortbui die de huizen van hun fundamenten dreigde los te wrikken.

Commandant Juan Glen, de prefect van de stad, dook te midden van het noodweer op met het bericht dat hij een vrouw die in dienst was bij de heer Visbal had gearresteerd, omdat ze de haren die de generaal in Soledad had afgesneden als heilige relikwieën had verkocht. Voor de zoveelste maal raakte de generaal gedeprimeerd door het treurige besef dat alles wat van hem was in gelegenheidskoopwaar ontaardde.

'Ze behandelen me alsof ik al dood ben,' zei hij.

Mevrouw Molinares had haar schommelstoel vlak bij de speeltafel geschoven om zich geen woord te laten ontgaan.

'Ze behandelen u als degene die u bent,' zei ze. 'Een heilige.'

'Goed,' zei hij, 'als het zo zit, dan moéten ze deze arme onschuldige vrijlaten.'

Hij kwam niet meer tot lezen. Wanneer hij brieven moest schrijven volstond hij met instructies aan Fernando te geven, en de weinige brieven die hij moest ondertekenen las hij niet eens meer door. De ochtend bracht hij door op het balkon, verdiept in de beschouwing van de zandwoestijn van de straten, de waterezel die langssjokte, de schaamteloze en gelukkige negerin die in de zon gestoofde *mojarras* verkocht, de kinderen die klokslag elf uit school kwamen en de pastoor in zijn voddige, opgelapte soutane, die hem vanuit het kerkportaal zegende en met de hitte versmolt. Terwijl de anderen siësta hielden, liep hij om één uur 's middags langs de oever van de rottende geulen, alleen al met zijn schaduw de zwermen aasgieren van de markt verjagend, en af en toe de enkele voorbijganger groetend die hem, halfdood en in burger, herkende, tot hij bij de kazerne van de grenadiers kwam, een uit riet en leem opgetrokken schuur tegenover de ri-vierhaven. Hij maakte zich zorgen om het moreel van de soldaten die waren ondermijnd door verveling, wat hem maar al te duidelijk bleek uit de chaos die er in de kwartieren heerste en de stank die ondraaglijk was geworden. Maar een sergeant, die door de helse hitte op dat uur van de dag in een toestand van verdoving leek te verkeren, verpletterde hem met de waarheid.

'Niet het moreel, maar de gonorroea heeft ons de das omgedaan, excellentie,' zei hij.

Toen pas hoorde hij het. De plaatselijke artsen, die hun wetenschap met afleidende lavementen en lapmiddelen van melksuiker hadden uitgeput, legden het probleem weer bij de militaire commandanten, maar deze hadden nog geen overeenstemming bereikt over wat er moest gebeuren. De hele stad was al op de hoogte van het gevaar dat haar bedreigde en beschouwde het roemrijke leger van de republiek als de koerier van de pest. De generaal was minder gealarmeerd dan men vreesde en loste het probleem in één klap op door een absolute quarantaine in te stellen.

Toen het uitblijven van goede of slechte berichten hem tot wanhoop begon te brengen, bracht een boodschapper te paard hem vanuit Santa Marta een duister bericht van generaal Montilla: 'We hebben de man al en de zaak gaat de goede kant op.' De generaal vond de boodschap zo merkwaardig en de wijze waarop hij was gesteld zo afwijkend, dat hij hem als een staatsaangelegenheid van het hoogste gewicht opvatte. Een bericht dat misschien wel te maken had met de veldtocht in Riohacha, waaraan de generaal een historische, door niemand begrepen priori-teit verleende.

Sinds er door de nalatigheid van de regeringen een einde was gekomen aan het systeem van gecodeerde boodschappen dat bij de eerste samenzweringen tegen Spanje zoveel goede diensten had bewezen, was het in deze periode een normale zaak geworden dat om veiligheidsredenen boodschappen werden versluierd en militaire berichten doelbewust werden verdraaid. Een oude zorg van hem was dat hij door de militairen werd bedrogen, een zorg die door Montilla werd gedeeld, wat ertoe bijdroeg het raadselachtige bericht te compliceren en de angstige spanning van de generaal te verhogen. José Palacios werd toen door hem naar Santa Marta gestuurd, onder het voorwendsel dat hij verse vruchten en groenten en een paar flessen droge witte wijn en licht bier, die op de plaatselijke markt niet voorhanden waren, zou inslaan. Maar in werkelijkheid ging hij om het mysterie voor hem te ontraadselen. Het was heel simpel: Montilla wilde zeggen dat de echtgenoot van Miranda Lyndsay vanuit de gevangenis in Honda was overgebracht naar die van Cartagena en dat zijn vrijspraak een kwestie van dagen was. De generaal was zo ontgoocheld door de eenvoud van het raadsel, dat hij zich zelfs niet verheugde over de goede daad die hij zijn Jamaicaanse redster had bewezen.

Begin november liet de bisschop van Santa Marta hem in een eigenhandig geschreven briefje weten dat hij er door zijn apostolische bemiddeling in was geslaagd de gemoederen in het nabijgelegen gehucht La Ciénaga te bedaren, waar in de afgelopen week een poging was ondernomen om een burgerlijke opstand ter ondersteuning van Riohacha te ontketenen. De generaal bedankte hem er eveneens eigenhandig voor en verzocht Montilla hetzelfde te doen, maar hij was niet ingenomen met de manier waarop de bisschop zich had beijverd om zijn schuld bij hem te vereffenen.

De betrekkingen tussen hem en monseigneur Estévez waren nooit heel soepel geweest. Onder zijn zachtmoedige goedeherdersstaf was de bisschop een gepassioneerde, maar niet bijster slimme politicus, die in de grond van zijn hart gekant was tegen de republiek, tegen de eenwording van het continent en tegen alles wat met de politieke opvattingen van de generaal te maken had. In het Bewonderenswaardige Congres, waarvan hij vice-voorzitter was geweest, had hij het als zijn wezenlijke taak beschouwd de macht van Sucre te verlammen, een taak waarvan hij zich met meer boosaardigheid dan doeltreffendheid had gekweten, zowel in de verkiezing van de waardigheidsbekleders als in de missie die ze samen hadden uitgevoerd om een vriendschappelijke oplossing voor het conflict met Venezuela te zoeken. De heer en mevrouw Molinares, die op de hoogte waren van die meningsverschillen, waren dan ook allesbehalve verbaasd toen de generaal hen bij de merienda van vier uur met een van zijn profetische parabellen ontving: 'Wat moet er van onze kinderen terechtkomen in een land waar door de bemoeienis van een bisschop een einde wordt gemaakt aan revoluties?'

Mevrouw Molinares diende hem van repliek met een vriendelijk maar beslist verwijt: 'U mag dan gelijk hebben, excellentie, maar ik wil er niet van horen,' zei ze. 'Wij zijn ouderwetse katholieken.'

Hij rehabiliteerde zich onmiddellijk: 'Ongetwijfeld katholieker dan de bisschop, want hij heeft in La Ciénaga geen vrede gebracht uit liefde tot God, maar om in de oorlog tegen Cartagena de eenheid onder zijn parochianen te bewaren.'

'Wij hier zijn ook gekant tegen de tirannie van Cartagena,' zei meneer Molinares.

'Dat wist ik al,' zei hij. 'Iedere Colombiaan is een vijandig land.'

Vanuit Soledad had de generaal Montilla verzocht een lichte boot naar de naburige haven van Sabanilla te sturen, zodat hij uitvoering kon geven aan zijn plan om de gal met behulp van zeeziekte uit te drijven. Montilla had zijn verzoek op de lange baan geschoven omdat don Joaquín de Mier, een republikeinse Spanjaard die een compagnon van commodore Elbers was, hem een van zijn stoomboten had beloofd die gelegenheidsdiensten op de rivier de Magdalena onderhielden. Toen dat niet mogelijk bleek, zond Montilla halverwege november een Engels koopvaardijschip, dat onaangekondigd in Santa Marta aankwam. Zodra hij dat vernam, deelde de generaal mee dat hij van de gelegenheid gebruik zou maken om het land te verlaten. 'Ik ben vastbesloten om waar dan ook naartoe te gaan om niet hier te hoeven sterven,' zei hij. Vervolgens voelde hij de siddering van het voorteken dat Camille hem op een balkon vol bloemen tegenover de zee, de horizon afturend, stond op te wachten, en hij verzuchtte: 'In Jamaica houden ze van me.'

Hij gaf José Palacios opdracht de bagage te gaan pakken, en die avond was hij tot diep in de nacht op zoek naar papieren die hij ten koste van alles wilde meenemen. Hij raakte zo vermoeid dat hij drie uur aaneen sliep. Tegen het aanbreken van de dag, toen hij zijn ogen al open had, drong het pas tot hem door waar hij was toen José Palacios zingend het lijstje heiligen afwerkte.

'Ik droomde dat ik in Santa Marta was,' zei hij. 'Het was een heel schone stad, met identieke witte huizen,

262

maar het uitzicht op zee werd door bergen belemmerd.'

'Dan was het niet Santa Marta,' zei José Palacios, 'maar Caracas.'

Want in zijn droom was de generaal onthuld dat ze niet naar Jamaica zouden gaan. Fernando was al vroeg in de haven om de details van de reis te regelen, en toen hij terugkwam was zijn oom bezig een brief aan Wilson te dicteren, waarin hij Urdaneta verzocht hem een nieuw paspoort te sturen om het land te kunnen verlaten, want het paspoort dat hem door de afgezette regering was verstrekt, was ongeldig. Dat was de enige toelichting die hij gaf op zijn besluit de reis af te gelasten.

Ze waren het er echter allen over eens dat de reis in werkelijkheid niet doorging wegens de berichten die hij die ochtend over de operaties in Riohacha had ontvangen en die de voorafgaande alleen maar verergerden. Het land viel van oceaan tot oceaan in brokstukken uiteen en het spookbeeld van de burgeroorlog zweefde dreigend boven de puinhopen, maar niets stuitte de generaal zo tegen de borst dan zich door tegenspoed uit het veld te laten slaan. 'We zijn bereid om elk offer te brengen voor de redding van Riohacha,' zei hij. Dokter Gastelbondo, die zich meer zorgen maakte om de zorgen van de zieke dan om zijn onherstelbare ziekten, was de enige die hem de waarheid kon zeggen zonder hem te vernederen.

'De wereld stort ineen en u denkt alleen maar aan Riohacha,' zei hij. 'Te veel eer voor ons.'

'Van Riohacha hangt het lot van de wereld af,' was het prompte weerwoord.

Hij geloofde dat werkelijk, en hij slaagde er niet in zijn onrust te verbergen over het feit dat ze al binnen de termijn waren die ze zich gesteld hadden om Maracaibo te veroveren en toch verder dan ooit van de overwinning waren verwijderd. En naarmate december met haar topazen namiddagen naderde, vreesde hij niet alleen dat Riohacha verloren zou gaan, en misschien de hele kust, maar ook dat Venezuela een expeditie zou uitrusten om zelfs de laatste sporen van zijn illusies weg te vagen.

Het weer was de week daarvoor begonnen om te slaan en de drukkende regens van eerst hadden plaats gemaakt voor een doorschijnende hemel en sterrennachten. De generaal bleef ongevoelig voor de wonderen om hem heen en lag afwisselend afwezig in zijn hangmat of legde een kaartje, zonder zich om zijn lot te bekommeren. Toen ze korte tijd later in de salon zaten te kaarten, rukte een van rozen vervulde zeebries hun de kaarten uit de hand en deed de grendels van de ramen springen. Mevrouw Molinares, in vervoering gebracht door de vroegtijdige aankondiging van het door de voorzienigheid gezonden seizoen, riep uit: 'Het is december!' Wilson en José Laurencio Silva haastten zich om de ramen te sluiten, opdat het huis niet door de wind zou worden meegevoerd. De generaal was als enige in beslag genomen door zijn ideefixe.

'Het is al december en nog steeds zitten we hier,' zei hij. 'Terecht luidt het gezegde: Beter slechte sergeants dan waardeloze generaals.'

Hij speelde verder, maar halverwege de partij schoof hij zijn kaarten terzijde en gaf José Laurencio Silva opdracht alles in orde te brengen voor het vertrek. Kolonel Wilson, die de vorige dag zijn bagage voor de tweede keer van boord had gehaald, stond perplex.

'De boot is al vertrokken,' zei hij.

De generaal wist het. 'Dat was niet de goede boot,' zei

hij. 'We moeten naar Riohacha, misschien krijgen we gedaan dat onze illustere generaals eindelijk besluiten te winnen.' Voordat hij van tafel opstond, voelde hij zich gedwongen om zich tegenover de heer en mevrouw Molinares te rechtvaardigen.

'Het gaat me niet eens meer om de oorlog,' zei hij, 'maar het is een erezaak.'

Zo kwam het dat hij op de eerste december om acht uur 's morgens aan boord ging van de brigantijn Manuel, die hem door Joaquín de Mier ter beschikking was gesteld voor wat hij maar wilde: een tochtje om de gal kwijt te raken, tot rust komen op de suikerfabriek van De Mier in San Pedro Alejandrino om te herstellen van zijn vele kwalen en pijnen zonder tal, of doorvaren naar Riohacha en een nieuwe poging wagen de beide Amerika's te verlossen. Generaal Mariano Montilla, die samen met generaal José María Carreño op de brigantijn meevoer, kreeg eveneens gedaan dat de Manuel geëscorteerd werd door het Noordamerikaanse fregat Grampus, dat niet alleen was uitgerust met geduchte kanonnen maar ook een goede chirurgijn aan boord had: dokter Night. Toen Montilla echter zag in wat voor een beklagenswaardige toestand de generaal verkeerde, besloot hij niet alleen op het oordeel van dokter Night af te gaan, maar ook zijn plaatselijke arts te raadplegen.

'Ik geloof niet dat hij de overtocht doorstaat,' zei dokter Gastelbondo. 'Maar laat hem maar gaan: alles is beter dan zo te moeten leven.'

De vaargeulen van Ciénaga Grande waren traag en heet en wasemden dodelijke dampen uit, zodat ze over open zee voeren, de eerste noordelijke passaatwinden benuttend die dat jaar vroeger dan normaal waaiden en mild waren. De goed onderhouden brigantijn met de vierkante zeilen, met een speciale hut voor hem, was schoon en gerieflijk en gleed vrolijk over het water.

De generaal scheepte zich welgemoed in en wilde aan dek blijven om de monding van de grote rivier de Magdalena te beschouwen, waarvan het water tot vele mijlen buitengaats askleurig was door het slijk. Hij had zich gehuld in een oude kamgaren pantalon, de Andesmuts en een Engels legerjasje dat hij van de kapitein van het fregat had gekregen, en in de volle zon en de stevige bries zag hij er al veel beter uit. De bemanning van het fregat ving ter ere van hem een reusachtige haai, in wiens buik ze te midden van andere ijzerwaren een paar sporen aantroffen. Hij genoot van dat alles als een opgewonden toerist, tot hij door vermoeidheid werd overmand én zich in zichzelf terugtrok. Toen wenkte hij José Palacios en fluisterde hem vertrouwelijk in het oor: 'Om deze tijd zal papa Molinares wel doende zijn de matras te verbranden en het bestek te begraven.'

Tegen het middaguur voeren ze langs het Ciénaga Grande, een uitgestrekt oppervlak van troebele wateren waar alle vogels uit de hemel met elkaar vochten om een school goudkleurige mojarras. Op de brandendhete salpetervlakte tussen het kustmeer en de zee, waar het licht doorzichtiger en de lucht zuiverder was, lagen de gehuchten van de vissers die hun netten op de patio's te drogen hadden gehangen, en verderop was het mysterieuze dorp La Ciénaga, waar de dagelijks rondwarende spoken de leerlingen van Humboldt hadden doen twijfelen aan hun wetenschap. Aan de andere kant van het Ciénaga Grande verhief zich de kroon van eeuwige sneeuw van de Sierra Nevada.

De opgewekte brigantijn, die met geruisloze zeilen als het ware over het water scheerde, was zo licht en stabiel dat hij bij de generaal niet de begeerde ontregeling van het lichaam teweegbracht waarmee de gal moest worden uitgedreven. Verderop passeerden ze echter een in zee uitstekende uitloper van het gebergte, en vervolgens werd het water woeliger en wakkerde de bries aan. De generaal observeerde die veranderingen met toenemende hoop, want de wereld begon om hem heen te draaien, met de vleesetende vogels die boven zijn hoofd cirkelden, zijn hemd raakte doordrenkt van een ijskoud zweet en zijn ogen vulden zich met tranen. Montilla en Wilson moesten hem ondersteunen, want hij was zo licht dat hij door een golf overboord had kunnen slaan. Toen ze tegen het eind van de middag de poel van de Santa Marta-baai binnenvoeren, had het geteisterde lichaam niets meer om uit te drijven en lag hij uitgeput in het bed van de kapitein, op sterven na dood maar bedwelmd door volmaakte dromen. Generaal Montilla schrok zo van zijn toestand dat hij hem, voordat iedereen van boord ging, opnieuw door dokter Night liet onderzoeken, en deze besloot dat hij in een draagstoel aan land gebracht moest worden.

Los van het feit dat de *samarios* van nature gespeend waren van interesse voor alles wat zweemde naar officieel vertoon, waren er andere redenen waarom er zo weinig mensen bij de aanlegsteiger stonden te wachten. Santa Marta was een van de moeilijkste steden geweest om voor de republikeinse zaak te winnen. Zelfs nadat de onafhankelijkheid door de slag bij Boyacá was bezegeld, had Sámano, de onderkoning, daar zijn toevlucht gezocht om op versterkingen uit Spanje te wachten. De generaal had zelf verschillende pogingen gedaan om de stad te bevrijden, maar het was Montilla pas gelukt toen de republiek al was gesticht. Bij de wrok van de royalisten voegde zich de afkeer van allen tegen Cartagena, het troetelkind van het centrale gezag, en de generaal voedde die onbewust door de passie die hij voor de Cartagenen aan de dag legde. Maar de voornaamste reden, zelfs voor vele getrouwen van hem, was de standrechtelijke executie van admiraal José Prudencio Padilla, die tot overmaat van ramp, net als generaal Piar, ook nog een mulat was. Hun wrok was nog heftiger geworden toen Urdaneta, de voorzitter van de krijgsraad die het doodvonnis uitsprak, de macht overnam. Zodat de klokken van de kathedraal tegen de verwachting in niet beierden, en niemand kon uitleggen hoe dat kwam, en er werden als begroeting geen kanonschoten vanaf het De Morro-fort gelost omdat het kruit in het arsenaal 's morgens vroeg vochtig was gebleken. De soldaten waren tot kort voor zijn komst in de weer geweest opdat de generaal niet de leus onder ogen zou krijgen die op de zijmuur van de kerk was gekalkt: 'Leve José Prudencio.' De officiële mededeling van zijn aankomst bracht de weinigen die hem in de haven stonden op te wachten nauwelijks in beroering. De opvallendste afwezige was bisschop Estévez, de eerste en voornaamste van de notabelen die verwittigd waren.

Don Joaquín de Mier zou zich tot het einde van zijn vele dagen het schrikwekkende wezen heugen dat in de loomheid van de vroege avond in een draagstoel van boord werd gedragen, in een wollen deken gewikkeld, met twee mutsen over elkaar heen die diep over zijn voorhoofd waren getrokken en met nauwelijks nog een sprankje leven in zich. Wat hem echter het meest bijbleef was zijn gloeiende hand, zijn moeizame ademhaling en de indrukwekkende waardigheid waarmee hij uit de draagstoel kwam om ieder persoonlijk met naam en toenaam en titels te begroeten, zich met hulp van zijn adjudanten met moeite op de been houdend. Vervolgens liet hij zich optillen en naar de berline dragen, en hij zakte ineen op zijn zitplaats, zijn hoofd hing krachteloos op zijn schouder, maar zijn ogen waren verlangend gericht op het leven, dat nog eenmaal en nu voor de laatste maal achter het raam langs hem trok.

De rij koetsen hoefde alleen maar de boulevard over te steken om bij het vroegere douanegebouw te komen, dat voor hem in gereedheid was gebracht. Het was woensdag, op slag van achten, maar door de eerste decemberwinden hing er een zaterdagse sfeer op de promenade langs de baai. De straten waren breed en smerig, en de huizen van metselwerk met doorlopende balkons waren in betere staat dan die in de rest van het land. Hele families hadden hun huisraad naar buiten gesleept en zaten op de stoep, en sommige ontvingen hun gasten zelfs midden op straat. De zwermen vuurvliegen tussen de bomen verlichtten de zeeboulevard met een fosforescerend schijnsel, dat intenser was dan het licht van de lantaarns.

Het vroegere gebouw van de douane, het oudste van het land, was tweehonderd negenennegentig jaar geleden gebouwd en kort geleden gerestaureerd. Ze hadden voor hem de slaapkamer op de tweede verdieping ingericht, met uitzicht op de baai, maar hij gaf er de voorkeur aan het grootste deel van de tijd in de grote salon door te brengen, de enige plek waar haken te vinden waren om zijn hangmat aan op te hangen. Daar stond ook de ruwe tafel van bewerkt mahoniehout waarop zestien dagen later zijn gebalsemde lichaam zou worden opgebaard, gehuld in de blauwe kazak van zijn hoge rang, maar zonder de knopen van puur goud, die iemand er in de verwarring van de dood af zou rukken.

Hijzelf leek de enige die niet geloofde dat hij zo dicht bij deze lotsbestemming was. Dokter Alexandre Prosper Révérend, de Franse arts die om negen uur 's avonds door generaal Montilla in allerijl werd ontboden, hoefde echter zijn pols niet te voelen om te beseffen dat zijn sterven al jaren geleden was ingezet. Uit de slapheid van de hals, het samentrekken van de borst en de gele gelaatskleur meende hij op te maken dat de aangetaste longen de voornaamste boosdoener waren en zijn observaties in de volgende dagen zouden die diagnose bevestigen. Tijdens het inleidende vraaggesprek dat hij alleen met hem voerde, deels in het Spaans, deels in het Frans, constateerde hij dat de zieke met magistraal vernuft de symptomen wist te verdraaien en de pijn te verdoezelen, en dat het vleugje adem dat hij nog had, verloren ging in de inspanning om tijdens het consult niet te hoesten of slijm op te geven. Zijn vluchtige diagnose werd bevestigd door het klinisch onderzoek. Maar meteen al in het medisch bulletin dat hij diezelfde avond verstrekte, het eerste van de drieëndertig die hij in de veertien dagen die volgden zou uitgeven, hechtte hij evenveel belang aan de rampen van het lichaam als aan de geestelijke kwelling.

Dokter Révérend, vierendertig jaar oud, was een zelfverzekerde, ontwikkelde en goedgeklede man. Zes jaar eerder was hij, ontgoocheld omdat de Bourbons opnieuw de Franse troon hadden bestegen, naar Santa Marta gekomen, en hij sprak en schreef een volmaakt en vloeiend Spaans, maar de generaal maakte van de eerste de beste gelegenheid gebruik om een staaltje van zijn voortreffelijke Frans ten beste te geven. De arts had dat snel door.

'U heeft een Parijs accent, excellentie,' zei hij.

'Van de rue Vivienne,' antwoordde hij geanimeerd. 'Hoe raadt u dat zo?'

'Ik beroem me erop dat ik alleen al aan het accent van iemand kan horen op welke straathoek van Parijs hij is opgegroeid,' zei de arts. 'Hoewel ikzelf in een Normandisch dorpje geboren ben en daar heel lang gewoond heb.'

'Goede kazen maar slechte wijn,' merkte de generaal op.

'Misschien is dat het geheim van onze gezondheid,' zei de arts.

Hij won zijn vertrouwen door de kinderlijke kant van zijn hart te bekloppen, zonder hem pijn te doen. Hij won nog meer vertrouwen toen hij, in plaats van nieuwe medicijnen voor te schrijven, hem eigenhandig een lepel van de door dokter Gastelbondo bereide siroop voor verlichting van zijn hoest gaf en een kalmeringstablet, dat hij zonder tegenstribbelen innam omdat hij hunkerde naar slaap. Ze bleven nog een tijdje praten, tot het slaapmiddel zijn uitwerking had en de arts op zijn tenen het vertrek uit sloop. Generaal Montilla vergezelde hem met enkele officieren naar zijn huis en raakte gealarmeerd toen de dokter hem vertelde dat hij van plan was met zijn kleren aan te gaan slapen, voor het geval zijn aanwezigheid op wat voor tijdstip dan ook vereist was.

Révérend en Night konden het tijdens de verschillende gesprekken die ze in die week hadden niet eens worden. Révérend was ervan overtuigd dat de longen van de generaal waren aangetast als gevolg van een verwaarloosde verkoudheid. Op grond van zijn huidkleur en de avondlijke koortsen was dokter Night ervan overtuigd dat hij aan een chronische malaria leed. Beiden waren het echter eens over de ernst van zijn situatie. Ze verzochten andere artsen het meningsverschil te beslechten, maar de drie artsen van Santa Marta, en andere uit de provincie, weigerden zonder nadere uitleg te komen. Zodat de doktoren Révérend en Night een compromis sloten en hem behandelden met borstbalsems voor de verkoudheid en kininepoeders voor de malaria.

De toestand van de zieke was in het weekeinde nog verder verslechterd nadat hij op eigen houtje en buiten medeweten van de artsen een glas ezelinnemelk had gedronken. Zijn moeder placht die melk lauw en met bijenhoning te drinken en gaf hem die toen hij klein was voor de hoest. Maar die balsemsmaak, die zo intiem verbonden was met zijn vroegste herinneringen, bracht zijn gal in beroering en ontregelde zijn lichaam, en hij raakte zo uitgeput dat dokter Night besloot zijn reis naar Jamaica te vervroegen om hem vandaar een specialist te sturen. Hij stuurde er twee met allerhande hulpmiddelen en met een voor die tijd ongelooflijke snelheid, maar ze kwamen te laat.

Al met al kwam de gemoedsgesteldheid van de generaal niet overeen met zijn uitputting, want hij deed alsof de kwalen die hem sloopten niet meer dan triviale ongemakken waren. 's Nachts lag hij wakker in zijn hangmat en keek naar de draaiende lichten van de vuurtoren op het De Morro-fort, terwijl hij zijn pijnen verdroeg om zichzelf door zijn gekreun niet te verraden en zijn blik niet afwendde van de schitterende baai die hij zelf als de mooiste van de wereld beschouwde.

'Mijn ogen doen pijn van al dat kijken,' zei hij.

Overdag deed hij zijn best blijk te geven van zijn vroegere ijver en dan riep hij Ibarra, Wilson, Fernando, of wie maar het dichtst in zijn buurt was, om hun aanwijzingen te geven over de brieven waarvoor hij het geduld niet meer kon opbrengen om ze te dicteren. Slechts José Palacios wist in zijn hart dat die behoeften door zijn naderende einde werden ingegeven. Want het waren bepalingen over het lot van de leden van zijn gevolg en zelfs van degenen die niet in Santa Marta waren. Hij vergat de onenigheid met zijn vroegere secretaris, generaal José Santana, en bezorgde hem een functie in de buitenlandse dienst om van zijn nieuwe leven als jonggehuwde te kunnen genieten. Generaal José María Carreño, die terecht om zijn goedhartigheid door hem werd geprezen, gaf hij een duwtje mee op de weg die hem mettertijd na̱ar het vice-presidentschap van Venezuela zou leiden. Hij verzocht Urdaneta aan Andrés Ibarra en José Laurencio Silva aanstellingsbrieven te geven, zodat zij in de toekomst tenminste op een vast soldij konden rekenen. Silva bracht het tot bevelhebbend generaal en secretaris van oorlog en marine van zijn land, en hij stierf op tweeëntachtigjarige leeftijd, toen zijn gezichtsvermogen was vertroebeld door de staar die hij zo had gevreesd; hij leefde van een invaliditeitsuitkering die hij verkreeg nadat hij moeizame stappen had ondernomen om met zijn talrijke littekens zijn verdiensten in de oorlog aan te tonen.

Ook probeerde de generaal Pedro Briceño Méndez over te halen naar Nueva Granada terug te keren om als minister van oorlog op te treden, maar de geschiedenis had zoveel haast dat hem de tijd niet werd gegund. Aan zijn neef Fernando vermaakte hij een legaat om voor hem

de weg vrij te maken naar een loopbaan in overheidsdienst. Hij adviseerde generaal Diego Ibarra, zijn eerste
adjudant en een van de weinigen die hij tutoyeerde en die
hem privé en in het openbaar tutoyeerden, ergens heen te
gaan waar hij zich nuttiger kon maken dan in Venezuela.
Zelfs voor generaal Justo Briceño, met wie hij in die periode nog steeds overhoop lag, zou hij op zijn sterfbed de
laatste gunst van zijn leven vragen.

Zijn officieren hebben zich waarschijnlijk nooit kunnen voorstellen hoezeer die verdeling hun levenslot bij-
eenbracht. Want zij zouden allen, ten goede of ten kwade,
de rest van hun levensdagen met elkaar delen, zelfs de ironie van de geschiedenis die hen vijf jaar later opnieuw
verenigde in Venezuela, waar ze zich, bezield door de bolivariaanse idee van de eenwording, aan een militaire onderneming waagden en aan de zijde van commandant
Pedro Carujo vochten.

Het waren nu geen politieke manoeuvres meer, maar
testamentaire beschikkingen ten gunste van zijn wezen,
en Wilson had dit zojuist bevestigd in een brief aan Urdaneta die hem door de generaal was gedicteerd en waarin
deze op een verrassende wijze verklaarde: 'Riohacha is
een verloren zaak.' Diezelfde middag ontving de generaal een briefje van bisschop Estévez, de onvoorspelbare,
die hem vroeg zijn invloed aan te wenden bij de centrale
regering, opdat Santa Marta en Riohacha uitgeroepen
zouden worden tot departementen, om zo een einde te
maken aan het historische geschil met Cartagena. Toen
José Laurencio Silva hem de brief had voorgelezen,
maakte de generaal een ontmoedigd gebaar. 'Alle ideeën
die bij de Colombianen opkomen zijn gericht op verdelen,' zei hij. Toen hij even later de achterstallige corres-

pondentie met Fernando afhandelde, liet hij zich in nog bitterder bewoordingen uit.

'We beantwoorden hem niet eens,' zei hij. 'Ze mogen wachten tot er drie vaam aarde boven me ligt en dan kunnen ze hun gang gaan.'

Zijn voortdurende verlangen om van klimaat te veranderen, hield hem op de rand van de dementie. Als het vochtig was wilde hij droger weer, als het koud was wilde hij dat het warmer was en als er berglucht was wilde hij zeelucht. Dat wakkerde zijn onrust aan en voortdurend vroeg hij het raam open te zetten om frisse lucht binnen te laten of het weer te sluiten, de armstoel met de rug naar het licht te zetten of weer op een andere plaats, en hij leek alleen maar verlichting te vinden wanneer hij zich met de weinige krachten die hem nog restten in zijn hangmat schommelde.

De dagen in Santa Marta werden zo naargeestig dat toen de generaal iets tot rust kwam en herhaalde dat hij bereid was naar het landgoed van de heer De Mier te vertrekken, dokter Révérend de eerste was om dat aan te moedigen, omdat hij besefte dat het de laatste symptomen van een uitputtingsproces waren. Aan de vooravond van de reis schreef hij aan een vriend: 'Ik zal over hoogstens enkele maanden doodgaan.' Dat was voor iedereen een openbaring, want men had hem maar zelden, en de laatste jaren nog minder, het woord dood horen noemen.

La Florida de San Pedro Alejandrino, dat op een mijl afstand van Santa Marta in de uitlopers van de Sierra Nevada was gelegen, was een suikerrietplantage met een *panela*-fabriek. De generaal reed in de berline van meneer De Mier over de stoffige weg die zijn lege omhulsel, in zijn oude deken gewikkeld, tien dagen later op een ossekar in tegenovergestelde richting zou afleggen. Lang voordat het huis zichtbaar werd, rook hij de wind die verzadigd was van warme melasse en bezweek hij voor de listen van de eenzaamheid.

'De geur van San Mateo,' zuchtte hij.

De suikerfabriek van San Mateo, op vierentwintig mijl van Caracas, was het middelpunt van zijn nostalgische verlangens. Daar verloor hij zijn vader toen hij drie was, zijn moeder toen hij negen was en werd hij op zijn twintigste weduwnaar. Hij was in Spanje getrouwd met een verwante van hem, een mooi meisje uit de criolla-aristocratie, en toentertijd was zijn enige verlangen gelukkig met haar te zijn, terwijl hij op de suikerfabriek als heer over levens en haciënda's zijn onmetelijke fortuin beheerde. Men heeft nooit met zekerheid kunnen vaststellen of de dood van zijn echtgenote, acht maanden na het huwelijk, het gevolg was van een kwaadaardige koorts of van een ongeluk in huis. Die gebeurtenis luidde zijn historische geboorte in, want tot dan toe was hij een koloniaal rijkeluiszoontje geweest dat verblind was door wereldse genoegens en geen greintje belangstelling voor politiek had, maar vanaf dat moment ontpopte hij zich van de ene dag op de andere als de man die hij altijd zou zijn. Hij repte nooit meer van zijn gestorven vrouw, bracht haar nooit meer in herinnering en probeerde nooit een vervangster voor haar te vinden. Bijna alle avonden van zijn leven droomde hij van het huis in San Mateo, en vaak droomde hij van zijn ouders en van zijn zusters of zijn broer, maar nooit van haar, want hij had haar op de bodem van een diepe vergetelheid begraven, als een bruut redmiddel om zonder haar verder te kunnen leven. Het enige dat zijn herinnering een moment kon beroeren, was de melassegeur van San Pedro Alejandrino, de onverstoorbaarheid van de slaven in de rietsuikermolens, die hem zelfs geen blik van mededogen schonken, de reusachtige bomen rondom het huis dat kort geleden was gewit om hem te kunnen ontvangen, de andere suikerfabriek in zijn leven, waar een onontkoombaar lot hem naar de dood voerde.

'Haar naam was María Teresa Rodríguez del Toro y Alayza,' zei hij plotseling.

Meneer De Mier was afgeleid.

'Wie?' vroeg hij.

'Mijn vroegere echtgenote,' zei hij, en reageerde prompt: 'Maar vergeet haar alstublieft: het was een rampzalige gebeurtenis uit mijn jeugd.'

Dat was alles.

De slaapkamer die hem werd toegewezen, bracht zijn geheugen opnieuw aan het dolen, zodat hij de kamer aandachtig en nauwgezet inspecteerde, alsof elk voorwerp een openbaring voor hem was. Behalve het markiezinnebed stonden er een mahoniehouten commode, een nachtkastje, ook van mahonie en met een marmeren blad, en een met rood trijp beklede armstoel. Aan de wand naast het raam hing een achthoekige klok met Romeinse cijfers, die op zeven minuten over één was blijven staan.

'We zijn hier eerder geweest,' zei hij.

Toen José Palacios even later de klok had opgewonden en bijgesteld, ging de generaal in de hangmat liggen om te proberen te slapen, al was het maar een minuut. Pas toen ontwaarde hij door het raam, als een schilderij aan de wand, de Sierra Nevada, glashelder en blauw, en zijn geheugen dwaalde rond in andere vertrekken van zoveel andere levens.

'Ik heb me nog nooit zo dicht bij mijn huis gevoeld,' zei hij.

De eerste nacht in San Pedro Alejandrino sliep hij uitstekend, en de volgende dag leek hij zich zo goed hersteld te hebben van zijn pijnen dat hij een wandeling langs de suikerrietmolens maakte, de kloekgebouwde ossen bewonderde, de honing proefde en iedereen versteld deed staan doordat hij met zoveel kennis van zaken over de suikerfabricage praatte. Generaal Montilla, die zich over die verandering verbaasde, verzocht Révérend open kaart met hem te spelen, en deze legde hem uit dat die denkbeeldige verbetering van zijn toestand veelvuldig bij stervenden was waar te nemen. Verbijsterd door dat rampzalige bericht, beukte Montilla met zijn vuist tegen de kale muur en verbrijzelde zijn hand. De rest van zijn leven zou hij nooit meer dezelfde zijn. Hij had de generaal vele malen belogen, altijd te goeder trouw en om onbenullige politieke redenen. Vanaf die dag beloog hij hem uit mededogen, en in die zin instrueerde hij degenen die toegang tot hem hadden.

Diezelfde week arriveerden in Santa Marta acht hoge officieren die uit Venezuela verbannen waren wegens tegen de regering gerichte activiteiten. Onder hen bevonden zich een paar grote namen uit de bevrijdingsstrijd: Nicolás Silva, Trinidad Portocarrero en Julián Infante. Montilla, die hem verlichting wilde bieden voor de ernstigste van zijn vele kwalen, verzocht hun niet alleen om de stervende generaal de slechte berichten te besparen, maar zelfs om de goede te verfraaien. Zij gingen nog verder en hingen zo'n bemoedigend verslag over de situatie in hun land op, dat in zijn ogen de vonk van eertijds ontvlamde. De generaal kwam opnieuw op de proppen met het thema Riohacha, dat sinds een week van de agenda was afgevoerd, en hij sprak weer over Venezuela als een mogelijkheid die binnen handbereik lag.

'We hebben nooit een mooiere kans gehad om opnieuw de juiste weg in te slaan,' zei hij. En hij besloot met onwrikbare overtuiging: 'Op de dag dat ik de Aragua-vallei weer betreed, zal het hele Venezolaanse volk voor mij in opstand komen.'

Op een middag schetste hij een nieuw krijgsplan, in aanwezigheid van de officieren die op bezoek waren en hem behulpzaam waren met een medelijdend enthousiasme. Ze moesten echter de hele avond blijven en hem op profetische toon horen verkondigen hoe hij het uitgestrekte rijk van zijn illusies vanaf de fundamenten en ditmaal voor altijd weer zou opbouwen. Montilla was de enige die waagde in te gaan tegen de verbijstering van degenen die dachten dat ze naar het geraaskal van een gek zaten te luisteren.

'Kijk uit,' zei hij tegen hen, 'want dat dachten ze in Casacoima ook.'

Want niemand was de vierde juli 1817 vergeten toen de generaal samen met een kleine groep officieren, onder wie Briceño Méndez, de hele nacht in het water van de lagune van Casacoima zat ondergedompeld, om zich in veiligheid te brengen voor de Spaanse troepen, die hen bijna in het open veld hadden verrast. Plotseling begon hij, half naakt en sidderend van de koorts, luidkeels en stap voor stap te verkondigen wat hij in de toekomst allemaal van plan was: onmiddellijk Angostura innemen, de Andes doortrekken om Nueva Granada en vervolgens Venezuela te bevrijden en Colombia te stichten, en ten slotte de onmetelijke gebieden in het Zuiden tot aan Peru veroveren. 'Dan zullen we de Chimborazo beklimmen en op de besneeuwde toppen de driekleur van het grote Latijns-Amerika planten, dat tot in alle eeuwigheid verenigd en vrij zal zijn,' zei hij tot besluit. Ook degenen die destijds naar hem luisterden, dachten dat hij zijn verstand had verloren, en toch was het een profetie die letterlijk en stap voor stap binnen vijf jaar bewaarheid zou worden.

Helaas was de profetie in San Pedro Alejandrino slechts een visioen van onheilspellende gebeurtenissen. De stormen die in de eerste week waren uitgebleven, ontlaadden zich met vereende kracht in een vlaag van totale vernietiging. Tegen die tijd was de generaal zo verschrompeld dat ze de manchetten van zijn hemd opnieuw moesten omslaan en zijn groffluwelen broekspijpen een duim moesten inkorten. Het lukte hem niet om in het begin van de nacht langer dan drie uur de slaap te vatten en de rest van de nacht werd hij gekweld door een verstikkende hoest of door hallucinerende ijlkoortsen, of tot wanhoop gebracht door een steeds terugkerende hik, die in Santa Marta was begonnen en met de dag hardnekkiger werd. 's Middags, terwijl de anderen een dutje deden, lag hij als afleiding voor de pijn door het raam naar de besneeuwde toppen van de sierra te kijken.

Hij was viermaal de Atlantische Oceaan overgestoken en had vaker dan ooit iemand na hem zou doen te paard de bevrijde gebieden doorkruist, maar hij had nog nooit een testament opgemaakt, wat voor die tijd ongewoon was. 'Ik heb niets om iemand na te laten,' placht hij te zeggen. Generaal Pedro Alcántara Herrán had het hem in Santa Fe gesuggereerd, toen ze zich klaarmaakten voor de reis, met het argument dat het een normale voorzorgsmaatregel voor iedere reiziger was, en hij had hem meer in ernst dan schertsend gezegd dat de dood voorlopig niet op zijn programma stond. In San Pedro Alejandrino nam hij echter zelf het initiatief de kladschriften van zijn laatste wil en zijn laatste proclamatie te dicteren. Het is nooit duidelijk geworden of dat een weloverwogen handeling of een misstap van zijn gekwelde hart is geweest.

Omdat Fernando ziek was, begon hij José Laurencio Silva een reeks tamelijk onsamenhangende ideeën te dicteren, die niet zozeer zijn wensen alswel zijn teleurstellingen tot uiting brachten: Latijns-Amerika is onbestuurbaar, een revolutie dienen is ploegen in de zee, dit land zal onvermijdelijk in handen van de tomeloze massa vallen om vervolgens in de greep te komen van schimmige kleine tirannen van alle kleuren en rassen, en meer van die sombere gedachten die al her en der in brieven aan vrienden circuleerden.

Hij ging als in een trance van helderziendheid uren door met dicteren, zonder zich zelfs maar door hoestbuien te laten onderbreken. José Laurencio Silva kon hem niet bijbenen en Andrés Ibarra hield het niet vol om zo lang met de linkerhand te schrijven. Toen alle klerken en adjudanten uitgeput waren, hield de luitenant van de cavalerie, Nicolás Mariano de Paz, nog stand en schreef nauwgezet en met een duidelijk handschrift alles op wat hem gedicteerd werd, tot het papier op was. Hij vroeg om meer, maar het duurde zo lang dat hij op de muur verder schreef tot die bijna volgeschreven was. De generaal was hem zo dankbaar dat hij hem de twee pistolen voor liefdesduels van generaal Lorenzo Cárcamo schonk.

Zijn laatste wil was dat zijn stoffelijk overschot naar

Venezuela zou worden overgebracht, dat de twee boeken die aan Napoleon hadden toebehoord aan de universiteit van Caracas in bewaring zouden worden gegeven, dat José Palacios uit erkentelijkheid voor zijn niet aflatende diensten achtduizend pesos zou ontvangen, dat de papieren die hij in Cartagena bij meneer Pavajeau had achtergelaten verbrand zouden worden, dat de medaille waarmee het Congres van Bolivia hem had onderscheiden naar dat land teruggestuurd werd, dat het met edelstenen ingelegde gouden zwaard dat hij van maarschalk Sucre had gekregen aan zijn weduwe zou worden teruggegeven en dat de rest van zijn bezittingen, met inbegrip van de Aroa-mijnen, verdeeld zou worden onder zijn twee zusters en de kinderen van zijn gestorven broer. Verder viel er niet veel te vergeven, want van dezelfde bezittingen moesten nog verschillende uitstaande schulden, kleine en grote, worden betaald, waaronder de twintigduizend pesos voor professor Lancaster, die een steeds terugkerende nachtmerrie voor hem waren.

Hij had ervoor gezorgd te midden van de obligate clausules een bijzondere op te laten nemen waarin hij zijn dank betuigde aan sir Robert Wilson voor het goede gedrag en de trouw van zijn zoon. Die onderscheiding was niet vreemd, maar wél vreemd was dat hij niet dezelfde eer bewees aan generaal O'Leary, die alleen niet bij zijn sterfbed aanwezig kon zijn omdat hij niet tijdig uit Cartagena kon vertrekken, waar hij zich op last van de generaal ter beschikking van president Urdaneta moest houden.

Beide namen zouden voor altijd verbonden blijven met die van de generaal. Wilson werd later de zaakgelastigde van Groot-Brittannië in Lima en vervolgens in Caracas, en hij zou een voorname rol blijven spelen in de politieke

en militaire aangelegenheden van de twee landen.
O'Leary zou zich in Kingston vestigen, en later in Santa
Fe, waar hij lange tijd consul van zijn land zou zijn en
waar hij op eenenvijftigjarige leeftijd stierf, nadat hij in
vierendertig delen een indrukwekkende getuigenis van
zijn leven met de generaal van de beide Amerika's had
bijeengebracht. Zijn leven, dat in een stilzwijgend en
vruchtbaar schemerduister was gehuld, werd door hem
tot één enkele zinsnede teruggebracht: 'Toen de Bevrijder was gestorven en zijn grote werk teloor was gegaan,
heb ik mij teruggetrokken op Jamaica, waar ik me heb ge-
wijd aan het ordenen van zijn papieren en aan het schrijven van mijn memoires.'

Vanaf de dag waarop de generaal zijn testament had
opgemaakt, liet de arts geen lapmiddel dat zijn wetenschap ter beschikking stond onbeproefd: mosterdpleis-
ters op de voeten, massage van de wervelkolom, kalmerende kompressen over het hele lichaam. Zijn chronische
verstopping verhielp hij met klysma's die een direct,
maar verwoestend effect hadden. Uit vrees voor een her-
senembolie onderwierp hij hem aan een behandeling met
trekpleisters om de verkoudheid in zijn hoofd te verlichten. Deze behandeling bestond uit het aanleggen van een
pleister met Spaanse vlieg, een insekt dat vermalen wordt
tot poeder en dat op de huid blaren trekt die de medicijnen kunnen absorberen. Dokter Révérend bracht bij de
stervende generaal vijf trekpleisters in de nek en een op de
dij aan. Anderhalve eeuw later hielden vele artsen de mening staande dat die trekpleisters de onmiddellijke oorzaak van zijn dood waren geweest; deze hadden een sto-
ring in de urinewegen veroorzaakt, die gepaard ging met
onwillekeurige, vervolgens pijnlijke en ten slotte bloede-

rige urinelozingen, waardoor de blaas uiteindelijk verschrompelde en tegen het bekken geplakt zat, zoals dokter Révérend bij de autopsie vaststelde.

De generaal was zo overgevoelig voor geuren geworden dat hij de arts en de apotheker, Augusto Tomasín, dwong zich op een afstand te houden, omdat ze een vieze zalfjeslucht verspreidden. Hij liet het vertrek toen overvloediger dan ooit met zijn eau de cologne besprenkelen en hij bleef zijn illusionaire baden nemen, zich eigenhandig scheren en zijn tanden met verwoede hartstocht poetsen, in een bovenmenselijke inspanning zich te weer te stellen tegen de smerigheid van de dood.

In de tweede week van december arriveerde in Santa Marta kolonel Luis Peru de Lacroix, een jeugdige veteraan uit de legers van Napoleon, die tot voor kort adjudant van de generaal was geweest, en het eerste dat hij deed nadat hij de generaal had bezocht was een openhartige brief aan Manuela Sáenz schrijven. Zodra zij deze had ontvangen, reisde ze naar Santa Marta af, maar in Guaduas kreeg ze te horen dat ze nu voorgoed te laat was. Door dat bericht stortte haar wereld in. Ze verzonk in haar eigen schaduwen, met nog als enige zorg twee koffers met papieren van de generaal, die ze op een zekere plaats in Santa Fe wist te verbergen, tot Daniel O'Leary ze enkele jaren later op haar aanwijzingen in veiligheid kon brengen. Een van de eerste regeringsmaatregelen die generaal Santander nam, was haar uit het land verbannen. Manuela onderwierp zich met verbitterde waardigheid aan haar lot, eerst op Jamaica en vervolgens, na trieste omzwervingen, in Paita, een ellendige havenstad aan de Stille Oceaan, waar de walvisvaarders van alle oceanen kwamen uitblazen. Daar hield ze haar vergetelheid in stand met breiwerkjes, ezeldrijverssigaren en het vervaardigen van suikerbeestjes, die ze aan de zeelieden verkocht zolang haar artritische handen dat toelieten. Dokter Thorne, haar echtgenoot, werd op een braakliggend terrein in Lima doodgestoken en beroofd van het weinige dat hij bij zich had, en in zijn testament liet hij Manuela een som geld na ten bedrage van de bruidsschat die zij bij het huwelijk had ingebracht, maar het bedrag werd haar nooit uitgekeerd. Drie gedenkwaardige bezoekers schonken haar troost in haar verlatenheid: maestro Simón Rodríguez, met wie zij de asresten van de roem had gedeeld; Giuseppe Garibaldi, de Italiaanse patriot, die terugkeerde van de strijd tegen de dictatuur van Rosas in Argentinië, en de schrijver Herman Melville, die over de wereldzeeën zwierf om zich voor *Moby Dick* te documenteren. Op oudere leeftijd, toen ze geveld door een heupfractuur in haar hangmat lag, las ze het levenslot uit de kaarten en gaf ze liefdesadviezen aan verliefden. Ze stierf tijdens een pestepidemie, toen ze negenenvijftig was, en haar hut werd, samen met haar intieme brieven, door de sanitaire politie in de as gelegd. De enige persoonlijke relikwieën die ze nog van de generaal had waren een haarlok en een handschoen, zei ze tegen Peru de Lacroix.

Toen Peru de Lacroix op La Florida de San Pedro Alejandrino aankwam, heerste daar al de chaos van de dood. Het huis was op drift. De officieren sliepen op elk moment dat de slaap hen overviel, en ze waren zo prikkelbaar dat de voorzichtige José Laurencio Silva het zelfs zo bont maakte dat hij met getrokken zwaard reageerde op de smeekbeden om stilte van dokter Révérend. De onstuimige kracht en het goede humeur van Fernanda Barriga schoten te kort om op de meest onverwachte momenten aan de vraag naar eten te kunnen voldoen. De meest gedemoraliseerde lieden waren dag en nacht aan het kaarten, zonder zich erom te bekommeren dat de stervende in het nabijgelegen vertrek alles kon horen wat ze keihard riepen. Op een middag, toen de generaal verdoofd door de koorts terneerlag, ging er op het terras iemand luidkeels tekeer tegen het schandelijke feit dat ze twaalf pesos en drieëntwintig centavos hadden moeten betalen voor een half dozijn planken, tweehonderd vijfentwintig spijkers, zeshonderd gewone en vijftig vergulde kopspijkers, tien el grof gekeperd katoen, tien el Manila-lint en zes el zwart lint.

Het was een luidruchtige litanie die de andere stemmen deed verstommen en ten slotte de hele atmosfeer van de haciënda vervulde. Dokter Révérend was in de slaapkamer bezig het verband om de gebroken hand van generaal Montilla te verwisselen en beiden beseften dat ook de zieke, in de helderheid van zijn onrustige slaap, gespitst was op de rekeningen. Montilla stak zijn hoofd uit het raam en schreeuwde zo hard hij kon: 'Hou je kop, verdomme!'

De generaal onderbrak hem zonder zijn ogen open te doen.

'Laat ze maar,' zei hij. 'Uiteindelijk is er geen rekening meer die ik niet mag horen.'

Slechts José Palacios wist dat de generaal geen woord meer nodig had om te begrijpen dat de schreeuwend uitgebazuinde rekeningen betrekking hadden op de tweehonderd drieënvijftig pesos, zeven *reales* en drie *cuartillos* die voor zijn begrafenis waren bijeengebracht, nadat de gemeente een openbare inzameling had gehouden onder

enkele particulieren en bij de slagers- en gevangenisfond-
sen, en dat de materialen voor de vervaardiging van zijn
doodkist en voor de bouw van zijn graftombe bestemd
waren. Op last van Montilla zorgde José Palacios er
sindsdien voor dat niemand, ongeacht zijn rang, titel of
waardigheid, het slaapvertrek kon betreden, en hij legde
zichzelf zo'n drastisch regime op in het bewaken van de
zieke dat het bijna was alsof hij zelf dood ging.

'Als ik vanaf het begin over zoveel macht had beschikt,
had die man nog honderd jaar kunnen leven,' zei hij.

Fernanda Barriga wilde naar binnen.

'Die arme wees was altijd zo dol op vrouwen,' zei ze,
'dat hij nu toch niet zonder eentje aan zijn bed kan sterven, ook al is ze zo oud, lelijk en nutteloos als ik.'

Ze kreeg geen toestemming. Zodat ze zich bij het raam
zette en de heidense ijlkoortsen van de stervende met res-
ponsoriegebeden probeerde te wijden. Ze bleef daar, beschermd door de openbare liefdadigheid en gedompeld
in een eeuwige rouw, tot op honderdeenjarige leeftijd zitten.

Zij was het die de weg met bloemen bestrooide en de
zangen leidde, toen de pastoor van het naburige gehucht
Mamatoco tegen het invallen van de avond met het viati-
cum verscheen. Hij werd voorafgegaan door een dubbele
rij Indiaanse vrouwen op blote voeten, gehuld in pijen
van grove, ongebleekte katoen en met kroontjes van
astromelia's, die hem met olielampen bijlichtten en
klaagzangen in hun eigen taal zongen. Zij liepen over het
pad dat Fernanda voor hen uit met bloemblaadjes bestrooide, en het was zo'n huiveringwekkend moment dat
niemand het waagde hen tegen te houden. Toen de generaal hen hoorde binnenkomen, richtte hij zich op in zijn

bed, sloeg zijn arm voor zijn ogen om niet verblind te worden en verjoeg hen met de kreet: 'Haal die lichten weg, het lijkt wel een processie van zielen.'

In een poging de veroordeelde niet te laten bezwijken aan de slechte stemming in het huis, bracht Fernando een straatorkestje uit Matatoco mee, dat een dag lang zonder ophouden onder de tamarinden op de patio stond te spelen. De generaal reageerde positief op de kalmerende werking die van de muziek uitging. Hij liet hen driemaal *La Trinitaria* herhalen, zijn favoriete contradans, die populair was geworden omdat hijzelf vroeger waar hij maar kwam de kopieën van de partituur verspreidde.

De slaven zetten de suikerrietmolens stil en stonden lange tijd tussen de slingerplanten van het raam door naar de generaal te kijken. Hij was in een wit laken gewikkeld en bood een uitgemergelder en grauwer aanblik dan na zijn dood, en zijn hoofd, dat bespikkeld was met de stoppels van het haar dat weer aangroeide, bewoog op de maat van de muziek. Na afloop van elk nummer klapte hij met de conventionele ingetogenheid die hij in de opera van Parijs had geleerd.

Omstreeks het middaguur nam hij, aangemoedigd door de muziek, een kop bouillon en at hij sagopap met gestoofde kip. Daarna vroeg hij om een handspiegel, en zichzelf in de hangmat beschouwend zei hij: 'Met deze ogen ga ik niet dood.' De bijna vervlogen hoop dat dokter Révérend een wonder zou verrichten, leefde in ieders hart weer op. Maar terwijl hij leek op te knappen, verwarde de zieke generaal Sardá met een van de achtendertig Spaanse officieren die na de slag bij Boyacá op last van generaal Santander op één dag en zonder enige vorm van proces waren gefusilleerd. Later viel hij ten prooi aan een plotselinge inzinking, waar hij niet meer bovenop kwam, en met het beetje stem dat hem nog restte riep hij dat ze de muzikanten ver van het huis moesten houden, waar ze niet de vrede van zijn doodsstrijd konden verstoren. Toen hij gekalmeerd was, gebood hij Wilson een brief aan generaal Justo Briceño op te stellen waarin hij hem bij wijze van postuum eerbewijs moest verzoeken zich met generaal Urdaneta te verzoenen, om het land te redden van de verschrikkingen van de anarchie. Het enige dat hij hem letterlijk dicteerde was de aanhef: 'Ik schrijf u deze brief in de laatste momenten van mijn leven.'

's Avonds praatte hij tot heel laat met Fernando en gaf hem voor het eerst adviezen voor de toekomst. Het idee om gezamenlijk zijn memoires te schrijven zou bij een plan blijven, maar zijn neef had lang genoeg met hem samengeleefd om die memoires als een simpele oefening van het hart te kunnen schrijven, zodat zijn kinderen zich een idee konden vormen van die jaren van glorie en tegenslagen. 'Als O'Leary bij zijn voornemen blijft, zal hij ook iets schrijven,' zei de generaal. 'Maar dat wordt iets heel anders.' Fernando was toen zesentwintig jaar en zou achtentachtig worden, zonder meer geschreven te hebben dan een paar onsamenhangende pagina's, omdat hem door het lot het onmetelijke fortuin van geheugenverlies werd toebedeeld.

José Palacios was erbij geweest toen de generaal in het slaapvertrek zijn testament dicteerde. Noch hij noch iemand anders zei een woord tijdens de handeling die met een sacramentele plechtigheid was omgeven. Maar 's avonds, tijdens het genezende badritueel, smeekte hij de generaal zijn wil te veranderen.

'We zijn altijd arm geweest en het heeft ons aan niets ontbroken,' zei hij.

289

'Het tegendeel is het geval,' antwoordde de generaal. 'We zijn altijd rijk geweest en we hebben niets overgehouden.'

Beide uitspraken klopten, al stonden ze lijnrecht tegenover elkaar. José Palacios was al op jeugdige leeftijd bij hem in dienst gekomen, door toedoen van de moeder van de generaal, zijn meesteres, maar hij was nooit officieel vrijgelaten. Hij bleef zweven in een burgerlijk voorgeborchte, waar hem nooit een loon werd toegekend noch ooit zijn status werd omschreven, maar waar zijn persoonlijke behoeften deel uitmaakten van de privébehoeften van de generaal. Hij vereenzelvigde zich met hem tot in zijn manier van kleden en eten en overdreef zijn soberheid. De generaal was niet van plan hem zonder een militaire rang of een invaliditeitsverklaring aan zijn lot over te laten, en zeker niet op een leeftijd waarop hij niet meer in staat was een nieuw leven op te bouwen. Zodat hem geen keus bleef: de clausule inzake de achtduizend pesos was niet alleen onvermijdelijk maar ook onherroepelijk.

'Dat is niet meer dan billijk,' besloot de generaal.

José Palacios beet hem toe: 'Wat billijk zou zijn is dat we samen sterven.'

In feite gebeurde dat ook, want hij ging even slecht met zijn geld om als de generaal. Na zijn dood bleef hij, afhankelijk van de publieke liefdadigheid, in Cartagena de Indias achter, probeerde met alcohol zijn herinneringen te verdrinken en bezweek aan de genoegens daarvan. Hij stierf toen hij tweeënzeventig was, in een hol van bedelaars die ooit in het bevrijdingsleger hadden gevochten, terwijl hij zich gefolterd door delirium tremens in de modder wentelde.

In de vroege ochtend van 10 december was de toestand van de generaal zo verslechterd dat men in allerijl bisschop Estévez liet roepen, voor het geval dat hij zou willen biechten. De bisschop, die onmiddellijk kwam, hechtte zoveel belang aan het onderhoud dat hij in pontificale uitrusting verscheen. Maar op last van de generaal werd het gesprek achter gesloten deuren en zonder getuigen gevoerd, en het duurde maar veertien minuten. Niemand kwam ooit iets te weten van wat er was besproken. De bisschop kwam haastig en ontdaan naar buiten en klom zonder afscheid te nemen in zijn karos, en ondanks de vele verzoeken die hem bereikten, droeg hij niet de uitvaartmis op en woonde evenmin de begrafenis bij. De generaal was er zo slecht aan toe dat hij niet op eigen kracht uit de hangmat kon komen, zodat de arts hem als een pasgeborene in zijn armen moest nemen en optillen, en hij legde hem op het bed, ondersteund door kussens, opdat hij niet zou stikken in de hoest. Toen hij ten slotte weer op adem kwam, vroeg hij iedereen de kamer te verlaten om onder vier ogen met de arts te kunnen praten.

'Ik had nooit kunnen dromen dat dit gedoe zo ernstig was dat het heilig oliesel er nog aan te pas moest komen,' zei hij. 'Ik, die niet het geluk smaak te mogen geloven in een leven in het hiernamaals.'

'Daar gaat het niet om,' zei Révérend. 'Het staat vast dat het regelen van de zaken van het geweten de zieke een gemoedsrust verschaft die de taak van de arts aanzienlijk verlicht.'

De generaal ging voorbij aan het vernuft van dat antwoord, want hij voelde de schok van de verbijsterende openbaring dat de dolle wedren tussen zijn kwalen en zijn dromen op dat moment de eindstreep bereikte. De rest was duisternis.

'Godverdomme,' zuchtte hij. 'Hoe kom ik ooit uit dit labyrint!'

Hij liet zijn blik vorsend en met de helderziendheid van zijn avondschemering door het vertrek gaan en ontdekte voor het eerst de waarheid: het geleende laatste bed, de armzalige toilettafel met de troebele en geduldige spiegel die zijn beeld niet meer zou weerkaatsen, de gebarsten porseleinen lampetkan met het water en de handdoek en de zeep voor andermans handen, de harteloze haast van de achthoekige klok die voortijlde naar de onvermijdelijke afspraak op 17 december om zeven minuten over één van zijn laatste middag. Toen kruiste hij zijn armen over zijn borst en hoorde hij de stralende stemmen van de slaven, die in de rietsuikermolens het salve van zes uur zongen, en door het raam zag hij aan de hemel de diamant van Venus die voor altijd verdween, de eeuwige sneeuw, de slingerplant wier gele klokjesbloemen hij de volgende zaterdag niet zou zien bloeien in het door de rouw gesloten huis, de laatste flikkeringen van het leven dat zich nooit meer, tot in alle eeuwigheid, zou herhalen.

Dankwoord

JARENLANG HEB IK Álvaro Mutis horen praten over zijn project de laatste reis van Simón Bolívar over de rivier de Magdalena te beschrijven. Toen hij *El último rostro* publiceerde, een fragment dat vooruitliep op het boek, vond ik dat verhaal zo rijp, en de toon en de stijl ervan zo perfect, dat ik me klaarhield om het op korte termijn in voltooide vorm te lezen. Twee jaar later kreeg ik echter de indruk dat het in het vergeetboek was geraakt, zoals ons schrijvers zo vaak gebeurt, zelfs met onze dierbaarste dromen, en toen pas durfde ik hem te vragen of ík het mocht schrijven. Het was een schot in de roos na een beleg van tien jaar. Zodat mijn dank in de eerste plaats naar hem uitgaat.

Meer dan in de roem van het personage was ik toentertijd geïnteresseerd in de rivier de Magdalena, waarmee ik in mijn jeugd kennis maakte op mijn reizen vanuit het Caribisch gebied, waar ik het geluk had geboren te worden, naar het verre en troebele Bogotá, waar ik me van meet af aan meer een vreemdeling heb gevoeld dan in welke andere stad ook. In mijn studentenjaren heb ik dat traject elfmaal in beide richtingen afgelegd, op van die stoomschepen die, gedoemd tot de nostalgie, van de werven van de Mississippi kwamen en een mythische uitstraling bezaten die geen schrijver zou kunnen weerstaan.

Anderzijds bekommerde ik me weinig om de historische fundamenten, want de laatste reis over de rivier is de periode uit het leven van Bolívar waarover zeer weinig geschreven bronnen bewaard zijn gebleven. Hij heeft toen maar drie of vier brieven geschreven – een man die er ruim tienduizend moet hebben gedicteerd – en geen van zijn metgezellen heeft een geschreven herinnering aan die veertien onzalige dagen nagelaten. Vanaf het eerste hoofdstuk echter had ik wat informatie nodig over zijn stijl van kleden, en die informatie leidde me weer naar andere informatie, en dat ging zo maar door, tot ik er wanhopig van werd. Gedurende twee volle jaren verzonk ik in het drijfzand van een stortvloed van documentatie, die tegenstrijdig was en dikwijls vaag, vanaf de vierendertig delen van Daniel Florencio O'Leary tot de meest onverwachte krantenknipsels. Mijn totale gebrek aan ervaring en methode in historisch onderzoek maakte mijn dagen nog moeizamer.

Dit boek was niet tot stand gekomen zonder de hulp van degenen die vóór mij, gedurende anderhalve eeuw, die gebieden hebben ontgonnen en mij stijfden in mijn literaire overmoed om het verhaal te vertellen van een leven dat tiranniek gedocumenteerd was, zonder afstand te doen van de buitengewone privileges van de roman. Maar ik ben speciale dank verschuldigd aan een groep vrienden, oude en nieuwe, die niet alleen mijn diepste twijfels – zoals het werkelijke politieke denken van Bolívar te midden van zoveel flagrante tegenstrijdigheden – maar ook mijn triviaalste onzekerheden – zoals zijn schoenmaat – tot de hunne maakten en belangrijk vonden. Nog groter is echter mijn waardering voor de lankmoedigheid van degenen die door mijn verfoeilijke nalatigheid niet in dit dankwoord voorkomen.

In antwoord op een vragenlijst van vele pagina's stelde de Colombiaanse historicus Eugenio Gutiérrez Celys een kaartsysteem voor me samen, waarmee hij me niet alleen verrassende gegevens verschafte – vele daarvan waren zoekgeraakt in de Colombiaanse pers van de negentiende eeuw – maar me ook de eerste beginselen van een methode voor opsporing en ordening van de informatie bijbracht. Daarnaast was zijn boek *Bolívar día a día*, dat in samenwerking met de historicus Fabio Puyo werd geschreven, een zeekaart die me in staat stelde om tijdens het schrijven op mijn gemak door alle tijdsperioden van mijn personage te laveren. Dezelfde Fabio Puyo was zo vriendelijk mijn benauwdheden te verlichten met pijnstillende documenten, die hij me vanuit Parijs telefonisch voorlas of me met spoed, alsof het medicijnen waren waarvan mijn leven afhing, per telex of telefax deed toekomen. De Colombiaanse historicus Gustavo Vargas, hoogleraar aan de nationale universiteit van Mexico, hield zich telefonisch beschikbaar om kleine en grote twijfels op te helderen, vooral die welke te maken hadden met de politieke ideeën van dat tijdperk. De bolivariaanse historicus Vinicio Romero Martínez was me vanuit Caracas behulpzaam met mij bijna onmogelijk lijkende vondsten betreffende de persoonlijke gewoonten van Bolívar – met name zijn grove taalgebruik – en vooral betreffende zijn karakter en de levensloop van zijn gevolg, en in de eindversie onderwierp hij de historische gegevens aan een meedogenloze herziening. Aan hem dank ik de voorzienige waarschuwing dat Bolívar onmogelijk mango's kon eten met het kinderlijk genot dat ik hem had toegeschreven, om de eenvoudige reden dat het nog verscheidene jaren zou duren voordat de mango de beide Amerika's bereikte.

Jorge Eduardo Ritter, de ambassadeur van Panama in Colombia en later minister van buitenlandse zaken van zijn land, kwam verschillende malen in haast overvliegen om me een paar van zijn unieke boeken te brengen. Don Francisco de Abrisqueta, uit Bogotá, was een vasthoudende gids in de verwarde en weidse bolivariaanse bibliografie. Ex-president Belisario Betancur gaf me in een jaar van telefonische consulten opheldering over verschillende twijfels die ik had, en hij stelde voor me vast dat enkele door Bolívar uit het hoofd geciteerde verzen van de Ecuadoriaanse dichter José Joaquín Olmedo waren. Met Francisco Pividal voerde ik in Havana een paar rustige, inleidende gesprekken, waardoor ik me een duidelijk idee kon vormen over het boek dat ik wilde schrijven. Roberto Cadavid (Argos), de populairste en gedienstigste linguïst van Colombia, was zo vriendelijk om voor mij de betekenis van enkele lokale uitdrukkingen en de tijd waarin ze voorkwamen uit te zoeken. De geograaf Gladstone Oliva en de astronoom Jorge Pérez Doval, van de academie van wetenschappen in Cuba, inventariseerden op mijn verzoek de nachten waarin het volle maan was in de eerste dertig jaren van de vorige eeuw.

Mijn oude vriend Aníbal Noguera Mendoza zond me – vanaf de Colombiaanse ambassade in Puerto Príncipe – kopieën van persoonlijke papieren, met de genereuze toestemming dat ik er in alle vrijheid gebruik van kon maken, hoewel het aantekeningen en ruwe ontwerpen waren van een studie over hetzelfde thema die hij bezig is te schrijven. Bovendien ontdekte hij in de eerste versie van het origineel een half dozijn dodelijke vervalsingen en suïcidale anachronismen, die twijfel zouden hebben gezaaid aan de betrouwbaarheid van deze roman.

Ten slotte was Antonio Bolívar Goyanes – een zijdelingse verwant van de hoofdpersoon en misschien wel de laatste typograaf van de oude stempel in Mexico – zo goed om samen met mij de originelen na te zien, in een pietepeuterige jacht op tegenspraak, herhalingen, inconsequenties, misslagen en drukfouten, en in een verbeten onderzoek naar de taal en de spelling, tot zeven versies toe. Zo betrapten we op heterdaad een militair die voor zijn geboorte zeven veldslagen won, een weduwe die met haar beminde echtgenoot naar Europa ging en Bolívar en Sucre die aan een intiem middagmaal in Bogotá aanzaten, terwijl de een zich in Caracas bevond en de ander in Quito. Ik ben er echter niet zeker van of ik dankbaar moet zijn voor die twee laatste correcties, want het lijkt me dat dergelijke absurditeiten een paar druppels onwillekeurige – en misschien wenselijke – humor aan de verschrikking van dit boek hadden toegevoegd.

Beknopte chronologie van het leven van Simón Bolívar

bewerkt door Vinicio Romero Martínez

1783

24 juli: geboorte van Simón Bolívar in Caracas

1786

19 januari: dood van Juan Vicente Bolívar, vader van Simón.

1792

26 juli: dood van doña María de la Concepción Palacios y Blanco, moeder van Bolívar.

1795

23 juli: Bolívar verlaat het huis van zijn oom. Na een langdurig proces wordt hij bij zijn leermeester Simón Rodríguez in huis geplaatst. In oktober keert hij terug naar het huis van zijn oom Carlos.

1797

Samenzwering van Gual en España tegen de Spaanse overheersing in Venezuela. Bolívar komt als kadet bij de militie, in Valles de Aragua.

1797–1798

Andrés Bello geeft hem les in grammatica en geografie. In diezelfde periode studeert hij eveneens natuur- en wiskunde aan de academie, die was gesticht door pater Francisco de Andújar en in zijn huis was gevestigd.

1799

19 januari: maakt een reis naar Spanje, met tussenstops in Mexico en Cuba. In Veracruz schrijft hij zijn eerste brief.

1799–1800

In Madrid komt hij in contact met de geleerde markies de Ustáriz, zijn werkelijke intellectuele vormer.

1801

Tussen maart en december studeert hij Frans in Bilbao.

1802

12 februari: in Amiens (Frankrijk) is hij een bewonderaar van Napoleon Bonaparte. Is verliefd op Parijs.
26 mei: trouwt met María Teresa Rodríguez del Toro in Madrid, Spanje.
12 juli: komt met zijn echtgenote in Venezuela aan. Wijdt zich aan het beheer van zijn haciënda's.

1803

22 januari: María Teresa sterft in Caracas.
23 oktober: verblijft opnieuw in Spanje.

1804

2 december: is in Parijs aanwezig bij de kroning van Napoleon.

1805

15 augustus: eedaflegging op de Monte Sacro in Rome, Italië.

27 december: wordt in Parijs lid van de vrijmetselarij, volgens de Schotse ritus. In januari 1806 verkrijgt hij de meestergraad.

1807

1 januari: komt in Charleston (vs) aan. Bezoekt verschillende steden en keert in juni terug naar Caracas.

1810

18 april: wordt verbannen naar zijn haciënda in Aragua; vandaar dat hij niet deelneemt aan de gebeurtenissen van 19 april, het begin van de Venezolaanse revolutie.

9 juni: vertrekt met een diplomatieke missie naar Londen. Maakt daar kennis met Francisco de Miranda.

5 december: keert terug uit Londen. Vijf dagen later vertrekt ook Francisco de Miranda naar Caracas, waar hij in het huis van Simón Bolívar verblijft.

1811

2 maart: het eerste Congres van Venezuela komt bijeen.

4 juli: rede van Bolívar in de 'Sociedad Patriótica'.

5 juli: Onafhankelijkheidsverklaring van Venezuela. Eerste Republiek 1811–1812.

23 juli: Bolívar strijdt in Valencia, onder bevel van Miranda. Het is zijn eerste oorlogservaring.

26 maart: aardbeving in Caracas.

6 juli: de vesting Puerto Cabello, verdedigd door kolonel Simón Bolívar, gaat na verraad verloren.

30 juli: samen met andere officieren neemt hij Miranda gevangen om hem voor een militaire rechtbank te brengen; hij verdenkt Miranda van verraad omdat hij de capitulatie heeft ondertekend. De garnizoenscommandant Manuel María Casas neemt de illustere gevangene van hen over en levert hem aan de Spanjaarden uit.

1 september: bereikt Curaçao, zijn eerste verbanningsoord.

15 december: schrijft in Nueva Granada het *Manifiesto de Cartagena*.

24 december: Bolívar bezet Tenerife en onderneemt de veldtocht langs de rivier de Magdalena, waarbij het hele gebied wordt gezuiverd van royalisten.

28 februari: slag bij Cúcuta.

1 maart: bezet San Antonio del Táchira.

12 maart: brigade-generaal van Nueva Granada.

14 mei: in Cúcuta begint de *Campaña Admirable*, een snelle, succesvolle veldtocht. Begin van de Tweede Republiek 1813–1814.

23 mei: wordt in Mérida uitgeroepen tot Bevrijder.

15 juni: afkondiging van de Oorlog zonder Genade in Trujillo.

6 augustus: triomfale intocht in Caracas. Einde van de Campaña Admirable.

14 oktober: de Raad van Caracas benoemt Bolívar in een openbare vergadering tot Kapitein-Generaal en roept hem uit tot Bevrijder.

5 december: slag bij Araure.

1814

8 februari: gelast in La Guayra de executie van gevangenen.

12 februari: slag bij La Victoria.

28 februari: slag bij San Mateo.

28 mei: eerste slag bij Carabobo.

7 juli: ruim twintigduizend *Caraqueños*, met de Bevrijder aan het hoofd, vertrekken naar het Oosten van het land.

4 september: Ribas en Piar, die Bolívar en generaal Mariño hebben verbannen, gelasten hun arrestatie in Carúpano.

7 september: Bolívar schrijft het *Manifiesto de Carúpano* en scheept zich de volgende dag in met bestemming Cartagena, onwetend van het tegen hem afgekondigde arrestatiebevel.

27 november: de regering van Nueva Granada bevordert hem tot opperbevelhebber, met als opdracht de herovering van de staat Cundinamarca. De veldtocht mondt uit in de capitulatie van Bogotá.

12 december: vormt een regering in Bogotá.

1815

10 mei: zijn streven om Venezuela vanuit Cartagena te bevrijden wordt door de autoriteiten van deze stad te-

gengewerkt. Hij besluit naar Jamaica te vertrekken en daar in ballingschap te gaan.

6 september: publiceert de beroemde *Carta de Jamaica*.

24 december: gaat aan wal in Los Cayos, Haïti, waar hij zijn vriend Luis Brión, een zeeofficier uit Curaçao, ontmoet. In Haïti heeft hij een onderhoud met president Petión, van wie hij waardevolle hulp zal ontvangen.

1816

31 maart: uit Haïti vertrekt de expeditie van Los Cayos. Luis Brión vergezelt hem.

2 juni: in Carúpano kondigt hij de vrijlating van alle slaven af.

1817

9 februari: Bolívar en Bermúdez verzoenen zich en omhelzen elkaar op de brug over de Neveri (Barcelona).

11 april: generaal Piar levert slag bij San Félix. Angostura wordt bevrijd, het gebied langs de rivier de Orinoco onder controle gebracht en de Republiek krijgt haar definitieve beslag. Derde Republiek 1817–1830.

8 mei: samenkomst in Cariaco van een congres, bijeengeroepen door de kanunnik José Cortés Madariaga. Dit congres liep op een mislukking uit, hoewel twee van de daar genomen besluiten nog steeds van kracht zijn: de zeven sterren in de nationale vlag en de naam Estado Nueva Esparta voor het eiland Margarita.

12 mei: Piar wordt tot bevelvoerend generaal bevorderd.

19 juni: schrijft in een op verzoenende toon gestelde brief aan Piar: 'Generaal, ik geef de voorkeur aan een ge-

vecht met de Spanjaarden boven deze onenigheid tussen patriotten.'

4 juli: terwijl hij zich, met het water tot aan de lippen, in de lagune van Casacoima schuilhoudt om aan een royalistische hinderlaag te ontsnappen, geeft hij zich ten overstaan van zijn verbijsterde officieren over aan een uitvoerige opsomming van zijn plannen, vanaf de verovering van Angostura tot aan de bevrijding van Peru.

16 oktober: generaal Piar wordt in Angostura gefusilleerd. Luis Brión is de voorzitter van de krijgsraad.

1818

30 januari: op het landgoed Cañafístula, in Apure, heeft hij voor het eerst een onderhoud met Páez, de leider van los Llanos.

12 februari: Bolívar verslaat de Spaanse generaal Morillo bij Calabozo.

27 juni: richt in Angostura de krant *El Correo del Orinoco* op.

1819

15 februari: installeert het congres van Angostura. Houdt de beroemde rede van Angostura. Wordt tot president van Venezuela gekozen. Onderneemt de beroemde veldtocht voor de bevrijding van Nueva Granada.

7 augustus: slag bij Boyacá.

17 december: Bolívar sticht de republiek Colombia, verdeeld in drie departementen: Venezuela, Cundinamarca en Quito. Hij wordt door het congres tot president van Colombia gekozen.

1820

11 januari: bevindt zich in San Juan de Payara, Apure.

5 maart: in Bogotá.

19 april: viering in San Cristóbal van de tiende verjaardag van de revolutie.

27 november: heeft een onderhoud met Pablo Morillo in Santa Ana, Trujillo. De dag ervoor heeft hij de wapenstilstand en het verdrag tot regulering van de oorlog bekrachtigd.

1821

5 januari: treft in Bogotá voorbereidingen voor de veldtocht naar het Zuiden, die onder leiding zal staan van generaal Sucre.

14 februari: feliciteert Rafael Urdaneta met de onafhankelijkheidsverklaring van Maracaibo, hoewel hij uiting geeft aan zijn vrees dat Spanje dit als een daad van kwade trouw zal beschouwen, waardoor de wapenstilstand in gevaar wordt gebracht.

17 april: hij kondigt in een proclamatie de verbreking van de wapenstilstand af en het begin van een 'heilige oorlog': 'We zullen strijden om de vijand te ontwapenen, niet om hem te vernietigen.'

28 april: de vijandelijkheden beginnen opnieuw.

27 juni: Bolívar verslaat La Torre bij Carabobo. Hoewel dit niet de laatste slag was, werd hiermee de onafhankelijkheid van Venezuela veilig gesteld.

1822

7 april: slag bij Bomboná.

24 mei: slag bij Pichincha.

16 juni: maakt tijdens zijn triomfantelijke intocht in Quito, aan de zijde van generaal Sucre, kennis met Manuela Sáenz.

11 juli: Bolívar komt in Guayaquil aan. Twee dagen later verklaart hij dat het bij Colombia wordt ingelijfd.

26/27 juli: onderhoud tussen Bolívar en generaal San Martín in Guayaquil.

13 oktober: schrijft in Loja, vlak bij Cuenca, Ecuador, *Mi delirio sobre el Chimborazo*.

1823

1 maart: Riva Agüero, president van Peru, roept de hulp in van Colombia en verzoekt de Bevrijder vierduizend soldaten te sturen om de onafhankelijkheid van Peru te bevechten. Op 17 maart stuurt Bolívar hem een eerste contingent van drieduizend man en op 12 april nog eens drieduizend.

14 mei: het Congres van Peru doet per decreet een beroep op de Bevrijder om een einde te maken aan de burger-oorlog.

1 september: Bolívar in Lima, Peru. Het congres mach-tigt hem Riva Agüero te onderwerpen, die de zijde van de royalisten heeft gekozen en in opstand is geko-men.

1824

1 januari: komt ziek in Pativilca aan.

12 januari: kondigt de doodstraf af tegen degenen die de staatskist beroven van meer dan tien pesos.

19 januari: schrijft prachtige brief aan zijn leermeester Simón Rodríguez: 'U hebt mijn hart gevormd voor de

vrijheid, voor de rechtvaardigheid, voor het verhe
venste en het schone.'

10 februari: het Congres van Peru benoemt hem tot dictator, opdat hij de in ontbinding verkerende republiek
zal redden.

6 augustus: slag bij Junín.

5 december: Bolívar bevrijdt Lima.

7 december: hij roept het Congres van Panama bijeen.

9 december: overwinning van Sucre in Ayacucho. D
bevrijding van geheel Latijns-Amerika voltooid.

1825

Engeland erkent de onafhankelijkheid van de nieuwe sta
ten van Latijns-Amerika.

12 februari: het Congres van Peru verleent eerbewijzer
aan de Bevrijder: een medaille, een ruiterstandbeeld
een miljoen pesos voor hem en een miljoen voor he
bevrijdingsleger. Bolívar weigert de hem aangeboder
som maar aanvaardt het geld voor zijn soldaten.

18 februari: het Congres van Peru weigert zijn ontslag als
president met onbeperkte volmachten te aan
vaarden.

6 augustus: tijdens een assemblée in Chuquisaca, Opper
Peru, wordt besloten de republiek Bolivia te stichten

26 oktober: Bolívar in Cerro de Potosí.

25 december: in Chuquisaca verkondigt hij dat er ee
miljoen bomen geplant moeten worden, 'waar ze he
hardst nodig zijn'.

1826

Vanuit Lima deelt hij Sucre mee dat Peru de republiek

Bolivia heeft erkend. Hij stuurt hem eveneens een ontwerp voor de Boliviaanse grondwet.

22 juni: het Congres van Panama wordt geïnstalleerd.

16 december: vanuit Maracaibo biedt hij de Venezolanen aan de Grote Conventie bijeen te roepen.

31 december: vertrekt naar Puerto Cabello, op zoek naar Páez.

1827

1 januari: besluit amnestie te verlenen aan degenen die verantwoordelijk zijn voor de *Cosiata*, de rebellie van Páez tegen de regering van Bogotá. Bekrachtigt de benoeming van Páez tot hoogste leider van Venezuela.

1 januari: vanuit Puerto Cabello schrijft hij aan Páez: 'Ik mag de republiek niet verdelen; maar ik wens het te doen voor het welzijn van Venezuela, en als Venezuela het wil, zal het tijdens de algemene vergadering gebeuren.'

4 januari: in Naguanagua, in de buurt van Valencia, heeft hij een ontmoeting met Páez en biedt hem zijn hulp aan. Eerder had hij hem gezegd dat hij 'het recht had om onrechtvaardigheid met rechtvaardigheid te bestrijden en misbruik van macht met ongehoorzaamheid aan het Congres van Bogotá'. Dit wekt de ontstemming van Santander en versterkt zijn wrok jegens de Bevrijder.

12 januari: wordt samen met Páez onder toejuichingen van het volk in Caracas ingehaald.

5 februari: vanuit Caracas deelt hij het Congres van Bogotá opnieuw mee dat hij afziet van het president-

schap. Hij geeft een dramatische uiteenzetting van zijn motieven en besluit met de woorden: 'Met deze gevoelens doe ik eenmaal, duizendmaal en miljoenen malen afstand van het presidentschap van de republiek...'

16 maart: breekt definitief met Santander: 'Schrijf me niet meer, want ik wens u geen antwoord te geven noch u mijn vriend te noemen.'

6 juni: het Congres van Colombia weigert zijn aftreden te aanvaarden en eist dat hij naar Bogotá komt om zich te laten beëdigen.

5 juli: vertrekt vanuit Caracas naar Bogotá. Hij zal zijn geboortestad niet meer bezoeken.

10 september: wordt in Bogotá beëdigd als president van de republiek, maar wordt geconfronteerd met fel politiek verzet.

11 september: brief aan Tomás de Heres: 'Gisteren ben ik in de hoofdstad aangekomen en nu reeds ben ik president. Dit was noodzakelijk: vele kwaden worden vermeden in ruil voor oneindig veel problemen.'

1828

10 april: is in Bucaramanga tijdens de Conventie van Ocaña, waar de partij van de bolivaristen en die van de santanderisten zich duidelijk definiëren. Bolívar protesteert in de Conventie tegen de 'aan generaal Padilla verleende gunsten, na de aanslagen die hij in Cartagena had gepleegd'.

9 juni: vertrekt uit Bucaramanga met bestemming Venezuela. Zijn bedoeling was een tijd door te brengen op het buitenverblijf Anauca, eigendom van de markies del Toro.

11 juni: de Conventie van Ocaña wordt ontbonden.

24 juni: verandert zijn plannen en keert terug naar Bogotá, waar hij wordt toegejuicht.

15 juli: in een proclamatie, door Páez in Valencia uitgevaardigd, noemt hij Bolívar 'het uitzonderlijke genie van de negentiende eeuw, ... de man die zich achttien jaar lang heeft opgeofferd voor uw geluk en het maximum heeft volbracht dat hij van zijn hart kon eisen: het hoogste gezag waarvan hij duizenden malen afstand heeft gedaan, maar dat hij nu verplicht is uit te oefenen wegens de moeilijke situatie waarin de republiek verkeert'.

27 augustus: naar aanleiding van de meningsverschillen die tijdens de Conventie van Ocaña naar buiten kwamen, wordt bij organiek decreet de dictatuur uitgeroepen. Bolívar schaft het ambt van vice-president af, waardoor Santander buiten de regering wordt gehouden. De Bevrijder biedt hem het ambassadeurschap van Colombia in de Verenigde Staten aan. Santander aanvaardt het aanbod, maar stelt de reis voorlopig uit. Het feit dat Santander buitenspel werd gezet, heeft mogelijk invloed gehad op de aanslag tegen Bolívar.

21 september: Páez erkent Bolívar als hoogste leider en verklaart ten overstaan van aartsbisschop Ramón Ignacio Méndez en van een menigte die zich op de Plaza Mayor in Caracas verzameld heeft: '...en ik zweer dat ik de besluiten die door hem als wetten van de republiek worden uitgevaardigd, zal eerbiedigen, naleven en ten uitvoer brengen. De hemel zal mij, als getuige van mijn eed, belonen voor de getrouwheid waarmee ik mijn belofte nakom'.

25 september: moordaanslag op Bolívar in Bogotá. Hij

wordt gered door Manuelita Sáenz. Santander is een van de verdachten. Urdaneta, als rechter aangesteld, veroordeelt hem ter dood. Bolívar verandert de doodstraf in verbanning.

1829

1 januari: bevindt zich in Purificación. Wegens de conflicten met Peru, dat Guayaquil heeft bezet, is zijn aanwezigheid in Ecuador vereist.

21 juli: Colombia herovert Guayaquil. De Bevrijder wordt in triomf door het volk ingehaald.

13 september: schrijft aan O'Leary: 'We weten allen dat Nueva Granada en Venezuela alleen verbonden zijn door mijn gezag, dat vroeg of laat, wanneer de Voorzienigheid dat beschikt of de mensen dat willen, zal wegvallen...'

13 september: brief van Páez: 'Ik heb een rondschrijven gepubliceerd waarin ik alle burgers en corporaties uitnodig formeel en plechtig hun mening te geven. U bent nu volgens de wet gemachtigd er bij het volk op aan te dringen te zeggen wat het wil. Het moment is aangebroken dat Venezuela zich zal uitspreken, waarbij uitsluitend het algemeen welzijn in het oog wordt gehouden. Indien er radicale maatregelen worden getroffen opdat u zegt wat u werkelijk wenst, dan zullen de hervormingen volmaakt zijn en zal de wil van het volk in vervulling gaan...'

20 oktober: keert naar Quito terug.

29 oktober: vertrekt naar Bogotá.

5 december: schrijft vanuit Popayán aan Juan José Flores: 'Generaal Sucre wordt waarschijnlijk mijn opvol-

ger en waarschijnlijk wordt hij door ons allen gesteund; ik van mijn kant steun hem met hart en ziel.'

15 december: hij geeft Páez te kennen dat hij niet opnieuw
het presidentschap van de republiek zal aanvaarden
en dat hij, mocht Páez door het congres tot president
van Colombia worden gekozen, hem op zijn woord van
eer met het grootste genoegen van dienst zal zijn.

18 december: wijst categorisch het plan om in Colombia
de monarchie in te voeren van de hand.

1830

15 januari: is opnieuw in Bogotá.

20 januari: het Congres van Colombia wordt geïnstalleerd. Boodschap van Bolívar. Hij biedt zijn ontslag
aan.

27 januari: vraagt aan het Congres toestemming naar
Venezuela te vertrekken. Het Congres van Colombia
weigert hem dat.

1 maart: draagt de macht over aan Domingo Caycedo,
voorzitter van de regeringsraad, en trekt zich terug in
Fucha.

27 april: in een boodschap aan het Congreso Admirable
herhaalt hij zijn besluit het ambt van president neer te
leggen.

4 mei: Joaquín Mosquera wordt tot president van Colombia gekozen.

8 mei: Bolívar vertrekt uit Bogotá naar zijn eindbestemming.

4 juni: Sucre wordt in Berruecos vermoord. Bolívar ver-
neemt het op 1 juli, aan de voet van de Cerro de la
Popa, en is diep getroffen.

5 september: Urdaneta neemt in Colombia de macht over omdat de regering geen gezag meer heeft. Bogotá, Cartagena en andere steden in Nueva Granada zijn het toneel van betogingen en militaire opstanden die erop gericht zijn de Bevrijder weer aan de macht te brengen. Urdaneta wacht intussen op zijn komst.

18 september: wanneer hij hoort van de gebeurtenissen die Urdaneta aan de macht brachten, biedt hij als een goed burger en soldaat zijn diensten aan om de eenheid van de republiek te verdedigen en kondigt hij aan dat hij aan het hoofd van tweeduizend man naar Bogotá zal vertrekken om de huidige regering te ondersteunen; hij wijst het verzoek om weer als regeringsleider op te treden halfhartig af, met het argument dat men hem als een usurpator zou beschouwen, maar hij laat de mogelijkheid open dat bij volgende verkiezingen '...de wettigheid mij met haar schaduw zal bedekken of dat er een nieuwe president zal zijn...'; ten slotte verzoekt hij zijn landgenoten om zich rondom de regering-Urdaneta te verenigen.

2 oktober: is in Turbaco.

15 oktober: in Soledad.

8 november: in Barranquilla.

1 december: komt volkomen uitgeput in Santa Marta aan.

6 december: begeeft zich naar het landgoed van de Spanjaard don Joaquín de Mier, in San Pedro Alejandrino.

10 december: dicteert zijn testament en zijn laatste proclamatie. Terwijl de arts er bij hem op aandringt om de biecht af te leggen en de sacramenten te ontvangen, zegt Bolívar: 'Wat betekent dit?... Ben ik er zo slecht

aan toe dat er over een testament en biechten wordt gepraat?... Hoe kom ik uit dit labyrint!'

17 december: Bolívar sterft op het landgoed in San Pedro Alejandrino, omringd door een klein aantal vrienden.

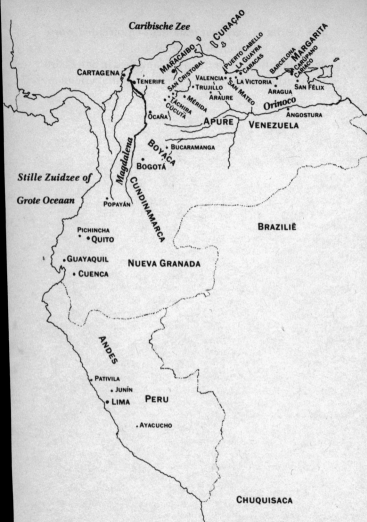

SCHEMATISCHE HISTORISCHE KAART VAN GROOT-COLOMBIA
EN PERU OMSTREEKS 1827

Woordenlijst

alboronía, boronía – stoofgerecht van aubergine, tomaat, pompoen en paprika

bambuco – volksmuziek, zang en dans

bocachico – riviervis, *Prochilosus*

caraqueño – inwoner van Caracas

cariaquito – verbena-achtige, *Melanthera deltiodes*. Geneeskrachtig

cascarela – soort kaartspel

centavo – munt, honderdste peso

chapetones – scheldnaam voor de eerste Spanjaarden die naar Zuid-Amerika kwamen

corraleja – gevecht waarbij groepen jongemannen het opnemen tegen jonge koeien in plaats van tegen stieren

cosiatero – samenzweerder. La Cosiata: rebellie van generaal Páez tegen de regering van Bogotá

cuartillo – munt, een vierde van een real

criollos – rechtstreekse afstammelingen van de Spanjaarden, die zich daardoor de oorspronkelijke bewoners van Latijns-Amerika voelen

cumbia – populairste dans van Colombia

fray – van fraile, monnik. Wordt voor de eigennaam gezet

goudpeso – door goud gedekte peso

guanábana – zuurzak, *Anona muricata*

guave – Indiaanse peer, *Psidium guayava*

lantana – verbena-achtige, *lantana cámara*

llanero – iemand van de Llanos, vlakten in het zuiden van Venezuela en westen van Colombia

merienda – licht maal in de namiddag

mojarra – kleine, stekelvormige zeevis, *diplodus vulgaris*

onza de oro – oude spaanse munt

ottava rima – strofe van acht verzen met elk elf lettergrepen, waarvan de eerste zes gekruist rijm en de laatste twee gelijk rijm hebben

panela – uit melasse bereide brokken suiker

peso – nationale munt

peso duro – oude Spaanse munt, zilver

quiteña – vrouw uit Quito

real – oude Spaanse munt, zilver; een vierde peso

ropilla – soort kaartspel

Samarios – bewoners van Santa Marta

sancocho costeño – regionale stoofschotel van vlees en groenten

tresillo – kaartspel, omber

vicuña – kleine soort wilde lama

317

Rainbow Pocketboeken:

Marlen Haushofer – *De wand*
Klaus Held – *Trefpunt Plato*
Kristien Hemmerechts – *Zegt zij, zegt hij*
Kristien Hemmerechts – *Een zuil van zout*
Judith Herzberg – *Doen en laten*
Robert Hughes – *De fatale kust*
Francisco van Jole – *De Internet-Sensatie*
Erica Jong – *Het ritsloze nummer*
Freek de Jonge – *Neerlands bloed*
Freek de Jonge – *Opa's wijsvinger*
Lieve Joris – *Zangeres op Zanzibar*
Ismail Kadare – *Het dromenpaleis*
Kamagurka – *Bezige Bert*
Wolf Kielich – *Vrouwen op avontuur*
Wolf Kielich – *Vrouwen op ontdekkingsreis*
Agota Kristof – *Het bewijs*
Hanif Kureishi – *De boeddha van de buitenwijk*
Josien Laurier – *Een hemels meisje*
David Leavitt – *Terwijl Engeland slaapt*
David Leavitt – *De verloren taal der kranen*
Sylvia López-Medina – *Het lied van de Mexicana's*
Amin Maalouf – *Leo Africanus*
Amin Maalouf – *Rovers, Christenhonden, Vrouwenschenners*
Axel Madsen – *Chanel*
Elisabeth Marain – *Rosalie Niemand*
Patricia de Martelaere – *Een verlangen naar ontroostbaarheid*
Ian McEwan – *Het kind in de tijd*
Gita Mehta – *Ráj*
Eduardo Mendoza – *De stad der wonderen*
Philip Metcalfe – *1933*
Malika Mokeddem – *De ontheemde*
Eric M. Moormann & Wilfried Uitterhoeve – *Van Achilleus tot Zeus*
Eric M. Moormann & Wilfried Uitterhoeve – *Van Alexandros tot Zenobia*
Zana Muhsen – *Nog eenmaal mijn moeder zien*
Taslima Nasrin – *Lajja / Schaamte*
Nelleke Noordervliet – *Tine of De dalen waar het leven woont*
Amos Oz – *Mijn Michael*
Luigi Pirandello – *Kaos*
Horacio Quiroga – *Verhalen van liefde, waanzin & dood*
Nawal El Saadawi – *De gesluierde Eva*

Nawal El Saadawi – *God stierf bij de Nijl*
Nawal El Saadawi – *De val van de imam*
Nawal El Saadawi – *Vrouwengevangenis*
Oliver Sacks – *Een been om op te staan*
Luis Sepúlveda – *De oude man die graag liefdesromans las*
Gaia Servadio – *Het verhaal van R*
Meir Shalev – *De kus van Esau*
Tom Sharpe – *Hard gelach*
Tom Sharpe – *Sneu voor het milieu*
Tom Sharpe – *Wilt*
Tom Sharpe – *Wilts alternatief*
Arianna Stassinopoulos – *Maria Callas*
Arianna Stassinopoulos – *Picasso*
Peter van Straaten – *Agnes*
Peter van Straaten – *Agnes moet verder*
Peter van Straaten – *Die Agnes*
Peter van Straaten – *Lukt het Agnes?*
I.S. Toergenjew – *Vaders en zonen*
L.N. Tolstoj – *Anna Karenina*
Mario Vargas Llosa – *Lof van de stiefmoeder*
Julia Voznesenskaja – *Vrouwendecamerone*
Piet Vroon – *Allemaal psychisch*
Piet Vroon – *Kopzorgen*
Alice Walker – *De kleur paars*
Alice Walker – *De tempel van mijn gezel*
Leon de Winter – *Alle verhalen*
Leon de Winter – *De (ver)wording van de jongere Dürer*
Leon de Winter – *Zoeken naar Eileen*
K.G. van Wolferen – *Japan*
Jan Wolkers – *Turks Fruit*
J.J. Woltjer – *Recent verleden*
Marguerite Yourcenar – *Met open ogen*
Helen Zahavi – *Dirty Weekend*